Re:ゼロ
Re: Life in a different world from zero
から始める異世界生活

Characters

Re: Life in a different world
from zero
only ability I got in a different world "Returns by Death"
I die again and again to save her.

フロップ

Flop

ヴォラキアの商人。妹と共に
帝国各地で行商している。

ミディアム

Medium

フロップの妹。二振りの
蛮刀が武器。

トッド

Todd

帝国軍人。目的のためには手段を選ばない冷徹さを持つ。

Todd

Louann

ロウアン

Louann

酒浸りの大酒飲み。
剣の実力は高く、判断力も相応に身につけた腕利き。

立ち込める黒煙、炎の向こうから
ゆっくりと何かが姿を見せる。
それは顔に濡らした布を巻き付け、
片手に斧を握った男だった。
「き、君はいったい、何者なんだ。
どうしてこんなことを」

舞
dance

Re: Life in a different world from zero

The only ability I got in a different world "Returns by Death"
I die again and again to save her.

CONTENTS

Re：ゼロから始める異世界生活27

長月達平

MF文庫J

口絵・本文イラスト●大塚真一郎

第一章『守りたいモノ』

1

——ゆらゆら、ふらふら、ぐらぐら。

意識はゆっくりと、まるで大海の上をゆく船のように揺らめいている。
ふらつく意識が重たく感じて、瞼《まぶた》を閉じているのに目が回りそうだ。
足りない。何もかもが足りていない。
ぼろぼろと、全部どこかでこぼしてきてしまったみたいに、色んなモノが足りない。
拾い集めなくては。また詰め直して、それからもう一度、立ち上がらなくては。
いかなくちゃならない場所があって、いきたいと望む思いがあって。
生きなくちゃならない理由があって、生きたいと叫ぶ願いがあって。
何もかもが足りていなくて、欠けた不完全なままでも、進まなくてはならない。
そのために、ナツキ・スバルは——、

「……知らない天井だ」

と、意識の覚醒の直後、お約束のようにスバルはそう呟《つぶや》いていた。

全身べったりと寝汗で濡《ぬ》れ、悪い夢を見て目覚めた朝のような感覚だ。実際、その印象も間違いではあるまい。ベッドも、寝心地がいいとは言えなかった。

粗末な天井と硬い寝台、近代の建築様式を無視して作られたそれは、未熟な技術を力技で押し込めた掘っ立て小屋ともいうべき代物だった。

何故《なぜ》、こんなところで眠っていたのか、ぼやけた記憶をゆっくりと紐解《ひもと》いていく。

「確か、コンビニ帰りに異世界に呼ばれて、エミリアたんと出会って以下省略……」

遡りすぎた独り言だが、軽口を叩《たた》いていると頭が回転し始める。

そう、異世界召喚されたナツキ・スバル少年は、銀髪の超絶美少女と出会い、その後も様々な大冒険を遂げ、ついには砂の塔を攻略、隣国へ飛ばされたのだった。

自分で言っていて意味がわからない。ただ、考えていて、ふと思い出した。

「レム……！」

頼れるもののいない隣国、スバルと一緒に飛ばされ、そこで目覚めた大切な少女。

スバルは彼女を守らなくてはならない。それなのに、離れ離れになってしまって――、

「馬鹿か、俺は。いや、馬鹿だ俺は……！　今すぐ、レムを助けに……」

「――何を、バタバタしているんですか」

とっさに体を起こし、勢いのままに飛び出そうとしたスバルは、横合いから投げかけら

れた声に振り向き、「あ」と目を見開いた。

硬くて具合の悪い寝台、その横に座り、青い瞳の少女がスバルを見つめていたからだ。

「れ、む……？」

「——。はい、と答えるのにはあまり肯定的ではないです。まだ、私は自分のことを、あなたの言うレムという人間だと認めたわけではないので」

硬く、感情の平坦《へいたん》な物言いをする少女——レムの存在に、スバルは息を呑《の》んだ。

彼女が目の前にいて、話せて、夢や幻でない証拠が手の温もりからも伝わってくる。そう、眠るスバルにかけられたボロ布の下、ぎゅっと握った彼女の手の温もりを。

「これって……まさか、起きるまで手ぇ握っててくれたのか？」

「は？　見てわかりませんか？　あなたが、私の手を握って離さなかったんです」

「あ、ああ、そっか。そうだよな！　俺が、手ぇ掴《つか》んでるもんな……」

期待と現実の区別がつかず、レムの不機嫌な様子に拍車をかけてしまった。

無論、このレムがスバルの手を握ろうなんて思ってくれるはずもない。ただ、それでも振りほどかれなかったことに、スバルは微《かす》かな安堵《あんど》を得ていた。

「なんですか、その目は」

「い、いやいや、何でもないです、はい」

「そうですか。いい加減、離してください。手汗でぬるぬるします」

「思春期の男子に絶大なダメージ……！」

握った手をほどかれ、人によっては生涯消えない傷を負いかねない一撃を受けた。

とはいえ、それはあくまで心の傷の話。大事なのは体の傷、それもレムの無事だ。パッと見たところ、レムが辛《つら》そうにしている様子は見られないが。

「レム、どこもケガしてないか？　どこか痛かったら話して……え、なに、その顔」

「……あなたがそれを言うんですか？　あと少しで死んでしまうところだったのに」

安否を気遣ったつもりが、そう返事したレムの態度は最初よりさらに冷たかった。

そして、その指摘に戸惑うスバルを見て、レムは失望を隠さずに嘆息する。

「自覚がないみたいですね。――やっぱり、あなたは信用できません」

「――――」

はっきりと、目を見て拒絶の言葉をかけられ、スバルの胸がひどく軋《きし》んだ。

『記憶』を失い、スバルを取り巻く瘴気《しょうき》の香りが悪印象を手助けし、レムのこちらに対する態度は硬く、冷たいもののままで一貫している。

ましてや、今回はスバルとレムとの間で、溝を埋めるための機会も作れなかった。

ただただ、スバルは必死でレムを帝国の陣地から救い出そうと――、

「――ぁ」

また一つ、スバルの中で記憶のピースが埋まり、脳が震えた錯覚を覚える。

帝国の陣地に囚《とら》われたレム、彼女を助けるためにスバルが打った大博打《ばくち》――結果、スバルは森の中で『シュドラクの民』という部族と出会い、同じ牢《ろう》の中にいた捕虜の男と一緒

に、彼女たちの部族の儀式を受けたのだ。

　そして――、

「……黒くない、右手がある」

　自分の右腕を持ち上げ、なくなった袖と、そこから覗《のぞ》く肌を見てそう呟《つぶや》く。

　スバルの右腕にあった醜く黒い紋様。それは水門都市プリステラで、魔女教の大罪司教と遭遇した際の後遺症だった。それが、跡形もなく消え去っている。

　――あの黒い紋様が、ボロボロになった右腕の傷を治療した。

　おぞましい出来事だったが、どうやらあれは夢でも悪夢でもなかったらしい。いや、悪夢ではあるのだが、現実の出来事だったようだ。

　使い物にならなくなった右腕が治り、スバルの枕元にはレムがいてくれる。

　つまり、スバルは死なずに『血命の儀』を終えて、レムの奪還を成し遂げたということだ。――代わりに、多くの犠牲を出しながら。

「……顔色が悪いですよ。まだ、寝ていた方がいいと思います」

　押し黙ったスバルを見つめ、レムがそう言ってくれる。

　それはレムの生来の優しさ故か、あるいはそれほどスバルの顔が死人めいていたのか。

　しかし、甘えられない。確かめなくてはならないことが、あまりに多い。

「心配してくれてありがとな。けど、今はじっとしてられない。……ここ、シュドラクの誰かの家だよな？　ミゼルダさんたちは？」

「……外です。目覚めたら、会いにきてほしいと」

躊躇《ためら》いがちに、レムが仕方なくそう答える。不承不承といった態度に目尻を下げ、それからスバルはもう一個、聞かなくてはならないことを聞くことにした。

レムと同じ場に囚《とら》われていた存在――ルイの、所在を。

「正直に聞くけど、あいつは……ルイは？」

「――。苦々しい顔ですね。どうして、あの子を遠ざけるんですか」

「それは説明しづらいし、してもわかってもらえないかもな理由があるんだよ」

ルイに関するやり取りは、必ずレムの不興を買ってしまう。

それを苦しく思いながらも、話して通じるものではないとスバルは考えていた。

「……振り向いてください」

スバルの態度を強情と思ったのか、レムは責める眼差《まなざ》しでそう言った。その言葉に眉を寄せ、スバルは何事かと寝台を振り返る。そこに――、

「すぅ、すぅ……」

寝台の反対、すやすやとあどけない寝顔をしているルイが、スバルの腹のあたりに頭を乗せて盛大に涎《よだれ》を垂らしていた。べったりと、濡《ぬ》れた感触は寝汗だけではなく――、

「――っっ!!」

声にならない、スバルの絶叫がシュドラクの集落に響き渡った。

2

「それにしてモ、スバルが無事に目覚めたのは何よりダ」

そう言って、雄々しい笑みを浮かべたミゼルダがスバルの目覚めを祝福してくれる。

黒髪を赤く染めた『シュドラクの民』の若き族長、いわゆるアマゾネス的な生き方が根付いた彼女らだが、中でもミゼルダの在り方は見た目も中身もその体現だ。

そのカラッと気持ちのいい態度に、スバルも自然と胸襟を開く気になる。

「おかげさまで生還できたよ。ミゼルダさんにも、心配かけたみたいだ」

「気にするナ。死ねバ、勇敢な同胞の魂を天に返シ、亡骸《なきがら》は土へ弔うだけダ。そうならずニ、お前の魂が留《とど》まったことは喜ばしイ」

彼女の飾らない言葉に胸を衝《つ》かれ、スバルは頬《ほお》を掻《か》いて内心を誤魔化《ごまか》す。

正直、最初『シュドラクの民』に捕まったときは死をも覚悟したものだ。それが巡り巡って、こうした友好的な関係を築けたことは喜ばしい。

「すでに相手がいるのが残念ダ。レムとルイ、もう一人くらい増やさぬカ？」

「ミゼルダさん！」

やや悪戯《いたずら》っぽいミゼルダの申し出に、スバルの隣でレムが声を大きくした。

新しい木で作られた杖《つえ》をつくレム、彼女は寝起きのルイを腕にしがみつかせたまま、その大声で驚かせた少女の頭を撫《な》で、ミゼルダを静かに睨《にら》んだ。

「お言葉が過ぎます。私はこの人を、信用も理解もしていません」

「ならバ、私がもらい受けてもいいのカ？」

「ええ、当然です。差し上げます」

「俺の意思が反映されてない！」

「あーうー！」

ツンとした態度で、レムがスバルの譲渡案に調印する。

慌ててスバルがストップをかけると、その場の勢いに呑《の》まれたルイも叫んでいた。

ミゼルダとの関係は良好だ。他のシュドラクも、ミゼルダの妹のタリッタを始めとして、スバルに好意的な印象を抱いてくれているらしい。

それが『血命の儀』へ参加し、儀式を乗り越えたことの結果なのだろう。

ただし――、

「だからって、お前への印象がよくなるわけじゃないけどな」

「――ふん。ずいぶんと無礼な物言いだな。貴様だけで、今と同じ成果を得られたとでも言うつもりか？　だとしたら、それはとんだ思い上がりだぞ」

「そうは言わねぇし、そうも思ってねぇけど……」

唇を曲げたスバルに、相対する人物が「なんだ」と不機嫌に応じる。言いたいことがあるなら言え、と言いたげな態度にスバルは肩をすくめた。

「そんなお面付けてる奴《やつ》に言われても、説得力がねぇって思ってるだけだよ」

そう言って、スバルはその不遜な相手の顔を指差す。

そこには赤と白に塗られた鬼の面――スバルにはそう見えるものが被《かぶ》せられていた。この世界には『鬼族』が存在するため、鬼の面とは呼ばないのだろうが。

ただ、何か恐ろしげなモノを模した仮面、それを被った男がそこにいるのだ。

――場所は『シュドラクの民』の集会場、簡素な木組みの建物ばかりの集落だが、そこで最も大きな建物の中、主要な顔ぶれが集まっていた。

シュドラクからは族長のミゼルダと、その妹のタリッタ。スバルの方は杖《つえ》をついたレムと、その腕にしがみつくルイ。そして、それらの真ん中にいるのが鬼面《きめん》の男。

彼はスバルの指摘に、「ああ」と退屈そうに応じると、

「献上された品だ。元より、今後も顔は隠しておくつもりだった。ちょうどいいと言えばちょうどいいだろう。俺も、顔を洗うたびに巻き直すのは面倒だった」

「汚れると痒《かゆ》くなりそうだしな……って、そんな話をしたいんじゃねぇよ」

面に触れ、そう答えた男にスバルは顔をしかめ、視線を鋭くする。

「あんたとサシで話がしたい。――ヴィンセント・アベルクス」

「――――」

そう呼ばれ、男の表情がどう変化したのか、面の向こうの顔は見えない。

だが、微《かす》かに集会場の空気が張り詰め、肌で感じる温度が下がった錯覚があった。思わず下がりそうになる圧迫感だが、スバルはそれに気合いで耐える。

そのスバルの様子に、鬼面《きめん》の男はゆっくりと首を横に振った。

「一度目は朦朧《もうろう》としていたから許すが、俺に同じことを語らせるな。故に、三度目はないと知れ。俺の名を、軽はずみに口にするのは慎むがいい」

「……嫌だと言ったら？」

「相応の罰を与える。貴様に音を上げさせる方法など、いくらでも知っているぞ」

睨《にら》み合った男の発言、それに嘘《うそ》はないとスバルは直感的に悟る。脅しではない。たとえ手札が限られていようと、きっと男は口にした必罰を成立させる。

「お前、ムカつく奴《やつ》だな……」

「ならば、三度目を言わせてみるか？」

「――。いいや、それはやめとく。言い争いにきたんじゃねぇよ。――アベル」

意固地になっても意味はないと、スバルはそこで先に折れる。

そうして鬼面の男――彼の呼び方を、ひとまずは忠告に従ってアベルとすると決めた。

そのスバルの判断に、アベルは「賢明だ」と顎を引いた。

「貴様が引かねば、血を見ることになっていただろうからな」

「言ってくれるな。だけど、俺とお前がやり合ったら勝負は五分五分だと思うぜ」

「その言葉、振り向いても同じことが言えるか？」

売り言葉に買い言葉、言い返したスバルはアベルの言葉に眉を寄せ、振り返る。するとそこには、男二人の言い合いを白い目で見ているレムの姿があった。

「あ、あの、レムさん？　そのお顔は……」

「いいえ？　ただ、死にかけて三日も眠っていたくせに、つまらない意地でまたケガしたいようでしたから。そのまま野垂れ死にしたらいいんじゃないですか？」

「ごめん、悪かった、もうしないから！」

レムの白い目に押し負けて、スバルが必死でそう謝る。

結果、レムのなけなしの信用を取り戻すことはできなかったが、ふと気付いた。

今さらだが、死にかけたスバルが生き延びられた理由は、特別な霊薬でもない限りは治癒魔法によるものである可能性が高い。

だとしたら、それをしたのは——、

「その扱いも含めて、貴様とは話さねばなるまい」

スバルの横顔から内心を読み取ったのか、アベルはレムの処遇という主語を伏せてそう言った。それから、彼はミゼルダの方に顔を向けると、

「ミゼルダ、全員下がらせろ。俺と、この男だけでいい」

「やれやレ、勝手だナ。色男でなければ怒っているところだゾ」

「姉上、色男相手でも怒ってくださイ……」

アベルの指示にすんなり従うミゼルダに、妹のタリッタが肩を落とす。が、族長かつ姉の判断に逆らえず、二人が集会場を出るために立ち上がった。

あとはレムと、状況がわからずに呆《ほう》けた顔をしているルイの二人だが。

「レムも、ちょっと出てってくれないか。こいつと大事な……大事な話があるんだ」

「……嫌だと言ったら、どうしますか？」

「え!?」

アベルの相手で手一杯のつもりだったスバルは、そのレムの言葉に仰天する。

正直、レムに食い下がられるとスバルは弱い。できるなら、レムのしたいことや望みは何でも叶《かな》えてやりたいと思っている。しかし――、

「――。――――。これは、聞かせたくない、かな」

苦悩しつつ、スバルはじっと見つめてくるレムにそう答える。

と、そんなレムの袖を、「うー」と唸《うな》りながらルイが引いた。小さな体ごとレムを引っ張るルイは、どうやら集会場の外へ彼女を連れ出そうとしているようだった。

そのルイの様子にスバルは驚き、レムは薄く微笑《ほほえ》む。

「ごめんなさい。ただ少し、この臭い人に嫌味《いやみ》を言いたくなっただけなんです」

「臭い人……」

どんな嫌味よりも傷付く一言だったが、今は何も言うまい。

ルイに答えた通り、レムは「では」とあっさりと引き下がり、ルイと手を繋《つな》いで集会場を出ていく。その背を見送り、スバルは長く深い息を吐いた。

レムの態度は判断に困る。信用と敵意、どちらの割合の方が大きいのか。

「もちろん、信用の方が嬉《うれ》しいけども高望みはしない。それが俺のライフスタイル……」

「くだらぬ忍耐と思い上がりだな。――こい、貴様の話を聞いてやる」

そうして二人きりになった集会場、スバルとアベルは焚火《たきび》を挟み、向かい合う。スバルはどっかりと胡坐《あぐら》を掻《か》いて、アベルは鬼面《きめん》のまま膝を立てて座る形だ。

「まず聞きたいのは、どっからどこまでが夢で、本当のことだったのかだ」

「は。それこそ、貴様以外に知りようのない問いかけよな。俺に何を答えてほしい。何もかもが泡沫《うたかた》の夢で、事態は平和裏に進んだと聞ければ満足か？」

「ウタカタって子がいたから、その泡沫と紛《まぎ》らわしいな……」

『シュドラクの民』の中、幼い少女が一人いて、彼女がウタカタだったはずだ。

言葉の泡沫と紛らわしいが、アベルの言葉の本質はそこではない。――否《いな》、スバルはわかっていて軽口に逃げた。その怯懦《きょうだ》を、アベルは決して見逃さない。

「貴様の臆病に付き合うつもりはないぞ、ナツキ・スバル」

「……ああ、わかってる。――あの、帝国の陣地を攻撃したのは、現実のことか？」

「無論、そうだ。バドハイムの外に展開していた帝国の陣は、シュドラクの力で以《もっ》てことごとく打ち滅《ほろ》ぼした。貴様の見たものは、幻でも何でもない」

――改めて、アベルの口からあれが現実のものだったと語られる。

夢であってほしかった、悪夢のような光景。しかし、現実は都合よく、スバルを逃がしてなどくれない。胸の奥、ずっしりと重いものが差し込まれ、息が詰まる。

「……話は、わかった。お前が『シュドラクの民』を率いて、帝国の野営地を攻撃した。

それで奴《やつ》らを追っ払った。そういうことだな」

「ああ。だが、それだけでは足りん。――これは、貴様の功績だ」

「あ?」

「わからぬか? 此度《こたび》の戦いで敵を圧倒できたのは、相手の陣容を子細に知ることができたからだ。他ならぬ、貴様の口から聞き出してな」

立てた膝の上、頬杖《ほおづえ》をついたアベルの言葉にスバルの思考が停止した。

冷静に、戦いの結果を受け止めようとしたところに放り込まれた爆弾。その意味が呑《の》み込めず、スバルは何度も口をパクパクと開閉した。

「何を……何を、言ってる? 俺が、何を……」

「敵の陣容と配置、そのおおよそがわかれば攻め落とす策の確度は上がる。現に、こちらは被害なく勝利を収めた。それが貴様の貢献だ。褒美も取らせた」

「――」

「貴様の女を救い出したのがそれだ。俺は、働きには報いる。死者には報いる術《すべ》がない。貴様の息があるうちにと急いだが……ふん、悪運の強い男だ」

悪運が強いなどと言われても、スバルは呆気《あっけ》に取られたままだ。

あるいはアベルにとって、それは褒め言葉だったのかもしれない。だが生憎《あいにく》、スバルにはそれを受け取る文化が根付いていない。

当然だろう。何故《なぜ》、戦争の道具として役立ったことを喜ばなくてはならない。

「俺が、野営地の話を……？　いったい、どうして……」

「薬草の副作用だ。『血命の儀』を終え、貴様は死に瀕《ひん》していた。故に、女と再会させるまでもたせるため、薬を与えた。その効能が貴様の頭を朦朧《もうろう》のまま固定したのだ」

「それで、朦朧としてた俺は聞かれたことにペラペラ答えた……？」

愕然《がくぜん》と、スバルは自分の顔を両手で挟み、声を震わせた。

確かに、スバルは野営地のことを大雑把《おおざっぱ》に把握していた。一度は小間使いとして、数日をあの場所で過ごしたのだ。人数や武器の在処《ありか》、欲しい情報は一通り持ち合わせていた。

持ち合わせていたが、だからなんだというのだ。

「薬なんて、冗談じゃねぇ！　そんなもん勝手に使いやがって！　お前は……」

「だが、それがなければ貴様は女と再会することもなく死んでいた。つまり、女の治癒魔法が貴様に届くこともなかった。死人を生かし、罵られる謂《いわ》れはない」

「あ、あるに決まってんだろ……！　俺は、俺は戦争に加担なんかしたくなかった！　あんな、大勢の人が、死んで……なのに、お前は！」

「――貴様、何か勘違いしているな」

息を荒らげ、邪悪を糾弾するスバルは、アベルの冷たい声音に頬を強張《こわば》らせる。

「勘違い、だと？　俺が、何を勘違いしてるってんだ」

「仮に薬で朦朧としていなかったとしても、貴様は女を助け出すためにシュドラクの力を必要としたはずだ。当然、持てる知識……野営地の陣容のことも話す他ない」

「あ、う……」

「わかるであろう。結果は同じだ。貴様が瀕死《ひんし》であろうとなかろうと、結局は貴様の知識によって野営地の秘密は暴かれ、奴《やつ》らは死に絶える」

アベルの指摘に、スバルは反論しようとした。だが、できなかった。

事実、仮に『血命の儀』をもっといい形で生き延びたとして、レムを助けるための策を練ろうという話になれば、スバルは帝国の陣地の話をしたはずだ。

「けど、その場合は俺が作戦会議に加わってる。人死にが出るような作戦は、俺だったら絶対に反対した。だから……」

「貴様に説得できたと？　殺す以外の術《すべ》を持たず、知らないモノたちを説得し、より良い方法を見つけ出して、人死になく円満に女を救い出すことが可能だったのか？」

「それ、は……」

「教えてやる。――それを、夢物語というのだ」

アベルの言葉に突き刺され、スバルの魂が血を流して絶叫する。

隔絶した死生観の違い、それがスバルとアベル、『シュドラクの民』の間に横たわる。

その壁を取り払い、より良い方法を見つけ出す術は、きっとなかった。

少なくとも、レムが失われるまでの短い時間では、見つけられなかった。

「……だからって、俺は諦めたくなかった」

「貴様が諦めぬ代わりに、貴様以外の誰かが死ぬ。縁もゆかりもない他人か、あるいは貴様の半身か。立ち止まり、愚考に耽《ふけ》るということは、それを許容するということだ」

歯を食いしばり、現実を呪うスバルに、なおもアベルは突き付ける。

その苛烈さと引き換えに、アベルは結果を引き寄せたのかもしれない。だが、代わりに失われる命を選別する権利が、いったいどうして彼にあるというのか。

「お前、何様なんだよ。神様にでもなったつもりなのかよ……」

「たわけ。神でも英雄でもない。無論、この世界を見下ろす邪悪な観覧者とも違う。——俺は王だ。王の中の王」

「——」

「民草は、頂に立つそれを皇帝と呼ぶ。——俺が、それだ」

堂々と、自分の胸に手を当てて、アベルがそう宣言する。

仮面の向こう、隠された表情は見えない。しかし、一度だけ見たアベルの素顔、それが大胆不敵な笑みを浮かべ、瞳を爛々《らんらん》と燃やしているのが目に浮かんだ。

あまりにも威風堂々と、彼は自らの存在を言葉によって証明した。

その存在証明を前に固まってしまうスバルに対し、アベル——ヴィンセント・アベルクスは、その声の威厳そのままに続けた。

「——神聖ヴォラキア帝国、七十七代皇帝、それが俺だ」

「——」

「もっとも、今は頂から降ろされ、野《や》に下った身だがな」

3

——神聖ヴォラキア帝国、七十七代皇帝。

アベルの名乗ったその肩書きを聞いて、スバルの思考が真っ白に染まった。

もちろん、彼が只者《ただもの》ではないという確信は、それこそ初めて密林の平原で出くわしたときからあった。だが、その正体が『皇帝』などというのは想像の外側だ。

「——ただし、それが本当の話なら、だ」

「俺の言葉を疑うのか？」

「当然、疑うだろ。なんで森の中で、その国の一番偉い奴《やつ》と出くわす羽目になるんだよ。お前のふてぶてしさは皇帝クラスって信じてもいいが……」

そこで言葉を切り、スバルは鬼面《きめん》の裏に表情を隠したアベルを睨《にら》みつけた。

「ちょっと前にも言ったはずだぜ。顔を見せないような奴の何が信じられる、ってな」

焚火《たきび》の向こう、揺らめく炎の中でアベルがスバルの言葉を受け止める。

朦朧《もうろう》とした意識で、燃える野営地を見下ろしながら交わした会話を引き合いに出した。

あのときは面ではなく、ボロ布で顔を隠していたアベルに同じことを言った。

そしてそれを聞いたアベルは布を外し、自らの顔を見せたのだ。

「——うだうだとうるさい男だ」

そう言いながら、外した面を傍《かたわ》らに置いた、今この瞬間と同じように。

「――――」

「なんだ、その不躾《ぶしつけ》な目は。特段、貴様と違うものなどついてはいまい」

「……パーツは、そうだな。配置に神の悪意を感じるが」

まじまじと顔を眺めるスバルに、アベルの皮肉がそう突き刺さる。

艶《つや》のある黒い髪と、切れ長で凛々《りり》しい目つき。威圧的な印象は強いが、目を離し難い独特の魅力を持った魔貌《まぼう》――これが、皇帝のご尊顔というわけだ。

ただ、そのアベルの顔にスバルは全く見覚えがない。王選候補者であるエミリアの一の騎士の立場にあり、一応は隣国の国家問題に関わるスバルにも。

「そういう、もんなのか？　国のてっぺんなのに、お前の顔は……」

「貴様の知る由もあるまいよ。元より、俺の顔は帝都の外で見られるものでもない。この国には俺の首を狙うものが多すぎる」

「自衛のためってことか？　そんなに人の恨み買ってるのかよ」

「違う。精強たることが帝国民の信条だからだ。惰弱死すべし、脆弱《ぜいじゃく》死すべし、弱卒死すべし……なれば、強者は全てを手に入れる。皇帝の座も、例外ではない」

自分の膝に頬杖《ほおづえ》をついて、アベルはヴォラキアの極端な思想を語る。

それが嘘《うそ》でないことは、帝国兵の野営地で数日過ごしたスバルも知っている。トッドや他の帝国兵も、今のアベルの言葉に大いに賛同するだろう。

帝国主義の実現、そのためなら如何《いか》なる犠牲を払おうと――、

「――待てよ、おかしいだろ」

「何がだ？」

「仮に……仮にお前が本当に皇帝だとしたら、なんで帝国兵の陣地を攻撃したんだ。普通に出てって、陣地のお偉いさんと話をすれば……」

「たわけ。俺に自殺願望などない。貴様と一緒にしてくれるなよ」

「俺にだって自殺願望なんてねぇよ。けど、自殺……？」

皇帝が、自国の兵士と接触するのを自殺行為と言われる理由がわからない。

アベルにとって、帝国兵は全員まとめて自分の部下のはずだ。それらと接触することが自殺行為になるなんて筋が通らない。――否《いな》、筋を通す方法もある。

「……俺の聞き間違いじゃなかったら、皇帝の座から降ろされたって言ってたか？」

「聞き逃してはいなかったか。だが、俺は同じことは言わんとも告げたぞ」

「茶化《ちゃか》すな！　重要な部分だろ。その、皇帝から降ろされたってのは……」

表情の変わらないアベルが、自分と同じ人間なのか疑わしく思えてくる。

だって、アベルの置かれた状況がスバルの予想通りだったとしたら、それは絶望的な状況のはずだ。その考えが、スバルに続く言葉を躊躇《ためら》わせた。

「――貴様の考えは正しい」

しかし、アベルはスバルの躊躇いをあっさり踏み越え、頷《うなず》いた。

息を詰めるスバルの前で、アベルの視線がわずかに下がり、燃える焚火《たきび》を見る。火の中で薪《まき》が爆《は》ぜ、木片の断末魔を聞きながら、アベルは静かに片目を閉じ、

「バドハイムの外に展開した帝国兵の陣は、政敵が俺を始末するために派遣したものたちだ。貴様は正しく、巻き添えを食らったというわけだな」

「だけど……だけど、陣地の人たちはそんな話はしてなかった。あの人たちは、自分たちが森の『シュドラクの民』と交渉するのが目的って言ってたんだ」

スバルに他人の嘘《うそ》を見抜く能力があるわけではない。

それでも、何十人もの人間がひしめく場所で、部外者のスバルやレムを騙《だま》すためだけに全員が口裏を合わせていたなんて現実的ではなかった。だから、帝国兵たちは自分たちの目的が『シュドラクの民』だと、そう信じていたはずだ。

「なのに、本当の目的がお前を捕まえることとなんて……」

「言葉を飾るな。攻撃を企《くわだ》てていたと、そう言ったのは貴様自身だ。そして、貴様は自分と女の身を守るため、シュドラクと帝国兵を天秤《てんびん》にかけた」

「ちが……っ」

「違わん。戦いがあり、犠牲は戻らない。死者は何も語らぬし、生者に何も及ぼせん」

「――――」

――死者は蘇《よみがえ》らない。

アベルのその痛烈な言葉に打たれ、スバルは強く目をつむった。

何も、何も知らない奴《やつ》が好き放題に言ってくれる。——死者を蘇《よみがえ》らせる術《すべ》はある。

スバルだけが持ち得る、唯一の権能がその手段だ。

『死に戻り』すれば、スバルは陣地の全滅前に戻れる可能性があった。

そうすれば帝国兵たちに警戒を促し、彼らを死の運命から救うことができるかもしれない。だが、それをすれば今度は『シュドラクの民』が危うくなる。

あちらを立てればこちらが立たず、対立する両者を救うことは困難だ。

——何よりも、スバルには彼らのために『死に戻り』をするだけの気概がない。

次をやり直したとしても、もっとうまくいく可能性がどれだけあるだろうか。今回、レムとスバルの身柄が無事なのは、最善ではなくとも次善の状態と言える。

これ以上を望むことは、果てのない挑戦へ挑むことと同義だ。

そのために、自分の命をすり減らすことがどこまで——、

「貴様は、得体の知れん懊悩《おうのう》を抱える愚かな男だ」

そう自問自答するスバルの鼓膜を、不意にアベルの言葉が打った。

一瞬、何を言われたのかがわからず、スバルは唖然《あぜん》と目を開ける。正面、揺らめく炎の向こうで、アベルがまるで憐《あわ》れむようにスバルを見つめていた。

「何故《なぜ》、他者におもねることばかりを望む」

「おもねるって……俺が？」

「貴様は他者ばかりを見ている。貴様はそうした己を意図的に作り上げてきた。戦士が己

の技を鍛えるように、自分自身の心を施しという欺瞞《ぎまん》で覆い隠してきた」

「――っ、お前にそこまで言われる筋合いはない！」

わかったようなことを言うアベルに、スバルは堪《た》え難《がた》い怒りを覚える。

『死に戻り』のことも、スバル自身のことも何一つ知らない相手に、スバルの抱えるものなど万分の一も理解できるはずがない。説教も憐れみも、見当違いだ。

「俺の質問に答えろ！　帝国兵の狙いはシュドラクで、お前のことなんか一言も……」

「一兵卒にまで伝わる話ではない。皇帝が野に下ったなどと、帝都の外に漏れていい話ではない。帝国が揺れることを、俺を追い落としたもの共も望みはしない」

「――――」

「加えて、奴らがシュドラクを狙ったのは必然だ。皇帝の座を追われ、帝都から逃れた皇帝の手を取る可能性があるのはシュドラクのみ。――故に、シュドラクを殺すことは、かろうじて溺《おぼ》れずいる俺の手足を斬り、水底へ沈めるも同然のこと」

淡々とした説明が脳に染み込み、スバルの疑問が氷解させられる。

トッドら帝国兵が密林を取り囲んだことも、彼らが『シュドラクの民』を交渉によって無力化、あるいは殲滅《せんめつ》を目的としていたことも、全部。

「……なんで、シュドラクだけが頼りなんだ？」

「かつて、ヴォラキアの皇帝がシュドラクの窮地を救ったことがあった。シュドラクは恩義を忘れない。『血命の儀』もある。それが俺の勝算だ」

一族全体が持つ皇帝に対する古い恩義と、儀式を重んじるシュドラクとしての在り方。

帝都を追われるアベルはそれに賭け、『シュドラクの民』との接触を試みた。そして、アベルの政敵はそれを防ぐため、帝国兵を密林へ派遣し、皇帝を葬ろうとしたわけだ。

分の悪い賭けだったが、アベルはその賭けに勝ったと言えるだろう。

「でも、敵の第一陣を退けても、それで終わりの戦いじゃないんだろ？」

「無論。――死ねばそこまでだ。だが、俺は生きている。ならば、俺は俺のモノを取り戻すために、俺の持てる力を尽くして奪いにいく」

それが、ヴォラキア皇帝としてのアベル――ヴィンセント・アベルクスの選択。

彼の口にした『モノ』という単語が、スバルには『国』とルビが振られているように思えた。それはあまりにも、スケールの違うモノの見方だ。

「じゃあ、お前はこれから……シュドラクの人たちと戦争を始めるってのか！」

「そうだ。奴《やつ》らには協力を約束させた。『血命の儀』の結果と、かつての皇帝との盟約。誇りを謳《うた》うものたちは扱いやすい。俺と共に戦うだろう」

「あれだけやって……まだ足りないってのかよ!?」

皇帝の座の奪還、そのためには避けられない戦いがいくつも起こることになる。

それは戦争――人間と人間が争い合い、その命を奪い合う壮絶な戦いの幕開けだ。

「――――」

焼き払われた帝国の陣地、そこにはスバルの知る限り、百人以上の帝国兵がいた。

スバルの意識のない数時間で、百人以上の人間が命を落としたということだ。

「どうして、殺すんだよ……」

「それ以外の術《すべ》がない。それだけだ」

「……本当に、そうなのか？　それ以外の手段を本気で探したのかよ？　相手を殺して、全部の可能性を奪う前に、最後の最後まで」

蚊の鳴くようなスバルのか細い訴えに、アベルが目を細める。

それはスバルの意見を熟考しているというより、何故《なぜ》そんなことをしなくてはならないのかと、根本的な部分を問いかけているように思えた。

隔絶した価値観の違い。――これまでナツキ・スバルは幸運にも、大きく価値観の異なる相手と関係を築かなくてはならない状況に陥ることがなかった。

この世界で出会う人々の多くは理性的で、価値観の違いで話が通じなかったのは、それこそ『魔女』や大罪司教ぐらいのものだ。だが、スバルは彼らを明確な『違う』存在だと定義することで、やはりそれらと価値観をぶつけ合わせることを避けてきた。

しかし、アベルは違う。『シュドラクの民』も、帝国兵たちも違った。

彼らに悪意はなく、人間の生死を弄ぶことも、絶大な力を自儘《じまま》に使うわけでもない。

その考え方の根本を除いて、スバルと同じ人間であるのだ。

それなのに――、

「……俺は、ただレムを連れて帰りたいだけだ」

これから、アベルの皇帝の座を奪還する戦いが始まる。

これが伝記や歴史書の一ページならよかった。だが、これは現実で、頼れるもののいない土地で、歴史を変える戦いに介入する意思なんてスバルにはない。

目的は、レムを連れてルグニカ王国へ帰還すること。

一刻も早くエミリアやベアトリス、ロズワール邸の仲間と合流し、レムの目覚めを喜び合い、今後のことを相談し合うことだ。──それ以外の問題に付き合ってはいられない。

「──最寄りの町とか村を教えてくれ。俺はそこから、帰る手段を探す」

両手で自分の頰《ほお》を叩《たた》き、スバルは目的を一本に絞って言い切った。

それを受け、アベルは「ほう」と小さく吐息をつくと、

「道理だな。だが、それも容易《たやす》い道ではないぞ」

「簡単でも難しくても、必要なら道を歩くんだよ。できれば舗装された道をな」

そう言って、スバルは口の中の頰肉《ほほにく》を強めに嚙《か》み、痛みで意識を切り替えた。そして、アベルと、この先も戦い続ける孤独な皇帝と向かい合う。

「まだ、お前に礼を言ってなかった。……手段はともかく、レムを助け出してくれてありがとう。そのことは感謝してる」

「あの娘だけでなく、もう一人も助け出したぞ」

「あれは余計だった。……おかげで、俺の悩みはしばらく据え置きだ」

もちろん、帝国の陣地でルイが失われた場合、レムとの関係が深刻化する可能性が高

かった。どっちがよかったかなんて、スバルにもわからない。だから――、

「俺は、俺の納得できる方を選ぶ。……複雑だけど、お前はお前で頑張れよ。でも、シュドラクの人たちを……」

「巻き込むな、とでも？　どのみち、俺や貴様が介入しなければ森ごと焼かれていたのが奴《やつ》らの末路だ。これはもう、奴らの戦いでもある」

それは、否定の余地がない。

彼女たちはもう、自分たちの身を守るために戦わなくてはならない立場なのだと。

しかし――、

「俺にはとても無理だ。……お前みたいには一生なれないだろうよ」

首を横に振り、スバルはアベルを見ながら呟《つぶや》いた。

片目をつむるアベル――その閉じた瞼《まぶた》は、先ほどとは反対だ。もっと言えば、アベルの瞬《まばた》きは独特なものだった。片目ずつ、決して一度に両目をつむらないのだ。

それが、ほんの刹那でも両目を閉じないためなのだと、スバルは理解した。

そして、それが習慣になるような世界で生き抜いてきたヴォラキアの皇帝、剣狼《けんろう》の帝国の頂点の存在を恐れ、畏れる。

「当然だ。貴様にも誰にも、俺の代わりは務まらぬ」

スバルの呟きへの応答か、アベルはただ静かにそう言ったのであった。

4

『シュドラクの民』と別れ、バドハイム密林の最寄りの町へ向かう。

そのスバルの決断を聞いたとき、思いの外、周囲の反応はさっぱりしたものだった。

「そうカ、残念だが仕方あるまイ。それが同胞の決断ならバ」

とは、スバルの話を聞いたミゼルダの反応だ。

正直、戦わなければ戦士ではないと、そう罵られることも覚悟しての告白だったので、彼女がスバルの意思を尊重してくれたのは嬉《うれ》しくも申し訳なかった。

ミゼルダ以上に寂しげにするウタカタの存在には後ろ髪を引かれたが、しかし、それもスバルがここに留《とど》まる理由にはなり得なかった。

「スー、どっかいク。ウーは残念……」

「ああ、悪いな。……なぁ、ウタカタはこれから何が起きるかわかってるのか？」

裾を摘《つま》んだ少女の頭を撫《な》でながら、スバルはウタカタにそう問いかける。

『シュドラクの民』の価値観や連帯感に疑いはなく、ミゼルダの決断が部族の決断であることに違いはないだろうが、それでもウタカタはまだ幼い。

何もわからず、周囲の熱に浮かされているとしたら――、

「これからラ、戦いが始まル。ウーも、ミーとターとみんなと戦ウ」

「……そうか」

そう言いながら、背中に背負った弓を見せるウタカタにスバルは嘆息した。

幼い子どもは何も知らなくあってほしい。そんな欺瞞《ぎまん》も、やはりこの密林では通用しない甘っちょろい考えであったらしい。

元々、ウタカタには一度、スバルを毒矢で射殺したという実績もあるのだ。

そうは見えなくとも、ウタカタも『シュドラクの民』の一人には違いない。戦うための覚悟も、相手を殺すという覚悟も、備わっている。それでも――、

「死ぬなよ、ウタカタ」

「ウー、死ななイ！　スーも死なないデ、頑張ル」

声援を返され、スバルは言葉に詰まり、弱々しい笑みを作ることでそれに応えた。

正直、アベルとシュドラクの戦いにどれだけの勝算があるのか、全く想像がつかない。

皇帝の座を追われたアベルと、帝国兵を自由に動かせる政敵。如何《いか》にアベルが神算鬼謀《しんさんきぼう》を駆使したとして、どこまで数の不利を覆せるのか――、

「――準備ができました」

「うお！」

「……どうしたんですか。そんなに驚いて」

考え事をする横顔に声をかけられ、驚いたスバルに相手は怪訝《けげん》な顔をした。

それは木製の杖《つえ》を片手に、少ない荷物を背負ったレムだった。その旅装は、スバルと一緒に森を出ていく準備を済ませた格好だ。――正直、レムの反応は意外だった。

アベルへの宣言のあと、最も難儀なのがレムの説得だとスバルは考えていたのだ。

最悪の場合、寝ているレムを無理やり連れ出し、夜逃げのような勢いでシュドラクの集落から別れる覚悟をしていたほどだったのだ。

だが、まずは断られることを覚悟で正面から事情を打ち明けたスバルに、レムの反応は思いがけず、あっさりとしたものだった。

『――。わかりました。明日までに準備を済ませます』と。

だから、こうして旅支度を終えたレムを見ても、スバルはそれをイマイチ現実のものとして受け入れることができずにいた。

「……あの？」

「あ！　いや、悪い、大丈夫だ。うん、旅支度も決まってる。可愛《かわい》い可愛い」

「は？」

「じゃなく、しっかりしてる！　助かるよ。お前がしっかり者で、俺は幸せ者だなぁ」

受け答えがぎくしゃくしすぎて、レムにかなり疑いの目を向けられてしまった。

別にご機嫌取りがしたいわけではない。もちろん、レムに反抗されないのが助かる状態ではあるので、できれば関係性の現状維持が望ましい。

理想は、もっと打ち解けたいところではあるが。

「それで、あなたの方の準備は？　別れを惜しむ時間はあったみたいでしたが……」

「ああ、そっちは平気。元々荷物は少ないし、ほとんどレムが持ってくれるしさ」

「……でも、あなたは私ごと持っていくことになるんですよ」

そう言って、レムの視線が向くのは広場に置かれた手製の木組みだ。

太い枝と蔦《つた》を組み合わせて作られたそれは、スバルがレムを背負って移動するために組んだいわゆる背負子《しょいこ》というものだった。

杖《つえ》があればたどたどしくも歩くことができるレムだが、ここから最寄りの町へ移動するにも数日がかりの旅路となる。その間、レムの歩調に合わせていてはどれだけかかるかわからない。そのために、スバルがシュドラクと協力して作ったものだった。

「ハンドメイド感はかなりあるけど、強度は問題ないはずだ。ちゃんと、レムよりも重いタリッタさんで実験済みだから」

「あまり重い軽いに頓着はしていませんが、タリッタさんに失礼だと思います」

またしてもレムの不興を買いつつ、スバルは苦笑して頬《ほお》を掻《か》いた。

それから、スバルは視線をレムの後ろ――旅の道連れであるルイに向ける。当然だが、スバルがレムを連れていくとなれば、彼女も同行者となるのだ。

「いくら何でも、シュドラクのみんなに爆弾押し付けていくのは無理だしな……」

そうでなくても、大罪司教から目を離すなんてことは言語道断。

これまで、幾度も目を離してきた機会はあり、そのたびにルイには本性を露《あら》わにするチャンスがあったことになるが、今後はそうはさせたくない。

たとえ、ルイの素振りが演技ではなく、本当のそれと思い始めていても。

「あー、うー」

そのルイだが、長い髪を頭の後ろでまとめて、白い衣装を繕い直し、ずいぶんと印象の変わった装いとなっていた。どうやらシュドラクの集落では可愛《かわい》がられていたらしく、直した服も集落の人々からの贈り物であるようだ。

「何から何まで世話になって悪いな」

「気にするナ、スバル。お前は『血命の儀』を乗り越エ、己の魂の輝きを示しタ。我らがお前に力を貸すのハ、同胞に対する当然の誉《ほま》れダ」

見送りにやってきたミゼルダの言葉に、スバルは「同胞……」と俯《うつむ》いた。

そう呼んでくれるミゼルダに顔向けできない。だって、スバルはこれから先の過酷な戦いを予感しながら、彼女たちと別れ、逃げ出そうとしている。

はたしてそれが、彼女らの語った誇りと誉れある同胞のやることだろうか。

「気に病むナ、スバル」

しかし、ミゼルダはそんなスバルの心中を読み取ったようにそう言った。

「ミゼルダさん……」

「我らは戦イ、自らの価値を証明すル。だガ、大事なものを守り抜くことで未来を創《つく》ル。一族を守るために必要な考えでもあル」

「――――」

「レムとルイを守レ。それガ、私が同胞に期待する誉れダ」

真《ま》っ直《す》ぐなミゼルダの言葉に、スバルは眦《まなじり》の奥が熱くなった。

ルイのことは勘違いだと、そうミゼルダに訂正する気も起きない。せめて、その役割を果たすことで、ミゼルダたちの信頼に応えなくては。

あるいはもう二度と、彼女らと相見《あいまみ》えることはないのだろうが――。

「こっちは準備できたノー。そろそろ、出発する頃合いなノー」

ミゼルダの発破を受けたところで、大きく手を振る女性――髪の先を黄色く染めたホーリィが、満面の笑みでスバルを呼んだ。

そのホーリィの傍《かたわ》らには、髪を緑に染めた細身のクーナがいる。朗らかなホーリィと対照的に口数の少ない印象のクーナ、その二人がスバルたちのお守役――最寄り町である『グァラル』への道中、守ってくれる手筈《てはず》となっていた。

「護衛なんて恐れ多いと思ったけど……」

ここは異国で、スバルはたったの数日ですでに何度も死んでいる。

特殊な状況だったことは否《いな》めないが、用心するに越したことはない。スバル自身には過信するまでもなく戦闘力がなく、レムとルイに期待するのも無茶《むちゃ》な話。

クーナはわからないが、ホーリィは大岩を軽々と持ち上げるのもこの目で見た。道中の護衛役として、十分以上の信頼できる相手だった。

そして――、

「――レム、どっか痛いところないか？」

背負子《しょいこ》をぐっと担ぎ上げ、スバルが背中越しにレムに聞く。

背負子越しに背中合わせのような形になるため、スバルの方からレムの顔を見ることはできない。レムの体を固定するため、できるだけ柔らかい葉っぱや布を詰めてはみたものの、長時間の移動となると不便はいくつも出てくるだろう。

「大丈夫です。……あなたの方こそ、いけるんですか？」

「一応、適度に鍛えてたからな。まだ体力も完全復活とはいかないけど、いざってときにホーリィたちの手が塞がってるのは避けたいから」

そもそも、護衛をしてくれるだけでも大助かりなのに、その上、レムまで運ばせるような真似《まね》はどの面を下げても頼むことなんてできない。

そんな意地を発揮するスバルと背負われたレム、ちょこんとルイが隣に並び、同行するホーリィとクーナも軽装ながら旅の準備を終えて立つ。

すると、集落の入口にぞろぞろとシュドラクの人々が集まってきた。

「でハ、同胞たるナツキ・スバルの安寧ト、目的が果たされんことヲ」

「――果たされんことヲ！」

先頭に立ったミゼルダの呼びかけに、他のシュドラクが声を合わせる。

びりびりと風が起きたような錯覚を味わいながら、スバルは彼女たちの心意気に、せめて笑顔で「おう！」と応じることを返礼とした。

「ありがとう、みんな。どうか元気で！」

言ってから、それがひどく欺瞞《ぎまん》に満ちた挨拶だったと自分で思う。

これから彼女たちに待ち受ける波乱を思えば、あまりに空虚で無意味な言葉だった。

だが、掛け値なしの本音だ。この、元気で気持ちのいい女性たちに生き抜いてほしい。

「――――」

そう望みながら、スバルは見送りの列の中にあの凶悪な鬼面《きめん》の存在を探す。

しかし、当然と言えば当然だが、その姿はどこにも見当たらなかった。

それをどこか、苦々しさを堪《こら》えながら見届けて――、

「――いってきます！」

「うー！」

やけくそのように言ったスバルに、ルイの声が高らかに重なった。

そして、スバルたちは『シュドラクの民』の下を離れ、これから起こるだろう戦火から逃れるべく、最寄りの町であるグァラル目指し、最初の一歩を踏んだのだった。

5

――ズドン、と強い音が鳴り、一斉に動物の群れが地を蹴った。

平原の途中で見つけた小さな森、その木陰で草を食《は》んでいたのは鹿とよく似た動物で、雄々しい角と黒い体毛から『黒鹿』と呼ばれるメジャーな草食獣だ。

音と衝撃に散り散りに逃げる群れの中、置き去りにされたのは草の上に倒れる一頭の黒鹿だった。その胴体には太い矢が刺さっており、一撃で心臓を破壊されている。

「お肉、仕留めたノー！」

「……肉テ。せめて黒鹿って言えシ」

「え？　今、なんて言ったノー？　クーナの声は小さくてよく聞こえないノー」

快哉《かいさい》の声を上げたのは、強弓を射《う》ったホーリィだ。

朗らかな笑顔だった彼女は、自分の傍《かたわ》らの少女――クーナの呟《つぶや》きが聞こえず、不思議そうな顔で首を傾《かし》げる。それを見たクーナは唇を尖《とが》らせると、

「何でもねーシ！　血抜キ！　さっさとするゾ」

「あ、待ってほしーノー！」

のしのしと歩き出すクーナの背に、ホーリィが慌てて続こうとする。が、その前にホーリィは「わ」と足を止め、くるっと後ろを振り向いた。

そのホーリィの視線の先、そこには彼女らの連れの影があり――、

「せっかくだかラ、ちょっと休憩していくノー。スバルもそれでいいノー？」

「……あ、ああ、別に、全然大丈夫だけど、いいぜ」

休憩を提案するホーリィに、滝のような汗を流しながら答えるスバル。

そのスバルを見て、ホーリィは「よかったノー」とクーナの背中を追いかけた。それを見送り、ゆっくりとスバルはその場に膝をついた。

そんな疲労困憊《ひろうこんぱい》のスバルの後ろ、背負子《しょいこ》に乗せられたレムは小さく息をついて、

「……意地っ張り」

と、スバルに聞こえないように呟いたのだった。


「いや、マジでちょっと舐《な》めてかかってたわ。俺が長男じゃなかったら弱音吐いてた。長男だから耐えられたけど、次男とか末っ子なら無理だったわ」

「意味がわかりません。そもそも、我慢強さに兄弟の有無が関係あるんですか？」

枯れ枝を集め、焚火《たきび》の準備をしながらのスバルの言い訳に、レムが白い目を向ける。その彼女の呆《あき》れの眼差《まなざ》しに、スバルは「あー」と唸《うな》ってから、

「今のはお約束のボケなんだけど、わりと忍耐力と兄弟の有無って相関性ある気がする。ほら、長男は両親に厳しく育てられて、末っ子は甘やかされるって言うだろ？」

「だろと言われても知りません。一人っ子だった場合は当てはまらないじゃないですか」

「その場合、甘やかされつつ厳しく育てられる羽目になる……まさに、俺が長男にして末っ子という一人っ子の特性に当てはまる男だからな」

両親の仲睦《なかむつ》まじさを考えると、スバルに兄弟がいないのはなかなか不思議なことだ。

父と母の愛情を独り占めした自覚はあるので、兄弟姉妹がいたらどうなっていたのかと思わなくもないが、現実が変わるわけでもない。

「それに、俺がいない今まさに弟妹が増えてないとも限らない……」

「あーうあー」

恐ろしい想像をするスバルの傍《かたわ》ら、目を伏せるレムの膝でルイが戯れている。

移動中、スバルの背中に固定されている背負子《しょいこ》だが、地面に下ろせばそのまま椅子として活用することも可能な優れモノだ。

おかげで、わざわざレムに乗ったり降りたりを強要しないで済む。

もっとも、レムにはスバルの手を借りっ放しである状況に忸怩《じくじ》たる思いがあるのかもしれないが、それはしばらく味わってもらわなくてはならない屈辱だった。

それをどう思っているのか、レムは膝の上のルイをあやしながら、

「兄弟……私には、いたんでしょうか」

不意に、レムからそう問われ、スバルは「お……」と息を詰めた。

ハッと顔を上げれば、レムの青い瞳と視線がぶつかる。その淡い光に揺らめく感情の正体はわからない。たぶん、レム自身もよくわかっていないのだと思う。

「でも、初めてだな。お前が、俺から記憶のことを聞こうとしたの」

「ここがどこで、あなたが誰で、私が誰で、何をするつもりで、どの面を下げて。……これまでにも何回も質問したと思います」

「ネガティブ系は省いて、あと、どの面下げてはまだ言われてなかったと思うんだよ」

チクチクとしたレムの物言いに苦笑し、しかし、スバルは微《かす》かな安堵《あんど》を得ていた。

レムに言った通り、彼女がポジティブな意味でスバルに何かを質問したのはこれが初め

てのことだった。それを、スバルは関係性の前進と捉える。

正直、シュドラクの集落を離れてからの道中、スバルはずっと不安だった。

あれだけスバルへの敵意と疑念を露《あら》わにしていたレムが、ここまでずっと協力的でいてくれたのだ。奇跡ではなく、災いの前触れを疑っても不思議ではないだろう。

しかし、レムは背負子の上で大人しくしてくれているし、ちょこまかと動いて行軍を邪魔しようとするルイを窘《たしな》め、スバルの負担を減らそうとすらしてくれている。

「――――」

「なんです？　話す気はない、ということですか？」

「いやいや、早とちりだよ。ただほら、俺とレムの関係ってぎくしゃくしてただろ？」

「今もしていますし、ぎくしゃくではなくギスギスしています」

「そのギスギスが、ちょっと和らいだかなって思ってんの！」

汚らわしいものを見るようなレムの目に、スバルは改めて心を傷付けられる。が、その傷もレムからもらったものとして大切に保存し、頬《ほお》を指で掻《か》いた。

「俺も、レムの全てを知ってるわけじゃない。でも、今のレムよりはレムについて知ってる。聞きたいことがあるなら、答えられるだけ答えるつもりはある。でも……」

「信じられるかどうかは私次第……」

「ん、そうだ」

短く頷《うなず》いて、スバルはちらとレムの様子を窺《うかが》う。

彼女はルイの髪を指で梳《す》いてやりながら、思案するように眉を寄せていた。それからしばらくして、レムは再びスバルの目を見つめ返すと、

「わからないんです」

「そりゃそうだろ。思い出せないんだから」

「私のことではなくて、あなたのことがです。……あなたが、いったいどういう人なのか、私にはちっともわかりません。感じるものと、見たものが一致しないから」

きゅっと唇を引き結び、レムの視線が冷たい熱を帯びる。

それは心の距離が離れたのではなく、真剣味を増したということだ。レムがスバルを見定めようと、その瞳に真剣味を増した。

それは、少なくともスバルの人間性を吟味するに値すると考えてくれた証《あかし》だ。

「……頭ごなしに邪悪の化身扱いされてたのから比べると、大躍進って感じだ」

「今も疑いは晴れていません。……ただ薄皮一枚、考える余地があると思っただけで」

「じゃあ、俺たちの薄氷の関係に薄紙が一枚入ったところで、何か聞きたいことは？」

「……もう少し、考えさせてください」

スバルの方は胸襟を開く準備ができているが、レムは首を横に振った。レムの準備――正確には、レムがスバルを信じるための準備がまだできていない。

正直、真実を躊躇《ためら》うレムに、もどかしさを覚えないと言えば嘘《うそ》になるが。

「――わかった。お前の準備が整うのを待つよ」

「……他人事《ひとごと》みたいに言わないでください。あなたの日頃の行動にもかかっていると、そう言えなくもないと思いますから」

「なるほど……つまり、俺がレムの好感度とか信頼度をバンバン稼いでいけば、それだけ早くルートが開放されてくれるって寸法か」

「意味はわかりませんが、不愉快な話をされたのはわかりました」

顎に手を当てたスバルの納得に、またしてもレムの不満度が溜《た》まる音が聞こえた。

と、そんな会話を繰り広げるスバルたちの下へ――、

「お待たせしたノー。いい感じに黒鹿の解体が終わったノー」

そう、満面の笑みでホーリィが戻ってくる。

彼女は肩に担いだ枝の先に、解体した黒鹿を吊《つ》るしてご満悦だ。そのご機嫌なホーリィの後ろで、解体作業に勤《いそ》しんでいたらしいクーナは疲れ顔でいる。

「なんデ、全部アタイがやんなきゃなんねーんダ……」

「だってテ、クーナがやった方が上手にできるノー。せっかくのお肉が台無しになったラ、私、食べても食べてもお腹《なか》が空《す》いちゃうノー」

「なんでだヨ！　食ったら食った分はちゃんと腹に溜めとケ、不思議ちゃんガ！」

呑気《のんき》なホーリィにクーナが怒鳴るが、ホーリィはそれを笑って聞き流してしまう。

それから、ちゃんとスバルが集めていた枯れ枝の束に目をやる。

「お、ちゃんと集めてくれてるノー。感心感心なノー」

「狩りの代わりにこのぐらいさせてもらうさ。火の付け方、勉強させてもらっていい？」

「ベンキョー？　聞いたことない言葉なノー」

「教えてもらうって意味だロ……」

首をひねったホーリィが、クーナの説明に「そうなノー」と嬉《うれ》しげに笑う。

それから彼女は手荷物から黒い石を出すと、スバルに見えるように手早く打ち合わせ、その火花であっさりと枯れ枝に火を付けてみせた。

「おおー、すげぇ！　職人技だ」

「コツさえ掴《つか》めばらくちんなノー。これで、素早くお肉を焼いちゃうノー」

手を叩《たた》いたスバルの称賛に、ホーリィが上機嫌で黒鹿の肉を焼いていく。焚火《たきび》の上でこんがりと焼かれ、香ばしい匂いが漂う中、「それにしても」とスバルは切り出した。

「ホーリィの早業すごかったな。群れに気付いたら、すぐにビャーって射《う》ってて」

「クーナが群れを見つけてくれたおかげなノー。おかげで新鮮な肉にありつけたノー」

「群れ見つけただけダ。……早撃ちはともかク、弓矢ならシュドラクの誰でも引けるゾ」

「クーナ以外はなノー」

嫌なところを突かれたと、クーナが「うグっ」と苦々しく呻《うめ》いた。

そのクーナの反応に、レムが「そうなんですか？」と目を見張る。

「意外でした。クーナさんは目がいいと、そうミゼルダさんから聞いていたので……」

「……目がよくてモ、腕が悪くちゃどうにもならねーんダ」

「弓の腕だト、ウタカタにも負けちゃうクーナ、可愛《かわい》いノー」

「うるせーナ！」

ウタカタ以下と評価され、クーナがホーリィの腹に手刀を打ち込む。が、ホーリィはその一撃をふくよかな体であっさりと跳ね返した。

そのお約束らしいやり取りをレムは微笑《ほほえ》ましげに見ているが、ウタカタの弓の腕の話を聞かされると、一度彼女に殺されたスバル的にはなかなか複雑だった。

「それに、弓矢ってなるとな……」

口元に指をやり、スバルは強弓のことで少し考えてしまう。

それは帝国兵の陣地に囚《とら》われる前、森の中でスバルやレムを襲った『狩人《かりうど》』の存在だ。

一度は魔獣からスバルたちを守り、一度はスバルを殺害した弓の名手。

あの狩人の正体はいまだに明らかになっていない。

だから、ホーリィが黒鹿を射抜いたときにはスバルの血の気が引いたものだった。

ただ、先のシュドラクの弓の扱いの話を聞くと――、

「――シュドラクの誰か、って以上は考えるだけ無駄か？」

あの時点で、スバルたちは森に入り込んだ怪しい不穏分子だ。

大きい声を出してレムを探していたスバルを、怪しい害敵と判断して排除しようとしても無理ないのかもしれない。その後の、魔獣を交えた一戦でも同じこと。

そもそも、狩人は魔獣からはスバルたちを守った。――一概に敵であると、そう断言す

る理由に薄いと言えないこともないのだ。

「ホーリィさんとクーナさんは仲がよろしいんですね」

そうスバルが考え事をしている最中、レムとホーリィたちの話が弾んでいる。レムが踏み込んだのは、同行してくれている二人の関係だった。ただし、仲がいいと言われて笑ったのはホーリィだけで、クーナの方は「うゲ」と舌を出して嫌がった。

「なんだその反応と顔。どっちも美少女がしちゃいけないもんだぞ」

「腐れ縁なのを思い出させられただけだゾ。アタイは苦労させられっ放しダ……」

「あははは、クーナは苦労性なノー」

「だ・れ・の・せ・い・ダ！」

怒り心頭のクーナがホーリィの肩を乱暴に揺する。しかし、二人の体格差は大きく、細身のクーナでは倍近い質量のホーリィをびくともさせられない。

「私とクーナは同じ日に生まれたノー。お隣さんデ、姉妹みたいなものなノー」

「アンタみたいなノ、姉でも妹でもお断りだシ……」

「あ、そろそろいい感じに焼けてきたノー」

「聞けヨ!!」

とことんマイペースなホーリィに、どこまでも振り回されているクーナ。そんな彼女を見ていると、どことなく苦労性の武闘派内政官が重なって見える。

「クーナは髪の毛緑に染めてるし、イメージカラーが被《かぶ》ってる……登場してない場面でも自己主張の強い奴《やつ》だな、あいつ」

当人が聞いていたら、「濡《ぬ》れ衣《ぎぬ》もいいとこなんですがねえ!?」と言い出しそうな言いがかりだったが、この場にいないのでそれは幻聴として処理する。

ただ、肉の焼き色についてあれこれと言い合うホーリィとクーナを見ながら、レムが少しだけ目尻を下げ、「羨ましいです」と呟《つぶや》くのが聞こえた。

「そうやって、あけすけに言い合える相手がいて……」

「……あー、レム、一個だけいいか？」

呟きに込められていたのは、切実でありながら明確な羨望。

記憶のないレムにとって、スバルを含めた周囲は暗闇の中からやってくる侵略者のようなもので、真の意味で心安らぐタイミングはないのだろう。

その張り詰めた心を癒《いや》す術《すべ》になるかはわからないが――、

「なんですか？」

「お前が聞きたいって思うまで黙っておくって言ったけど、一つだけお漏らしする」

「え……」

「お前には、お姉さんがいるんだ。お前の双子の姉で、お前を心底大事に思ってる。……だから、お前はどこにいても、一人ぼっちにはならない」

そのスバルの言葉を聞いて、レムが丸い目をさらに大きく見開いた。

レムが信頼してくれるのを待つと言って、その舌の先も乾かぬうちにと罵倒されても仕方のない発言だった。でも、レムはもちろん、スバルの方も限界だったのだ。

せめて、ラムの存在ぐらいは伝えてもいいだろう。

きっと今も、遠く、ルグニカの地から妹の身を案じているだろうラムのことを。

「俺にはわからないけど、目をつむって想《おも》ってみると、感じられるかもしれない。それを双子の共感覚って言うんだと」

「共感覚……」

いくらか躊躇《ためら》いながら、レムがおずおずと自分の胸に手を当て、目をつむった。

そのままじっと、同じ日に同じ母親から生を受けた自分の半身——双子の姉の存在を求めて、レムの意識が暗い夜の海に向かって手を伸ばし始める。

しかし——、

「……何も、感じられません」

「そう、か。……やっぱり、イメージできないとキツイのかな」

ゆるゆると首を横に振り、レムが共感覚の失敗を報告する。

一瞬、繋《つな》がれないラムの身に何かがあったのかと不安な気持ちも湧いたが、それ以上に距離——物理的にも精神的にも横たわるそれが大きいと判断した。

正直、共感覚が繋がってくれたら、それで多くの問題が解決できた気がする。かなり惜しい気持ちになるが、一番悔しいのはレムだ。

「——ぁ」

「うー？」

だが、スバルが慰めの言葉を選ぶ間に、レムの唇から微《かす》かな吐息が漏れた。

理由はレムの胸に当てた手、その手に重ねられたルイの手だ。ルイはレムの膝に頭を乗せたまま、真下からレムを案じるように手に手を重ねている。

その、ルイの仕草にレムは唇をやんわりと緩め、

「ありがとうございます。大丈夫ですよ」

レムが気丈に微笑《ほほえ》むと、それを見たルイも嬉《うれ》しそうに笑う。

その二人のほのぼのとした空気を見て、スバルは出遅れたことと、役割を横取りされたことに奥歯を噛《か》みしめた。

「クソ……やっぱり、お前は俺の敵ってことか……！」

「だから、どうしてそうなるんですか。大人げないと思わないんですか？」

ルイを睨《にら》みつけるスバルを見て、レムにまたも見損なわれる。

それを知らず、スバルの視線を受けるルイは上機嫌に手足をバタつかせていた。

そして、そんなスバルたちのギスギスした関係を余所《よそ》に――、

「焼けたノー！」

「まだ生焼けダ!!」

と、すでに出来上がった関係性の二人が声を上げていたのだった。

6

――全体で四日かけて、一行は無事に『グァラル』へと到着した。

「あれがグァラル……立派な壁に守られてんだな」

遠目に見えるのは、高い壁に囲まれた城郭都市《じょうかくとし》だ。

最寄りの町と聞いてイメージしていたものとだいぶ格差のある光景に、スバルは予想を外された驚きと、棚からぼた餅の二つの感覚を味わっていた。

「ずいぶんと厳《いか》つい街の雰囲気……巨人でもくるの？」

「巨人族？　それなラ、もうずいぶん前に滅《ほろ》びかけたって聞いてるゾ」

「そうなの？　じゃあ、俺が知ってるジジイって最後の巨人族なのかな……」

真面目に答えてくれるクーナに、スバルはそんな益体のない感想をこぼす。

スバルの知る唯一の巨人族のロム爺《じい》が、まさかそんな希少な立場だったとは。確か鬼族も滅亡寸前とレムから聞いたことがある。異世界の生存競争もかなり厳しいらしい。

「落ち着いて考えると、エミリアたん以外のエルフ関係者とも出くわしたことないし、エルフもだいぶ少なかったりするのかもしれねぇな」

ファンタジーもののお約束として、長命種というものは寿命が長い代わりに繁殖力が弱く、あまり数を増やせないというのがよくある話だ。

それに加え、この世界には『嫉妬《しっと》の魔女』への根深い恐怖があるため、エルフもハーフエルフも、どちらも生きづらい因習が各地に残っていると容易に想像できた。

「エミリアたんのいないところでエミリアたんを思う。クソ、ベア子ともしばらく会えてねぇし、エミリアーゼとベアトロミン不足が深刻になってきた気がする」

どちらの栄養不足も、処方薬はエミリアとベアトリスとの接触だ。

真面目な話、不安や緊張状態が続くことの心的疲労はかなりのものなので、スバルの安心材料たる二人の声が聞けるだけでもかなり楽になるのだが。

「ラムにペトラ、フレデリカたちの声が恋しい……この際、ロズワールの声でもいい」

「あの、それは意味のある葛藤なんですか？」

こぼれ出すスバルの独り言を、背中のレムに聞き咎《とが》められる。

旅の間、スバルは背負子《しょいこ》のレムを他者に預けることなく見事に運び切った。初日や二日目は運送のコツが掴《つか》めておらず、体力の無駄な浪費が目立ったが、三日目からはペース配分とバランス感覚が掴めたおかげでかなり歩みも捗《はかど》った。

「もう、レムを背負わせたら俺の右に出る奴《やつ》はいないぜ」

「そんな不名誉なことで競わないでください。あと、ホーリィさんたちが」

背中合わせの姿勢なので、レムに指摘されるのはスバルの背中側だ。彼女の言葉に従ってスバルがくるっと振り返ると、ホーリィとクーナの二人がいる。

だるそうに頭を掻《か》いているクーナ、その隣でホーリィがにっこりと笑い、

「じゃあ、無事についたからこれでお別れなノー」

「あ……二人は街には？」

「入る意味がないだロ。アタイたちの役目ハ、アンタたちを送り届けることダ」

「そっか。……二人には本当に助けられたよ」

突然の別れの挨拶に、しかしスバルは当たり前のことだったと自分を戒める。

二人はあくまで、『シュドラクの民』としての厚意でついてきてくれただけなのだ。

狩りの腕前と朗らかな性格で旅を和ませてくれたホーリィ。

聞けば答えてくれる真面目さと意外な博識さが頼りになったクーナ。

二人と別れ、スバルは今度こそ、レムと――否《いな》、レムとルイとの三人旅となる。

帝国の陣地でもシュドラクの集落でも、他に誰かしらがいたが、今度は違う。

「……ったク、情けない面すんなヨ」

「悪い。情けない面って……うおっ⁉」

と、先々の不安に揺れたスバルの黒瞳を見て、クーナが何かを突き出してくる。

とっさにそれを手で受け止め、予想外の重みにスバルは前に傾いた。渡されたのは白く細長い包みだ。それはずっと旅の間、ホーリィが背負っていたモノでもある。

「てっきり武器だと思ったけど、そういや一回も開けてなかったな……これは？」

「スバルのモノなノー。ちゃんと町までつけたら渡せっテ、族長から言われてたノー」

「俺のモノで、町についたら……？」

ホーリィの言葉の真意がわからず、スバルは疑問に眉を顰《ひそ》めた。しかし、そのスバルにクーナが「いいから開け口」と乱暴に促す。

それを受け、スバルは背負子《しょいこ》を地面に下ろすと、白い包みを開いた。

そこに入っていたのは――、

「これは……角、ですか？」

スバルの腕の中、一抱えほどもある大きさの白い塊《かたまり》。それを見たレムの呟《つぶや》きが、スバルにもそれが角――それも、魔獣の角だと正体を教えた。

見覚えのあるものだ。見たのは三度、はっきり見たのは『血命の儀』のときで。

「もしかして、エルギーナの角か？」

「そうなノー。折ったのはスバルだから、それはスバルのモノなノー」

「貴重品ダ。そのでかさなラ、高く売れるゾ」

「――っ！」

高く売れると聞かされ、スバルは彼女らの計らいに息を呑《の》んだ。

つまり、ホーリィたちはこの魔獣の角を、スバルたちがルグニカ王国へ帰るための路銀に換えろと、そう言ってくれているのだ。

そのための荷物を、そうとは言わずに運んでくれていた。

「結構、重たいもんだろうに……」

「アンタだってテ、ずっとレムを背負ってたろーガ」

「それにそれに私、とっても力持ちなノー。だからへっちゃらだったノー」

その思惑に声を震わせるスバルに、クーナもホーリィも何のことはない顔をする。

二人の配慮に、スバルは文字通り言葉もない。

道中助けてもらって、こうして路銀の当てまで作ってもらった。にも拘《かかわ》らず、スバルは彼女らと別れ、自分の国へ帰る。──ホーリィたちはシュドラクの仲間たちと合流し、アベルと共に帝都奪還の戦いに加わる。

その道程で、大勢の生き死にを生み出しながら──、

「俺は……」

「──馬鹿なこと考えんじゃねーゾ」

「──」

「守りてーもんを守るために戦えヨ。アタイたちモ、おんなじダ」

衝動的な言葉が口をつきそうになったスバル、それをクーナが鋭く止めた。

彼女は常のけだるげな雰囲気のまま、煩わしげな様子でスバルを睨《にら》みつける。

不満が多く、ホーリィに対していつも苛立《いらだ》っているクーナ。だが、彼女は一度だって、シュドラクから離れたり、ホーリィを嫌う素振りを見せなかった。

シュドラクの一員として、アベルと共に戦うことを当然だと思っている。

──それは、彼女の言う『守りたいもの』が定まっている証《あかし》なのだろう。

「のらくらしてんなヨ。アタイは目がいいんダ。馬鹿やってたら、すぐに見えル」

「それでクーナが教えてくれたラ、私が弓矢でドカーンってやっちゃうノー！」

「……ああ、そりゃ怖いな」

優しく突き放されたと、スバルは二人の言葉にそれを理解した。

ここで衝動的に動けば、二人の——否《いな》、『シュドラクの民』の優しさを無下にする。そんなことは、スバルを同胞と呼んでくれた彼女たちのためにもできない。

「ありがたく、こいつは旅の足しにさせてもらう。二人とも、世話になった！」

二人の意を汲《く》んで、スバルは込み上げた思いを呑《の》み込んだ。

それを受け、ホーリィとクーナはそれぞれの態度だが、頷《うなず》いてくれる。

「ホーリィさん、クーナさん、道中ありがとうございました。お二人と、『シュドラクの民』の皆さんへの感謝、忘れません」

「そうしてくレ。アンタは忘れ物が多いらしいからラ」

「それは言い過ぎだと思うノー」

せめて挨拶だけはと、背負子《しょいこ》から降りたレムが二人との別れを名残惜しむ。

意外だったのはルイも、ホーリィとクーナと離れ難い素振りを見せたことだ。特に、接し方に遠慮のないホーリィとは仲良くなっていたようで、しばらくルイは彼女のお腹《なか》にしがみついたまま、そこから離れようとしなかった。

「じゃあナ、スバル。忘れるなヨ、アンタを見てル」

「なノー！」

「ああ！　ホントにありがとう！　ありがとな！」

大きく手を振る二人に背を向けて、スバルたちは三人旅へ。

預かった魔獣の角は包みに戻し、ルイに背負わせる形で任せてある。手が空かないスバルの苦渋の決断だが、ホーリィたちの言葉が効いたのか、ルイは包みを落とすまいとしている様子で、大人しくスバルたちについてくる。

「あの子も、色んなモノを見ているってことですよ」

「……あいつが好奇心の塊《かたまり》なのは知ってるんだよ」

背中のレムにそう言われ、スバルは苦々しい気持ちでそう答える。

『暴食《ぼうしょく》』の大罪司教たるルイ・アルネブは、あらゆる人生を貪り、自分に最適な人生を探そうとしていた、よく言えば探究者、悪く言えば雑食だった。

だから、少し殊勝な姿を見せられたぐらいでは、スバルの心証は変わらない。

変わらないはずなのだ。

「いくぞ」

背中のレムのため息が聞こえてくるのを感じながら、スバルは歩き出す。

そのスバルについてくるように、ルイの足音も聞こえる。

ヴォラキア帝国に突入した当初の三人きり。

ようやく、全員が同じ方向を向いていると言える形で、三人は進む。

そして城郭都市《じょうかくとし》、グァラルの門を潜《くぐ》ったのだった。

第二章　『忍び寄る凶気』

1

――城郭都市『グァラル』。

それがスバルたちが辿《たど》り着いた、帝国で最初の文明的な街の名称だ。

これまで帝国兵の野営地と『シュドラクの民』の集落と、ほとんど野宿と変わらない環境で過ごしてきたのだから、文明を目にした感動は一入《ひとしお》である。

ただし、手放しに文明開化を喜べない理由もあった。――検問である。

四方を防壁で囲まれたグァラルは、都市への出入りを東西にある大正門によって制限している。遠目にも屈強な衛兵たちが、厳しい検問を敷いているのがわかった。

「今の俺たちは、何の後ろ盾もない異邦のルグニカ人……帝国で歓迎される立場じゃないってことは、空気の読めなさに定評のある俺でもわかるぜ」

馬鹿正直に素性を名乗れば、間違いなく門番の不興を買うこととなる。

文字通りの門前払いならまだしも、うっかり捕縛でもされては目も当てられない。つまり、この検問はスバルたちが帝国でやっていけるかの試金石とも言えた。

「どうするんです？　ただ列に並んでもダメ、なんですよね」

背負子《しょいこ》の上のレムが、検問に並ぶ人々の列を眺めながらスバルに問いかける。その彼女の言葉に、スバルは「わかってる」と頷《うなず》いて、

「何も無策でボケっと行列を眺めてるわけじゃない。ちゃんと考えがあるんだ」

「平然と嘘《うそ》をついて、人として恥ずかしくないんですか？」

「少しは信じてみよう⁉　ノータイムで嘘扱いは早計だよ⁉」

レムの驚きの心証低下に仰天しつつ、スバルは秘策があると辛抱強く訴える。

重要なのは、スバルたちだけでは検問を突破できないという点だ。

「つまり、ナツキ・スバル、百八の特技。――『他力本願』の本領発揮だ」

親指を立てて、歯を光らせながらスバルはそう答えた。

それを受け、何故《なぜ》かその顔が見えていないはずなのに、こちらにも見えないレムが顔をしかめたのが背中越しに伝わってきた気がした。

ともあれ――、

「――抜けたぞーっ‼」

「あーうー！」

異国情緒の溢《あふ》れる街並みを前にして、スバルは達成感から両手を突き上げた。

すぐ横ではルイも、スバルと同じように両手を上げて笑っている。まるで仲間みたいな

態度に思うところはあるが、ひとまず、街に入れた喜びがそれを無視させた。

業腹だが、ルイの存在が検問突破に役立ったのも事実なのだから。

「それにしても、やっぱりルグニカとは違うもんだな」

街の雰囲気を眺めながら、スバルは頭の中のルグニカ王国の様子と比較する。

スバルにとって印象深いのは、王都ルグニカや水門都市プリステラ、屋敷の近くの工業都市コスツールなどだが、グァラルは王国のいずれの街並みとも似つかない。

いわゆる、異世界ファンタジーの王道的な雰囲気のあった王国と比べ、帝国の街並みはもっと無骨で色が少ない。飾り気より、実用重視といった印象だ。

「ルグニカなら石畳だけど、こっちは地面剥《む》き出《だ》しってのが基本っぽいのかな？」

「──あの、そろそろ下ろしてくれませんか？」

そんな感慨を抱くスバルに、背負子のレムがそう声をかける。スバルは「悪い悪い」と彼女に謝りながら、ゆっくりとその場に背負子を下ろした。

「ここが……」

背負子から降りたレムが、自分の足で街の中に立ち、その光景に目を見張る。

薄青の瞳に浮かんだ驚きと微《かす》かな感動、その様子にスバルも思わず頰《ほお》が綻んだ。

「どうだ。初めて見る街の感想は」

「……驚きました。行列もですが、こんなに人が大勢いるなんて」

前述の通り、これまでレムが経験したのは例外的な場所と待遇ばかりだった。

『記憶』がない以上、レムには誰かと生活した記憶もない。スバルやルイ、『シュドラクの民』との生活が、レムの持つ経験の全てなのだ。

──都市として、グァラルは活気に溢《あふ》れているとは言い難い。

行列に並ばされた検問や、無骨で暗色の目立つ街並み。総合して、華やかな印象とは程遠い土地だ。街の規模も、数千人ぐらいのものだろうか。

それでも、レムの瞳を過《よぎ》った感動の価値は目減りするものではないだろう。

「あれなら、ちょっと見て回ったりするか？」

「──。いいえ、結構です。余計な時間を取らせたくありませんから」

「お前のためなら、余計なことなんて特にないんだが……」

首を横に振ったレムに、スバルは頬《ほお》を掻《か》きながら答える。

「レムがいなきゃ、フロップさんたちとうまくやれなかったんだ。少しぐらい、わがまま言ってくれてもいいんだぜ」

「……そのフロップさんたちをお待たせするのがよくないと言っているんです。ただでさえ甘えすぎているのに、これ以上の借りを作るんですか？」

「う……そう言われると、それは、はい、すみません……」

街並みへ向ける眼差《まなざ》しから一転、レムの鋭い視線にスバルは胸を押さえる。

そんなスバルたちの背後、ゆっくりと重たい車輪の音を立てて、一台の牛車──勇牛『ファロー』の引く、ファロー車がやってくる。

『ファロー』とは、地竜や大犬『ライガー』のような使役されるタイプの動物だ。

地竜やライガーのように、荷車の牽引《けんいん》に使われることが多い。速度はゆっくりで、地竜のような『風除《かぜよ》けの加護』もないため、基本は都市で運用されていると聞く。

そして——、

「やあやあやあ、お待たせしたね。積み荷の確認に時間を取られてしまってね！　まったく、お役人方の仕事には困ったものだよ！」

ファロー車の御者台、そう言いながら肩をすくめるのは前髪の長い青年だ。

眩《まばゆ》い金色の髪と色白の肌、線の細い体を袖の広い服に包んだ人物で、見るものの心をホッと安心させるような柔らかい印象の美青年である。

そのファロー車の青年の登場に、スバルは「お疲れッス」と頭を下げる。

「すみません、フロップさん。ついでの俺たちの方が先に通してもらって」

「いいや、構いはしないとも！　積み荷の検品なんて退屈な仕事さ。わざわざ付き合うほど見応えのあるものじゃあないからね！」

スバルの謝罪に、御者台の青年——フロップはやんわりと首を横に振った。

流麗な仕草に長い前髪が尾のように揺れて、柔らかい笑顔にはキラキラしたエフェクトがかかるのを幻視する。見た目に反して、勢いのある喋《しゃべ》り方にギャップがあった。

そんな印象を抱くスバルの前、彼は再び自分の前髪を撫《な》で付けると、

「そう、退屈な仕事さ。そんなのは僕……でもなく、僕の妹にでも任せておいたらいい！」

「あんちゃん、あんちゃん！　聞こえてんだけど！」

「ははは、聞こえないように言っていないよ、妹よ！　兄の声量を舐《な》めちゃいけない」

微妙に焦点のぼやけたフロップの回答、それを聞かされたのは、ゆっくりと進む牛車と並んで歩いている女性だった。

フロップと同じ髪の色、よく似た顔立ちをした長身——少なくとも、この異世界でスバルの出会ったどの女性よりも背の高い女性だ。肩や足を大胆に晒《さら》した服装と、ボリューム感のある髪を何房にも分けた奇抜な髪型をしている。

その外見も特徴的だが、最も目を引くのは腰の裏の二振りの蛮刀だろう。見掛け倒しやコケ脅しの道具でないことは、その使い込まれた風格からも明白だ。

彼女はミディアムといい、兄のフロップと二人で仲良く旅をしているらしい。——この二人、オコーネル兄妹《きょうだい》こそが、スバルたちの検問越えに尽力してくれた大恩人だ。

『他力本願』作戦を実行するにあたり、慎重に話を持ちかける相手を選んだ結果、スバルはこのオコーネル兄妹に目を付けた。

その理由は——、

「すげえや、あんちゃん！　じゃあ、あたしの考えは全部お見通しだったのか！」

「もちろんだとも。先が読めなければ商いには勝てない。我らオコーネル商会は、僕の頭脳とお前の腕っ節で成り立っているのだからね！」

「さっすがー！　何言ってるんだかちっともわかんないや！」

「はっはっは、我が妹ながら人生楽しそうで大いに結構！」

顔を見合わせ、大きな声で笑うオコーネル兄妹。このあけすけな態度と職業こそが、スバルが二人に目を付けた理由だ。厳密にはフロップが行商人として商いを担当し、ミディアムが道中で兄と品物の護衛を担当しているとのことらしい。

「オットーとアナスタシアさんと、あれこれ話した経験が活《い》きたな……」

身内であるオットーと、長旅を共にしたアナスタシア。——後者は本人ではなく、それを装ったエキドナの演技だったのだが、知識面では当人と遜色なかったはずだ。

主にその二人の薫陶《くんとう》を受け、スバルは商人に対してある種の信頼を抱いていた。

それは、たとえ国を跨《また》いだ先であろうと、商人であれば交渉の余地があるということ。

そうして次々と商人に話を持ちかけた先で、スバルたちは兄妹と出会った。

そして、やや癖のある彼らを口説き落とし、見事に検問越えの協力を得たのだ。

そのための交渉材料として、彼らの興味を強く引いてくれたのは——、

「それにしても、本当に見返りはこの背負子《しょいこ》でよかったのか？　確かに多少工夫しちゃいるけど、手作り感半端ないぜ？」

「素朴さは否《いな》めないけどもね！　しかし、組み立て式であることと、持ち運びのために工夫された仕組みが興味をそそったんだ。重い荷物の運搬にも役立つだろう？」

「……まぁ、フロップさんがそれでいいならいいんだけども」

オコーネル兄妹の協力する条件、それがスバルの作った背負子の譲渡だった。

折り畳んだそれを引き渡し、ミディアムが牛車の荷台に放り込むのを見届け、一息。

「街についたら作り直す気だったからな。レムがもう乗ってくれない可能性もあるけど」

「できるだけ、自分の足で歩きたいのは事実ですね。背負子《しょいこ》に乗っていると、あなたの悪臭が風に流れて漂ってくるので」

「ソーリー……」

杖《つえ》をつきながら、レムが静かに瘴気《しょうき》の件をつついてくる。

とはいえ、旅の間も漂っていたそれを我慢し、目的地に到着してから話してくれたあたりは有情だったと言っておこう。

そんなスバルとレムのやり取りを見て、フロップが「いけないなぁ」と肩をすくめた。

嘆かわしいと言わんばかりの仕草だが、その態度には理由がある。

「もっと仲良くしたまえよ、君たち！　――妻と夫というものは支え合うものだ。先ほどの、まさしく支え合う姿などとても美しかったよ？」

「まぁ、背負子を取り上げたのはあんちゃんだけど！」

「まさしくそれだ！　どの口で言っているんだろうね、僕は！」

額を押さえたフロップと、腹を押さえたミディアムが声高に笑う。

二人の馬鹿笑いに合わせて頬《ほお》を緩めながら、スバルはちらっとレムを窺《うかが》った。ちっとも笑っていない。その様子に、スバルは「あの～」と声をかける。

「そのですね、レムさん？　怒ってらっしゃいます？」

「は？　どうして私が怒ると？　心当たりでもあるんですか？」

「いや、設定上とはいえ、俺と夫婦という話は不本意なのではないかと……」

指と指を突き合わせながら、スバルはレムの心情に恐々と配慮する。

フロップたちの認識で、スバルとレムは夫婦ということになっている。

それは検問越えのための相談を持ちかけた際、兄妹《きょうだい》にスバルたちの関係を聞かれ、とっさの答えに窮したのが原因だった。――否《いな》、窮したわけではない。

用意していた答えはあったのだが、それが疑われて仕方なくだった。

「まさか、旅の兄妹設定が信じてもらえないとは……」

「フロップさんとミディアムさんが同じ境遇でしたし、お二人はよく似ていらっしゃいますから。私とあなた、それにこの子とでは無理のある嘘《うそ》でしたよ」

嘘と真が飛び交う世界を生き抜く商人を騙《だま》すには、スバルではただただ錬度不足だったと言わざるを得まい。もっとも、兄妹という嘘を見抜いたのは「全然似てないね、あんちゃん！」と声を大きくしたミディアムの方だったのだが。

ともあれ、その眼力に敗北して、スバルの用意した兄妹設定から派生し、故郷から遠くの山へ呪われた指輪を捨てにいくというスペクタクル大長編は打ち切られた。結果、しどろもどろとなったスバルの窮地を救ったのが、レムの「妻です」という一言だった。

「俺とレムが夫婦で、こいつはレムの姉さんの子どもを預かってるって話……」

「私に姉がいると、そう教えたのはあなたでしょう。双子という話でしたから、こんなに大きな子がいるとは思えませんが……そこは目をつぶります」

「うー？」

レムに頭を撫《な》でられ、ルイがこそばゆそうな顔で小さく唸《うな》る。

この、ルイの人畜無害に見える素振りも、フロップたちがスバルたちを信じる要因の一つになった。少なくとも、街で悪さを働く顔ぶれには見えなかったのだろう。

「どうして、あんなところで返事に困ったんですか？　普段から、もっと適当なことをあれこれとまくし立てているじゃないですか」

「それは褒め言葉と見せかけた苦情の申し立てっぽいな……」

とはいえ、スバルの不甲斐《ふがい》なさがレムを危うくしかけたのは確かだ。

軽口で誤魔化《ごまか》すのも限度がある。これ以上、レムの信頼を損ねたくないスバルは、じっと自分を見てくるレムの視線に「あー」と小さく唸ってから、

「自分でも驚いたんだけど、嘘《うそ》って見抜かれた途端、頭が真っ白になったんだ。もしかしたら、迂闊《うかつ》なこと言って肩をグサッとやられたのがトラウマになってんのかも」

「あ……」

「下手な受け答えしたら、フロップさんたちが豹変《ひょうへん》するんじゃないかって思ってさ。情けない話だけど、それで思考が止まっちまった。悪い」

情けない自己分析を伝えて、スバルはレムに正直に頭を下げた。

野営地で、『死に戻り』直後のスバルを見て豹変したトッド。彼とのやり取りが、スバ

ルの心身に刻んだ恐怖、それがスバルに嘘のイップスをもたらしたのかもしれない。

レムの命を預かっている。――下手な失敗はできないのに。

「――。事情はわかりました。仕方ないと思います」

「……本当に？　あんなヘマしたのに？」

「誰でも、痛い思いをすれば体は強張《こわば》るものです。少なくとも、私はそう思いますから」

てっきり、冷たく罵られると思っていたスバルは、そのレムの反応に驚かされる。

もちろん、根っこは優しいレムだから、人に配慮できるのはわかっていたことだ。意外だったのは、その配慮をスバルにも向けてくれたことだった。

「……怒ってない？」

「怒っていません。ただ、私も毎回うまく言い訳できるとは思いませんから、相談を」

「あ、ああ、わかった。……本当に怒ってない？」

「怒っていません」

「本当に本当？」

「怒ってないって言ってるじゃないですか……！」

心配するあまり、かえってレムの怒りを買ってしまった。

鋭いレムの眼差《まなざ》しに頭を抱え、スバルは小さくなって結局許しを請う。

そんな一幕を挟んで、スバルたちはようやくグァラルへと入ったのだった。

2

「——やっと、人心地ついたぁ！」

と、スバルは宿屋の寝台に体を投げ出し、手足を伸ばして自由を満喫した。

それなりに質のいいベッドとシーツ、そこそこの清潔感のある部屋の雰囲気と、宿のグレードとしては中の上——お値段も相応の一室だった。

立場上、あまり贅沢《ぜいたく》をすべきではないが、安全を買うための必要経費と割り切る。

もっとも——、

「部屋割りはだいぶ揉《も》めたけども……」

そうこぼしながら、スバルは寝台に横向きに寝転がり、壁を睨《にら》みつける。

その壁の向こう、隣室にはレムとルイが一緒にいるはずだ。——グァラルで宿を取ることとなり、部屋割りは男女で分けることに決定したが、スバルは不本意な結果だ。

今さらではあるが、スバルのルイに対する疑惑と警戒は解けていない。スバルの見ていないところで、レムとルイを二人きりにするのには抵抗があるのだが。

「おやおや、旦那くん。ずいぶんとふやけているじゃないか。結構、結構！」

そう言いながら、遅れて宿の部屋に入ってきたのはフロップだ。

堂々としたフロップだが、何も勝手に部屋に上がり込んできたわけではない。

この部屋は、彼とスバルと一緒に使う想定で借りたものだ。なので必然、レムたちの方は妹のミディアムと相部屋ということになっている。

「ホント、すみません。何から何まで世話になって……」

「いいってことさ！　君は知恵によって自らを守った。『帝国民は精強たれ』の教えは、武に依って立つものばかりじゃないからね！」

「……そう言ってもらえると、気が楽になりますよ」

ベッドの上で胡坐《あぐら》を掻《か》いて、スバルはフロップの言葉に苦笑する。

検問を突破したあとも、フロップとミディアムの兄妹《きょうだい》にスバルたちは大いに助けられた。

安全を買える宿の紹介もそうだが、一番助かったのは魔獣の角の件だ。

ルイに背負わせていた魔獣の角だが、それはすでにスバルたちの手を離れている。

クーナたちからの助言に従い、グァラルの商店で換金してもらったあとだからだ。そしてその値段交渉には、何故《なぜ》かついてきてくれたフロップが協力してくれた。

彼と店主の間で交わされた壮絶な値段交渉は、法律の知識のない人間にとっての法廷バトルみたいな激しさを感じ取るのが関の山だった。

「俺たちだけじゃ、どれだけ足許《あしもと》を見られてたか想像もつかねぇ」

ともあれ、おかげで無事に魔獣の角は帝国金貨へと姿を変えた。

相応に重たい金貨の袋、それがスバルたちの帝国における軍資金となる。今後の旅費はこれで賄われるのだから、十分に注意が必要だ。

「さっきの調子で、相手の食い物にされるわけにいかねぇからな」

「はっはっは！　何事も、まずは堂々としてみるものだよ。胸を張って背筋を正していれば、相手も簡単には仕掛けてこられない。そのうち、根拠のない自信も本物になってくれるかもしれない。そしたら儲《もう》けものじゃないか」

「うーん、実践してる人が言うと説得力があるな……」

良くも悪くも、フロップには自信が満ち溢《あふ》れている。

実際、そんな彼の在り方に助けられたスバルなので、ここは素直に感心だ。

「しかし、奥さんを背負っての長旅だったんだろう？　今日はぐっすり休んで、さっきの話は明日にでもするかい？」

「それも心惹《ひ》かれる提案なんですが、時間を無駄にはできないもんで」

柔らかいベッドの誘惑に駆られながら、スバルはそれを何とか引き剥がす。

そう言って寝台から下りるスバルに、フロップは「大いに結構！」と胸を張った。

「その意気やよし、だ。大切な誰かのためなら、重たい足を動かさなくてはならないときだってある。僕にとっての妹のように、旦那くんにとっての奥さんのように！」

「そこまで言われるとこそばゆいけども！　……で、案内お願いできますか？」

「もちろんだ。僕から申し出た話なのだからね！」

どんと自分の胸を叩《たた》いて、快く請け負ってくれるフロップ。

そんな彼の返事を受け、スバルは今一度、気合いを入れて精神をベッドから引き剥がすと、フロップを伴って隣室へと向かった。

扉をノックして、部屋の中にいるレムを呼ぶ。

「レム、そっちは問題なさそうか？」

「はい、大丈夫です。今は、ルイちゃんがどっちのベッドで寝るか話し合っていて」

「……そうか」

「今、床で寝かせたらいいとでも言いたげな顔をしましたね」

「怒ると思ったから言わなかったじゃん……」

ルイの危険性を鑑みれば、ミディアムと同じベッドも薦められない。とはいえ、打てる手もない現状、この十日間、何もしてこなかったという点を信頼するしかない。

――大罪司教を信頼するなんて、ひどく馬鹿げた考えだとは思うのだが。

「さっき話したけど、俺はフロップさんと出かけてくる。夕飯は外で一緒に食べよう」

「わかりました。……考えてみると、ここにはたくさんの人がいるんですから、もうあなたにだけ頼る必要はないんですよね」

「何故《なぜ》、俺が急に離れ難くなることを言い出したのかがわからねぇ！」

レムの言葉に後ろ髪を引かれながらも、スバルは初志貫徹を優先する。

部屋の中、ルイに髪を引っ張られてじゃれ合っているミディアムに手を振り、

「ミディアムさん、二人のこと頼む。迷惑かけたら、遠慮なくしばいてやってくれ」

「本気でー？　あたしのゲンコ、めちゃめちゃ痛いよ？」

「ああ、痛くしないと覚えないから」

と、そんな調子でルイを預け、スバルはフロップと共に宿を出る。

何もないことを祈るばかりだ。ようやくの街だし、少しは落ち着きたい。

「なかなか大変な旅路のようじゃないか、旦那くん」

そんな祈りを捧《ささ》げたスバルの肩を叩《たた》き、街中を歩きながらフロップが笑う。

大変な旅路と言われると、思わず「そうなんだよ」と膝から崩れ落ちたくなるが、そうされてもフロップを困らせてしまうだけだろう。

「いくら『他力本願』が俺の百八の特技でも、これ以上迷惑はかけられねぇよ」

「おんぶにだっこでなければ、人を頼るのはいいと思うけれどね。足りないところを補い合わなきゃ、僕と妹もとっくに野垂れ死にさ。それも帝国流だろう?」

「帝国流……」

フロップの口から飛び出した『帝国流』、それが再びスバルの胸に重く圧《の》し掛かる。

たぶん、それこそがスバルが恐れている、形のない恐怖の源——価値観の相違だ。

そういう意味では、フロップの考えはスバルにも理解しやすく、距離が近い。ただ、ここまでのヴォラキア帝国への印象と、かなり異なる。

「皆が皆、武張った生き方や在り方に適応できるわけじゃない。重要なのは、与えられた枠組みの中、自分の折り合いをつけることだとも」

「折り合いをつける、ですか」

「さっきも言ったが、僕と妹は一個人として見た場合、なかなか弱点の多い存在だ。だが、二人で力を合わせたら、弱点を隠してちょっとしたものとなる。事実、今日まで僕や妹が生きてこられたのは、それが勝因と言えるだろう」

「――――」

「覚えておきたまえ、旦那くん。僕や妹、君や奥さんが今日まで生きてこられたのは、挑まれた戦いに全勝してきたためだ。――どうだね、僕も帝国の男だろう？」

頬《ほお》を緩め、称賛を求めるようなフロップの横顔。

それをまじまじと見つめて、スバルは思いがけない天啓を受けた気分だった。足りない部分を補い合う。それはスバルの価値観と何も変わらない。

あるいは帝国では、そうしたスバルの考えが一切通じないのではとも思わされたが。

「そんな絶望的なことばっかりじゃない、ってことか」

「そうは言っても、大抵の人の帝国流は腕力のことを語る場合が多いがね！　僕のこの考えも、弱虫の羽音と笑われるものだ。決して一般的ではないとも」

ある種の納得を得たスバルの横で、フロップが過信は禁物と念を押す。

しかし、その上で彼は「だからこそ」と言葉を継いで、

「その腕前に値段を付けるという考えも成り立つ。僕が旦那くんに紹介するようにね」

「うす、助かります」

頷《うなず》いて、スバルはフロップの提案に改めて感謝。

それは検問の突破と宿の紹介に加え、現在の外出の目的――今後のスバルたちの旅路を

円滑にするために確保したい、足と護衛の紹介についてだ。

今回、グァラルまでの道のりをクーナとホーリィが護衛してくれたように、道中の危険から身を守るためには、腕の立つ護衛がいなくては難しい。

背負子《しょいこ》にレムを乗せ、スバルが歩いて移動するのも限界がある。理想は地竜だが、それが難しいなら勇牛や大犬、とにかく移動のための騎獣が必要だ。

そのどちらも、限られた軍資金でやりくりしなくてはならない。

「なんで、フロップさんが心当たりを教えてくれるのはホントに助かる……」

「心当たりといっても、そうした生業《なりわい》の人間が出入りする酒場を知っている程度だよ。騎獣の方は相談に乗れるがね。——そう、ファロー車とか！」

「ファロー、めちゃめちゃ推してきますよね……」

「僕はファローの乳で育ったと言っても過言ではない、ファロー贔屓《びいき》だからね！」

大きな声で笑いながら、フロップはいかにファローがおススメか熱弁してくる。

もっとも、重量のある荷物を運ぶならいざ知らず、長距離を旅したいスバルたちとの相性はあまりよくない。速度もかなりゆっくりなので、ファローは最終手段だ。

「なんにせよ、道中は少しでも安全策を取った方がいい。……ここだけの話、帝都の方が色々と騒がしいようでね。それが飛び火しないとも限らない」

「——帝都が騒がしい」

ぴくっと眉を上げるスバル、しかし、フロップはそのスバルの反応には気付かなかった様子で、「そうなんだ」と腕を組みながら答える。

「年中、どこかしらで火種が燻《くすぶ》っているのが帝国なんだが、その火種が燃え広がる可能性が懸念されていてね。奥さんを心配させたくないから、君にだけ話すんだが」

「お気遣いどうも。……ちなみに、その火種って皇帝となんか関係あったり？」

「ヴィンセント・ヴォラキア閣下と？」

　思いがけない話を聞かされたように、フロップが目を丸くする。

「いやいやいや、皇帝閣下がどうという話はついぞ聞かないさ。それでなくとも、皇帝閣下はこれまで国内を見事に平定してこられたんだから」

「けど、さっきは火種が燻ってるって言ってましたよね？」

「火種で済んでいたのが皇帝閣下の手腕だとも。今代の閣下が皇帝に即位されたのは七年か八年前だが、それ以前はもっと帝国は荒れていた」

「――――」

「今回の騒動も、閣下が直々に指揮を執っておられる。またすぐに、火種の燻る我らが故郷が戻ってくることになるだろう」

「え？」

　火種が燻ってこそ我が故郷と、そう嘯《うそぶ》くフロップ。

　しかし、スバルは彼のその言葉に引っかかるものがあった。――彼の、皇帝が直々に指揮を執っているという話に、だ。

「帝都のいざこざって、皇帝が何とかしようとしてるの？」

「異例のことではあるが、自分のお膝元……それこそ、真の意味でお膝元となれば閣下も動くだろう。この機に乗じるものには容赦しないと、そう声明が発されたそうだしね！」

「皇帝の声明……」

熱弁するフロップに嘘《うそ》は感じられない。

そもそも、彼がスバルを騙《だま》す理由が全くないのだ。少なくとも、彼は自分にとっての事実を話しているはず。しかし、だとしたらスバルは引っかかる。

「アベルが本当に皇帝なら、声明を出したのも……？　けど、タイミングが変だよな」

もちろん、皇帝の声明なんて、皇帝本人がいなくても「秘書がやったことです」的な形で他の人間が出せるのかもしれない。第一、アベルの言を信じれば、帝都に残っているのは他ならぬ皇帝への反逆者だ。名前ぐらい、好き勝手に利用するだろう。

「けど、アベルがただのイカレ野郎って線も、一応気に留めとくとしよう」

何でも鵜呑《うの》みにしていては、荒ぶる大海原で生き残れない。そのぐらいの心構えで帝国には臨みたい所存だ。もっとも、アベル本人と話をした身としては、あれが自称皇帝に出せる迫力ではないと思っているところもあるのだが——、

「——旦那くん、しかめっ面はいけないよ」

と、そんなスバルの様子を慮《おもんぱか》り、正面に回り込んだフロップがそう言った。

思わず足を止めるスバルの前、フロップは自分の眉間を指差し、

「笑顔と余裕のないものの下には、幸運は訪れない。これから、旦那くんは自分たちの旅の同行者を探すんだろう？　だったら、良縁を探さなくては」

「それは……」

「だったら、眉間の皺《しわ》は消して、口の端を緩めて余裕を演出する。それが、できる男の嗜《たしな》みというものだよ」

指差した眉間をぐりぐりと指でいじり、次いでフロップは自分の頬《ほお》を両手で緩める。

そんな彼の仕草を目の当たりにして、スバルは息を詰めた。それから、彼の言う通りに眉間と、頬をゆっくりと指でほぐす。

「……ああ、忘れてたぜ。ただでさえ俺は目つきが悪いんだから、せめて雰囲気だけでも柔らかくしとかなくちゃだよな」

「すまない！　僕の力では君の目つきまではどうしようもないんだ！」

「そんな本気に受け取らないで大丈夫だよ！　親からもらったもんだから、実は言うほど気にしてないし！」

大げさに嘆かれたので大げさに返したが、それすらもスバルの強張《こわば》った緊張をほぐすためのフロップの気遣いなのだろう。

そんな茶番を交わしながら、スバルとフロップは目的の通りへ差しかかった。

フロップが手で示したのは、路地の先にある隠れ家的な酒場だ。

「これが大人数なら、護衛もドンと数を雇うべきだが、旦那くんと奥さん、それに姪《めい》っ子ちゃんの三人だけとなると、大所帯というわけにもいかないだろう。さすがに、グァラルの外までは僕と妹もついていけないのでね！」

「でも、ミディアムさんならうまくやればついてきてくれそうな気が……」

「妹を引き抜かれると、弱点を補えない僕はもう死ぬしかないな！」

信頼と安全を天秤《てんびん》にかけた場合、真面目にフロップとミディアムは選択肢として悪くないのだが、これ以上の借りと迷惑を増やせない。

「いや、最悪、二人を連れてそのままルグニカに国外脱出。そして、二人にはオットーの果たせなかった商人としての立身出世を叶《かな》えてもらうという手も……」

「おーい、旦那くん？　大丈夫かい？」

考え込むスバルの前、フロップが手を振りながら調子を問うてくる。

そんな彼の反応に「悪い」とスバルは頭を掻《か》いた。思いつきではあったが、悪い提案ではない気がしてきた。

せっかく、ここまで案内してもらったのは悪いのだが――、

「なぁ、フロップさん、ちょっとミディアムさんと二人に頼みたいことが――」

あるんだが、と言おうとした瞬間だった。


――どこかで、何か微《かす》かに硬い音が響いたのは。

3

「──旦那くん、しかめっ面はいけないよ」

「……は？」

不意に、瞬《まばた》きしたように視界が切り替わり、スバルの意識は空白を得た。

そのスバルの正面、フロップが自分の眉間を指差している。彼は足を止めたスバルに講釈するように、自分の眉間を指でぐりぐりとほぐし、

「笑顔と余裕のないものの下には、幸運は訪れない。これから、旦那くんは自分たちの旅の同行者を探すんだろう？　だったら、良縁を探さなくては」

「────」

「だったら、眉間の皺《しわ》は消して、口の端を緩めて余裕を演出する。それが、できる男の嗜《たしな》みというものだよ」

そのまま、ぐにぐにと両手で頬《ほお》をほぐし始めるフロップ。

彼のその仕草には見覚えがあった。ありすぎた。なにせ、ほんの数分前のことだ。

ほんの数分前に交わしたのと、同じ会話を繰り返している。

「おい、おいおい、ちょっと待ってくれ……」

不意打ちのように汗が冷たくなり、スバルは自分の顔を覆った。

それを見て、フロップが「隠すんじゃなく、ほぐすんだ！」と声を高くしているが、そ

の言葉に応じる余裕が消失している。

見れば、周囲の通りにも見覚えがあった。

初めてくる街並みであり、グァラルに詳しいわけではない。それでも、見たばかりの光景を忘れられるほど、記憶力に難ありではなかった。

つまり――、

「――『死に戻り』した？」

何気ない状況下、我が身に何が起こったのかもわからないまま、スバルは直前のそれとは全く異なる理由で頬を強張《こわば》らせ、そう呟《つぶや》いた。

信じ難い事実を噛《か》みしめ、スバルは全身を冷たい汗が濡《ぬ》らしていくのを感じる。

これはスバルの知る限り、最も恐ろしい事態の一つだった。

見覚えのある光景、聞いたことのある会話、それはデジャブの次元ではない。あったような気がする出来事ではなく、実際にあった出来事を繰り返している。それが意味するところは一つ――『死に戻り』したのだ。

「でも、なんで……？」

前触れは全くなかった。

それこそ、スバルにとっては瞬《まばた》きをした直後に世界が切り替わったような感覚だ。あまりにも実感がなさすぎて、我が身に宿った権能の誤作動を疑うほどだった。何らかの理由で、『死に戻り』の『死に』部分が抜けて、『戻り』だけ発動したのではと。

「馬鹿か俺は。いや、馬鹿だ俺は」

この期に及んで、直面した状況を楽観視しようとする己をスバルは自制する。

馬鹿げた言い方だが、『死』以外をトリガーに発動したことは一度もない。これまで、スバルに宿った時を遡る力が、『死に戻り』を信用しなくてはならない。これまで、スバルに

時を遡った以上、スバルは命を落とした。それは、絶対なのだと。

「――OK、それは呑《の》み込んだ。呑み込んで、次はどうする、俺」

額に拳《こぶし》を押し当てて、スバルは動揺の激しい自分に冷静であれと訴えかける。

『死に戻り』したことを受け入れたなら、次に焦点を当てるべきは死因だ。直前の、ほんの十数秒前のことを振り返って、何が起きたのかと思い出す。

「……何も出てこねぇ」

しかし、自分が死を迎えただろう瞬間を思い返しても、何も浮かばない。

目的の酒場、会話していたフロップ、大通りの喧騒《けんそう》がやや遠く、ほんのりと香る路地特有の日陰の臭い、微《かす》かに聞こえた硬い音――拾えたのは、そのぐらいだ。

そのどれもが、スバルの命を危うくする理由と繋《つな》がらない。

「クソ、なんで俺はいつもこうなんだ……！」

常日頃、自分の周囲の変化に敏感に構えていれば、こんな醜態は晒《さら》さなかったはずと、スバルは自分の不用心さを呪い、罵り、しかし思考をやめない。

「――状況は、シャウラに最初に殺されたときに近い」

プレアデス監視塔への道のり、アウグリア砂丘に挑んだスバルたちは、監視塔から砂海の防衛を行っていたシャウラの一撃に壊滅した。その砂海の洗礼は、反応すらできない白い光にスバルが消し飛ばされたことから始まった地獄のような惨劇だった。

何が起きたのか、何が死因だったのか、死んだことしか確かでない状況というのは、まさしくあの砂海の最初の死のリフレインと言えるだろう。

ただし、あのときとは違い、今は街中だ。

命の危機と隣り合わせの覚悟ができた砂海とは、根本から環境が違っている。

「この状況で、何が俺の命を持っていくってんだ……？」

前触れのない『死』で思い当たるのは、やはりシャウラの狙撃の印象が強い。

となると、今回も狙撃されたのかと思われるが、スバルが死亡したのは路地の中——高いというわけではないが、建物に左右を挟まれた見通しの悪い場所だ。

あの環境で、どうやってスバルを狙い撃ちにできるというのか。

「——旦那くん？　さっきから、より眉間に皺《しわ》を寄せてどうしたんだい？」

「あ……」

「僕の助言を聞いていなかったのかな？　眉間に皺を寄せていては幸いが逃げる！　逃げたものを追うのは至難の業だ！　僕は基本、牛車の上だからね！」

自分の胸に手を当てて、スバルの前で大げさに身振りするフロップ。

それがしかめ面のスバルを励ますためのオーバーアクションだと感じていながら、スバルはその身振り手振りに身を固くせずにはいられない。

死因を探るなら、同時並行して下手人のことも探ることになる。

その場合、スバルの死因が狙撃でないとしたら、最も濃い容疑者はフロップ――スバルと行動を共にし、一番近くにいた彼ということになる。

ただ、スバルが死んだ瞬間、フロップがこちらに攻撃を仕掛けるような素振りは全く窺《うかが》えなかった。無論、この世界にはスバルに何も気付かせず、一撃の下に命を奪う技量を持つものが大勢いることはわかっている。が、フロップがそれとは思えない。

「第一、フロップさんに、俺を殺す理由があるか？」

一番高い可能性は、善良を装ってスバルを追いはぎするといったものか。だが、わざわざ街中で仕掛ける理由が乏しいように思える。

元々、オコーネル兄妹《きょうだい》と出会ったのは門の外、行列でのことだ。

露見せずに事を済ませたいなら、衛兵のいる市内に入る前、門の外でどうとでも言いくるめて誘い出せば済むことだろう。合理的ではない。行動も、動機も。

スバルを殺したものはこれまで大勢いたが、皆、何かしら合理的な理由があった。言葉の通じない魔獣でもない限り、それは絶対のルールのはずだ。

だから――、

「フロップさんは、なんで俺たちにこんなに良くしてくれるんだ？」

「うん？　それはまた唐突な質問だね」

「ああ、いきなりでごめん。ただ、ちょっと不安になったんだ」

唐突に思えるスバルの質問に、フロップが形のいい眉を上げて驚いた。

その反応に苦笑を装いながら、スバルはフロップの返答を固唾を呑《の》んで待つ。――合理的な疑いはない。だからあとは、信じられるかどうかだ。

ここまで親身になってくれたオコーネル兄妹、彼らに二心がないという信頼が欲しい。

そんなスバルの注視を受け、フロップは「ふむ」とどこか理知的に頷《うなず》いて、

「難しい話じゃない。簡単なことだよ。僕と妹が、君や奥さん、姪《めい》っ子ちゃんに良かれと思ってしていることは……」

「していることは？」

「――復讐《ふくしゅう》だとも！」

両手を広げ、声高らかにフロップがスバルにそう言い放った。

その勢いある朗らかな発言と、発言内容の物騒さの齟齬《そご》がすごくて、スバルは「え？」と困惑し、唖然《あぜん》と目を丸くしてしまう。

そうして硬直するスバルの前で、フロップは「いいかい？」と前髪を撫《な》でて、

「僕と妹は昔、そりゃもう生き死にもギリギリという生活をしていてね！　親に捨てられ、みなしごを引き取る施設で育ったんだが……そこがなかなかひどい環境だった！」

ぼんやりと、スバルの脳裏に児童養護施設のような施設のイメージが思い浮かぶ。

ただし、この世界の施設の設備や環境は、スバルのイメージする現代社会のそれと比べ

て、はるかに劣悪であろうことは想像に難くない。

「毎夜、同じ境遇の子らと肩を寄せ合い、その状況から脱すると心に決めていたものさ。そこから逃げ出すことができた。初めて、殴られることなく越えられる夜を迎えて、僕は誓ったんだよ。――復讐《ふくしゅう》をね」

「復讐って……その、みなしごの施設の人に？」

「いいや、違う。――世界にだよ」

先ほどの、復讐と声高に言い放ったときと同じ顔で、フロップはそう拳《こぶし》を固めた。

鼻白むスバルに対し、彼は熱を帯びた表情で前のめりになり、

「僕や妹は、施設の大人に殴られて育った。だが、僕を殴った大人たちは、僕を殴りながら幸せだっただろうか？　違うんだ。彼らも不幸なんだよ。不幸な大人が、不幸な子どもを殴っていたんだ。こんな救われないことがあるだろうか」

「――――」

「暴力を振るう大人たちでさえ、幸せではない。僕は商人となり、自分と妹を不幸から抜け出させることにした。そしてできるだけ、多くの人にも不幸から抜け出してほしいと思っている。あの夜、僕たちを連れ出してくれた人のように」

「それが、世界への復讐？」

「そうだとも。僕と妹は、不幸を押し付ける世界に復讐するために足掻《あが》いている。君や奥さんたちを助けたのも、その一環さ」

言い切ったあと、フロップは少しだけ照れ臭そうに自分の鼻をこすった。

その仕草と、フロップの言葉の熱量を受け、スバルは言葉を失う。ゆっくりと、その熱が脳に浸透していけば、スバルの腹は即座に決まった。

「――ありがとう、フロップさん。行列で出会ったのが、フロップさんとミディアムさんの兄妹《きょうだい》でよかった」

信じられるのかどうか、その指針が欲しいと考えて答えを求めた。

そして、提示された答えはスバルの求めた以上のものだった。ならば、決まりだ。

スバルは、フロップ・オコーネルの善意を疑わない。

世界の不条理に抗《あらが》うと決めた、その尊い復讐心を信じ抜くと決断する。

ならばあとは――、

「フロップさん、この道は風水的にあまりよくない卦《け》が出てるんだ。だから、違う道を使わせてくれないか？」

「ケ？　ケとはなんなんだい？　もしや、旦那くんの眉間の皺《しわ》と目つきはそれが理由？」

「吉兆を占う的なアイテムだけど、目つきは関係ねぇかな！　でも、この道はよくない。遠回りになってもいいから、頼む」

フロップの善意に甘える形で、かなり強引にスバルは話を進める。

下手人はフロップではないと信じたなら、次なる問題は迫る『死』の回避だ。これが狙撃であれ何であれ、攻撃であることには違いない。

その攻撃の発生条件を回避し、望まぬ『死』を避けなくては。

「そもそも、望んだ『死』なんていっぺんも……一回か二回しかないけども」

それも、状況が差し迫ったが故の仕方なしの選択肢だ。

死ぬことでしか救えない状況に追い込まれなければ、そのときだってスバルは『死』を選んだりしなかった。なんだか、スバルも世界に復讐《ふくしゅう》したくなってくる。

「そのケについてはわからないが、君の真剣な表情は気に入った。少々遠回りになるが、違う道を使って向かおうじゃないか」

「そうしてくれると助かる！　なるべく人の多い、大通りを通っていこう」

「心得たとも！」

幸い、フロップはスバルの不自然な言動に食い下がらないでくれた。

その彼の案内に従い、酒場までの道のりを予定のものと変更する。進むはずだった道を引き返し、大通りから酒場まで路地は最低限しか通らないルートだ。

そちらのルートでも、スバルが狙われるのは変わらないかもしれない。それでも、酒場の前で襲われるとわかっていれば対処のしようはある。

「では旦那くん、こっちの道から——」

スバルの隣を通り過ぎて、フロップが違う道からの案内を始めようとした。

その瞬間だった。——フロップが、何かに気付いたようにその目を見張ったのは。

「——ぉ」

何を、とフロップの反応を確かめようとして、それは叶《かな》わなかった。

何故《なぜ》ならスバルの口はフロップへの問いかけの言葉ではなく、溢《あふ》れ返る血を吐き出すために全開放されてしまっていたからだ。

「ぁ、か!?」

一瞬の早業だった。

何かがスバルの後頭部を掴《つか》んだ感触があり、強引に上を向かされた。そして、剥《む》き出しになった喉を熱い感触が通り過ぎ、血が弾《はじ》けた。

溢れる血と痛みに溺《おぼ》れながら、スバルは喉を裂かれたのだと理解する。

「がぶ……ッ」

首の傷を両手で押さえ、スバルは激痛と失血の中、打開策を探る。

傷は深く広く、重要な血管が切られて血が噴出している。脱いだ上着を首に巻いて止血を——否《いな》、まずこの場から、背後の敵から逃げることを優先しなくては。

それに、フロップがこの場にいる。疑って悪かった。そのあと信じ直しても、許してもらえないかもしれないが、この場に、フロップが。

「え、む……」

宿にレムがいる。何とかして、首から血を流しながらでも彼女の下へ戻らなくては。

戻って、連れ出して、危ないから、手を引いて。嫌がられても、引っ張って。レムが生きてくれれば。生きてもらわないと。そのために、首の血を、止めて。

血を、血を、ちちちちち、血を、止め、止めて、とめとめとめめめ――、め。

「――ぅ」

4

「――旦那くん、しかめっ面はいけないよ」

「――」

「笑顔と余裕のないものの下には、幸運は訪れない。これから、旦那くんは自分たちの旅の同行者を探すんだろう？　だったら、良縁を探さなくては」

正面、自分の眉間に指をぐりぐりと当てながら、フロップがそう力説する。

その彼の仕草を見ながら、スバルはとっさに自分の首に両手を当てた。熱い感触と、流れ出していく命の熱を感じない。鼓動のたび、噴出する血の感触を。

自分の命が流れ出し、『死』へと近付いていく絶望の拍動を。

「だったら、眉間の皺《しわ》は消して……どうしたね、旦那くん、青ざめた顔をして」

黙りこくったスバルを見て、フロップが驚いたようにこちらを気遣ってくる。

彼のその真剣な眼差《まなざ》しが、スバルに直前の、喉を裂かれた瞬間のことを思い出させた。

そう、喉を切られた。

喉を切られ、血が噴出し、逃げなくてはならないと本能が警鐘を鳴らして、しかし、その警鐘すらも聞こえなくなって、この瞬間に戻ってきた。

つまり、死んだのだ。またしても『死に戻り』した。

それも、今度は最初の即死とは違う。もっと明確な、敵意を形にされて。

「……ぶはっ」

自分の喉に触れながら、スバルは忘れていた呼吸を慌てて思い出す。

肩を上下させるスバルに触れ、フロップが「大丈夫かい？」と言ってくれるが、それに応じる余裕がない。ただ、この場に留《とど》まり続けることもできなかった。

「ふ、フロップさん、今日は、その、風水的にマズい日だ。いったん戻ろう……！」

「フースイ？　しかし、その顔色では少し休んだ方が……」

「いや、休んでも無駄だ！　レムに手を握ってもらわなきゃ収まらない発作なんだ！」

「そ、そうなのか……それは難儀だな！」

焦燥感と切迫感に心を焼かれて意味不明なことを口走ってしまったが、人の好《よ》いフロップは言葉の内容ではなく、雰囲気の方を重要視してくれたようだ。

フロップを連れ、移動を決意したスバルはしかし、前後どちらへ進むべきか迷う。

前に進めばルート通り、しかし後ろへ進めば先ほど首を切られた側だ。

どちらへ進んでも命の危うい袋小路へ呑《の》まれる気がして、スバルは前後のどちらでもない、別の路地を通って大通りへ――人気《ひとけ》の多い通りに出ることを選ぶ。

「旦那くん！　手がものすごく冷たいぞ！　早く奥さんに温めてもらった方がいい！」

「ああ、一刻も早く、レムの顔が見たい」

その結果、目的を果たさず帰ったことを罵られても構わない。

とにかく、この場はレムの下へ――、

「――いや」

戻っていいのか、とスバルの脳裏に疑問が渦巻いた。

まだ相手の正体が掴《つか》めていない状況で、のこのこと宿へ戻っていいものか。敵にまんまと拠点を、レムの居場所を教えることになるのではないか。

自分の考え不足を呪い、スバルが唇を噛《か》んだのと同時、視界が開ける。

路地を抜け、スバルとフロップは都市の大通りへと出ていた。左右、行き交う人の数は大都市と比べるべくもないが、隠れ家的酒場のある路地よりずっとマシだ。

とはいえ、人込みに飛び込むのは勇気がいる。それを避けつつ、次なる行動の指針を決めなくてはならない。

「通りのことということは、宿は向こうになるはずだ。では、そちらへ……」

「ダメだ、フロップさん！　宿には戻れない。レムと会うなんて言語道断だ！」

「さっきと言っていることが違わないかい!?」

情緒不安定な人間そのものの言動だが、先の懸念がスバルをレムの下へと戻らせない。

かといって、フロップに情報を与えないまま振り回すのも不義理。

しかし、なんと言って彼を納得させればいいのか。

「クソ……！」

状況を打開するための手札が、今のスバルにはあまりにも足りない。

大事なレムと離れ離れの状態で、襲われている場所は見知らぬ街。一緒にいるのは善良だが、戦闘力のないフロップ。スバル自身、発揮できる強みが何もない。

誰に狙われているのかがわからなくては、警戒すべき相手もわからないのだ。

「旦那くん？　大丈夫か？　いったい何に思い悩んでいる？　僕が力になれることであれば、まず話してみるといい。様子が変だぞ」

「フロップさん……」

通りの左右を窺《うかが》いながら、神経をすり減らすスバルにフロップがそう声をかける。

真正面から両肩を掴んだフロップ、その真剣な眼差《まなざ》しと縋《すが》りたくなる申し出に、スバルはいっそ彼の善性に賭けてみるべきか真面目に考慮する。

フロップであれば、あるいはスバルを信じて力を貸してくれるかもしれない。

「フロップさん、頼りっ放しで情けねぇんだが、聞いてもらっていいか？」

「ああ、もちろんだとも！　なあに、僕では力になれないことでも、妹ならば力になれるかもしれない。僕と妹は互いの弱点を補い合っている関係だからね」

「実際、どっちかっていうとミディアムさん案件かもしれねぇんだけども……」

相手が容赦のない暴力をぶつけてくるのなら、より強い力をぶつけるしかないのかもしれない。スバルやフロップより明確に強い、ミディアムの力を。

それも含めて、スバルはフロップに事情を説明しようとする。まず、『死に戻り』のことを伏せつつ、誰かが自分を執拗《しつよう》に狙っていると。

「実は誰かが俺たちを追って……」

「──なんだ？」

「え？」

意を決し、スバルは『死に戻り』のペナルティに注意しながら、フロップに事情を説明しようとする。しかし、いざ話し始めた途端、フロップの視線が明後日《あさって》を向いた。

その彼の視線につられ、スバルもとっさにそちらを見て、目を見開く。

通りで上がる悲鳴と怒号、そして猛然とした勢いで突っ込んでくる巨大な影──大きな車輪が、スバルとフロップ目掛けて迫りくるところだった。

「な──っ!?」

「旦那くん、あぶな──」

い、とフロップの声が言い切るより早く、衝撃がスバルの全身を強烈に呑《の》み込む。体が大きく吹き飛ばされ、硬い土の上を幾度も跳ねて転がった。

勢いは止まらず、壁に激突する。だが、それで終わらない。──続けざま、倒れるスバルへと重なる衝撃が襲いかかり、再び体が吹っ飛んだ。

「──ぁ、く」

もんどりうって転がり、地面に寝転がりながらスバルの視界が黒く染まる。

急に空が曇ったわけではない。もっと他の、異なる理由が視界を潰したのだ。その原因はわからないし、真相を突き止めても碌《ろく》なことにならないとわかる。

ただ、言えることがあるとすれば――、

「し、し……」

死ぬ、と全身の細胞がスバルの本能に訴えかけていることだ。

これまで、四十回以上の『死』を経験してきたナツキ・スバルには、自分の肉体がどこまでのダメージを受ければ命を取り落とすか、何となくわかっている。

今回は、食い縛れる限界を明らかにオーバーしていた。

じくじくと、痛む。

どこが痛むのではない。ナツキ・スバルこそが『痛み』なのだ。『痛み』なのだから痛いのは当然のことだ。どこもかしこも、痛い。痛みは、消えない。

遠く、頭の中に鳴り響いている耳鳴りや、汽車の汽笛のような音。

それに紛《まぎ》れて聞こえてくるのは、飛び交う人々の悲喜こもごも――否《いな》、喜びはない。阿《あ》鼻叫喚《びきょうかん》の方が適切だ。阿鼻叫喚、笑える。なんて四字熟語なのか。

音の響きに反して、起きている出来事が重くて硬すぎる。

「あひ、おう、あ……」

発音ができない。

言葉を発しようとした口がズタズタだ。歯がなくなり、口の風通しがいい。どこかが裂けて空気が漏れている。血と、音と、『痛み』がある。

何かが、何かが、何かが――、

「あぃ、あ」

何かが、またナツキ・スバルを殺したのだ。

5

「――旦那くん、しかめっ面はいけないよ」

「――――」

「笑顔と余裕のないものの下には、幸運は訪れない。これから、旦那くんは自分たちの旅の同行者を探すんだろう？　だったら、良縁を探さなくては」

自分の眉間に指を当てて、ぐりぐりと皮と肉をほぐすフロップ。

その彼のパフォーマンスを目の当たりにしながら、スバルは自分の両肩を抱いた。そして、空気漏れしない口と、掻《か》き消えた『痛み』について思いを馳《は》せる。

――また、死んだのだと。

「しかも……しかも今度は、あれは、竜車、か……？」

衝撃に噛《か》み砕かれ、吹き飛んで動けなくなり、細くなるに任せて消えた命の蝋燭《ろうそく》。

全身が訴える『痛み』に支配されたまま、スバルは殺された。命を落とした。

「――――」

がくがくと、掴《つか》んだ両肩が震え、膝が笑い始める。

我が身に降りかかった災難を体が覚えていなくても、魂が覚えている。全身が引き裂かれるような衝撃と痛みが、掻き消えた今も魂を蝕《むしば》んでいた。

いよいよ、スバルは自分の身に降りかかる凶気に怖気《おぞけ》を隠せない。

最初の即死、二度目の首切り、そして三度目の竜車による轢死《れきし》――いずれも偶然ではありえない。紛《まぎ》れもなく、ナツキ・スバルを殺す意志だ。

それが、容赦なくスバルを殺した。そして最も恐ろしいのは、三度も『死に戻り』したにも拘《かかわ》らず、未《いま》だスバルは『敵がいる』以上の情報を得ていない。

相手は死亡するスバルに、情報を何一つ残さないのだ。

「だったら、眉間の皺《しわ》は消して……どうした、旦那くん。ひどい顔色だぞ」

「フロップ、さん……」

またしても、スバルの顔色の変化を気遣ってくれるフロップ。

直前の、大通りの阿鼻叫喚《あびきょうかん》は竜車が暴走したことへの反応だったのだろう。そして、激突の瞬間、フロップはスバルを助けようと手を伸ばしていた。

間に合わず、スバルは死ぬほどの衝撃を受けたが、傍《かたわ》らにいたフロップが無事だったとはとても思えない。――彼も、あの被害に巻き込まれたはずだ。

「そもそも、これまでだって……」

敵が、スバルを殺してそれで満足して引き上げるとは限らない。すでにフロップは、スバルの置かれた状況に巻き込まれてしまったのでは。それは許されないと、スバルは奥歯を噛《か》みしめた。

「——っ！　フロップさん！」

「な、なんだい⁉」

噛みしめた奥歯で臆病を噛み殺し、スバルは強く前を向いた。その勢いのままフロップの手を掴《つか》み、彼を大いに驚かせる。だが、その驚きに構ってはいられない。すでに、死へのカウントダウンは始まっている。

行くも地獄、戻るも地獄、避けるも地獄の三重苦。だとしても、生存への道を探らなくてはならない。——スバルとレムだけではなく、手助けしてくれた善良な兄を、妹の下へ返さなくては。

「——だからフロップさん、走ろう！」

「急な話だな⁉　どうしたんだ⁉」

「どうもこうもない、人生は限られてるんだ！　一秒も無駄にできないだろ！」

足を止め、懇々と説得するのはここでは悪手だ。

スバルはそう判断し、これまで同様、強引な理屈でフロップの抵抗を崩しにかかる。案の定、勢いに吞《の》まれたフロップは「それは確かに！」と頷《うなず》く。

「人生は短い。僕や妹の目標を達するためにも、時間は大事にすべきだが……」

「走ろう！　すぐに酒場に駆け込むんだ！　細かいことは後回しでいい！」

「わ、わかった！　わかったから引っ張らないでくれたまえ！　前髪が乱れる！」

無理やり腕を引っ張られ、足のもつれるフロップが悲鳴を上げる。

そのフロップの悲鳴のような声を聞きながら、スバルは一度は通った道を前進——当初の目的通り、護衛を雇うために酒場へと急ぐ。

ただし、目的は旅の道程の護衛をしてもらうためではない。

この、どうしようもない『死』の連続から救い出してもらうため、今すぐにでも必要な助力を得るために、走るのだ。

6

「——ここで一番の腕利きを雇いたい？」

ようやく辿《たど》り着いた酒場の主《あるじ》は、息せき切って問い詰めたスバルに眉を上げた。

髪に白いものが目立ち始めた壮年の店主は、肩を上下させるスバルを上から下まで眺めて、どことなく胡散臭《うさんくさ》いものを見るような目をする。

——現在、スバルとフロップは元々の目的地だった酒場の店内にいた。

最初、酒場を目前にして殺されたため、ここへ駆け込むのはかなりの賭けだった。が、道を急いだのが功を奏したのか、酒場に飛び込むのに邪魔は入らなかった。

ただ、それで窮地を逃れたと判断するのは早計もいいところだろう。

「だから、腕利きの力を借りなきゃいけないんだ」

「……ここらで一番の腕利きっていや、店の端で潰れてるロウアンだろうよ」

グラスを拭いている店主が顎をしゃくる。そちらを向くと、薄暗い店内、複数の男が管を巻く中、端のテーブル席で突っ伏している男を見つけた。

長いざんばらの髪を適当に括《くく》り、腰に得物——刀を差した五十がらみの男だ。

彼の突っ伏したテーブルには空いたグラスがいくつも並んでおり、まだ明るいうちからずいぶんと派手に飲んだのだとわかる。

「ほほう、彼が腕利きなのか。人は見かけによらないものだね！」

「酒癖が悪いのは間違いないが、腕は立つ。酒癖は悪いがな」

「二回言われると、不安しか立ち込めてこねぇ」

酒場の店主に酒癖が悪いと、二度も重ねて注意を受けたのだ。

よほどの酔客と考えられるが、背に腹は代えられない。今、必要なのは人間性や肝臓の強さではなく、腕っ節が強いこと。差し迫った窮地を逃れる、実力者なのだ。

「なぁ、ロウアンさん、ちょっと話を聞いてくれないか」

「んあ？」

フロップを伴い、スバルは意を決してロウアンの突っ伏すテーブルへ。潰れた男の肩を揺すって声をかけると、間抜けな声で応じるロウアンが顔を上げた。

　赤ら顔にとろんと眠たげな目つき、それなりに見れるはずの顔立ちが、すっかり赤くなった鼻に台無しにされている。

「なんでえ、兄さん。某《それがし》に何の御用でございぃ……？」

「べろべろじゃねぇか……とにかく聞いてくれ。あんたに仕事を……酒くさっ!!」

「おいおい、失礼な奴《やつ》らなぁ……」

　ふらふらと体を起こし、長い息を吐いたロウアンにスバルは顔を背ける。

　凄《すさ》まじい酒の臭気が漂い、視界が歪《ゆが》んだようにすら錯覚した。昼間から飲んでいるどころの話ではない。大酒飲みにも限度があるだろう。

　思い返せば、エミリア陣営には酒飲みがいないため、この手の輩《やから》の対処は初めてだ。

「こんなことなら、酔っ払ったオットーを庭に投げとくんじゃなく、もっとちゃんと相手してやっとくんだった……！」

「うい、ひっく……」

　そう嘆いているスバルの前で、ロウアンはだらしなく椅子に座ったまま、空になったグラスを顔の上で逆さに振り、滴る酒の雫《しずく》を何とか舌で味わおうとしている。

「ちっ、酒が足りねえや。おい、兄さんら、一杯奢《おご》ってくれよぉ」

「む、酒が欲しいのか。わかった。店主、彼に酒を一杯……」

「待ってくれ待ってくれ、フロップさん！　あんたの優しさに救われてる俺が言うのもな

んだけど、ちょっと今は善意を財布にしまってくれ！」

　求められるままに酒を奢《おご》りそうだったフロップを黙らせ、スバルは唇を尖《とが》らせているロウアンの正面へ。そして、強くテーブルに手をついて、

「ロウアンさん、単刀直入でいこう。俺たちはあんたに酒は奢らない。ただ、あんたが酒を買うための報酬を支払える。仕事を引き受けてほしいんだ」

「ああん、仕事らとぉ……？」

「そうだ。頼みたいのは護衛だ。それも、今この瞬間から」

　酒の臭気を間近にしながら、スバルは堂々とそう条件を提示する。

　その話を聞いて、ロウアンは眠たげな目のまま、じっとスバルを見つめ返した。

「……やけに語気が荒い。兄さんたち、さては結構危うい立場かぁ？」

「ああ、笑い事じゃなくな。どうだ？　払えるのは、これが限度額いっぱいだが」

「旦那くん、それは……」

　目を丸くして、制止するフロップがスバルの行動を止めようとする。

　しかし、制止するフロップを逆に引き止め、スバルはテーブルの上に袋――『魔獣の角』を売り、手に入った金子の全部が入ったものをドンと置く。

　これは正真正銘、スバルたち一行が持ち合わせている全財産だ。

「こいつが、俺の支払える手札だ。どうだ、引き受けてくれるか？」

「――――」

袋の口を開け、中をちらっと確認したロウアンが黙り込む。相変わらずの赤ら顔ではあるが、直前の酒にやられた目つきは消え、真剣な吟味が窺《うかが》えた。

帝国の貨幣価値に詳しくはないが、袋の中身は何ヶ月か遊んで暮らせる額のはず。

「某《それがし》の腕は高い……と言おうと思ったところが、初手でこれとあっちゃなぁ」

「言っとくが、賃上げ交渉には応じられないぜ」

「疑っちゃいない。遊びじゃないって話も、本気らしい」

赤くなった鼻を指でこすり、ゆっくりとロウアンがその場に立ち上がった。彼はスバルの出した金貨袋を拾い上げ、そっと自分の懐に仕舞《しま》い込む。

「返せと言われても、返せやしねえぜ？」

「惜しいけど、返せとは言わない。ちゃんと仕事をしてくれたら」

「ふはっ」と酒臭い息で笑い、ロウアンがスバルの仕事を引き受ける。

その答えを聞いて、スバルはずっと肩に入りっ放しだった力が抜けた。緊張が解けず、延々と不安が胸中を支配していたが――、

「旦那くん、よかったのかい？　あのお金は……」

「いいんだ。今、この瞬間の安全には代えられない。フロップさんを驚かせたのはごめんなさいなのと、紹介してくれてありがとうございます」

「――。君がいいと言うなら僕はいいさ。幸い、宿代は先に支払っているしね！」

宿代に関しては、同部屋となったフロップとミディアムの分も、スバルたち持ちという

形ですでに支払いが済んでいる。

後先考えずにロウアンを雇い、宿代を肩代わりしてもらう不義理はしない形だ。

「それで、雇い主殿。まだ某はそちらの名前もお伺いしてませんが？」

「あ、そうか。悪い。つい、急いでたから。俺の名前は――」

「――待て」

名前を聞かれて、さっそくロウアンに不義理を働いていたとスバルは慌てる。それから名前を名乗ろうとしたところへ、ロウアンが待ったをかけた。

彼はスバルの顔の前に手を突き付け、鋭い視線を酒場の窓へと向けていた。

「ロウアン、さん？」

「……妙な気配だ。さては兄さん、つけられてやがったな？」

低く、潜めたロウアンの声にスバルは息を吞む。

隣でフロップが「どういうことだ？」と困惑しているが、ロウアンの気付いた気配の存在にスバルだけは心当たりがあった。

まさかではなく、やはりというべきだろう。ロウアンが感じ取った妙な気配、スバルをつけてきた存在というのは、路地でスバルを襲った敵だ。

三度、スバルを殺害した敵は、今回もスバルを諦めてなどいなかった。

「いったい、誰に追われてる？」

「……冗談抜きに、相手はわからない。ただ、外にいたら仕掛けてくると思った。だから急いであんたを雇ったんだよ」

「なるほどなぁ。もうちょっと吹っ掛けてもよかったかもしれんわけだ」

逆さにしても振る袖がないのが実情だが、ロウアンは軽い調子でそう言った。

しかし、ロウアンの口調には微《かす》かな緊張と真剣味はあっても、不安はない。それは自分の技量に相応の自信があることの表れだろう。

実際、瞳から酒気の薄れたロウアンの佇《たたず》まいは、強者特有のそれが感じられた。

「――――」

ロウアンの得物は、その左腰に差している一振りの刀だ。

今さらだが、武器として刀を目にする機会は異世界では珍しい。基本は西洋剣が目立つ中で、ロウアンのそれは明確な異質さだった。

よくよく見れば、ざんばら髪の雰囲気も相まって、ロウアンの姿かたちはどことなく侍を思わせる。ただ、精悍《せいかん》さに欠けるので浪人がいいところだろうが。

「ロウアンさん、相手は……」

「ビクビクする必要はねえさ。相手が何者だろうと、某《それがし》の正面に立つなら真っ二つにするのみ。酒も入って、某の剣は絶好調だ」

「酔拳ならぬ酔剣ってか？　聞いたことねぇよ」

しかし、それがハッタリとも聞こえず、スバルはロウアンの自信を信じる。

彼が睨《にら》みつける窓と反対へ回り、状況が呑《の》み込めていないフロップの袖を引いた。

「フロップさん、ロウアンさんに任せよう」

「任せるも何も、僕は状況がよくわかっていないのだがね！　旦那くんと護衛くんは、いったい何と戦っているんだ？」

「それは俺も――」

わからない、とフロップに答えかけたところで、それより早く状況が動いた。

ただし、相手が真っ向から乗り込んできたのではない。もっと、目に見える異変だ。

「ぶべっ……」

そう苦鳴をこぼしながら、酒場の外から大柄な男が倒れ込んできたのだ。

その突然の出来事に、スバルは文字通り飛び跳ねるほど驚く。しかし、店内の他の面々はそれを見ても、見慣れているとばかりに淡々とした反応だ。

倒れた男に駆け寄ろうとしたのは、フロップと酒場の店主だけだった。

もっとも、男を心配したのはフロップだけで、店主は床が汚れるのを嫌がる様子がありありと顔に表れていたが。

「おい、君！　大丈夫か、しっかりしたまえ！」

「ふ、ふが、ふが……」

「ふがふが!?　それが君の名前なのか？　しっかりしたまえ、フガフガくん！」

「い、いや、フロップさん、その人は……」

倒れた男を抱き起こそうとするフロップだが、男の受け答えは呻《うめ》き声であって、折り目正しく初対面の相手に名乗ったわけではあるまい。

それに加え、この状況で酒場へ乗り込んでくる男というのは――、

「ふが……」

「――っ！　フロップさん！　離れろ！」

うつ伏せに倒れた男が、屈《かが》み込んだフロップの腕を掴《つか》んで体を起こそうとした。

瞬間、嫌な予感がしたスバルはフロップを後ろへ引き倒し、男から遠ざける。

――その直後だ。

「――ッッ！」

ふがふがと、呻《うめ》いていた男の体が膨張し、刹那、真っ赤に光り輝く。

そして、膨張した男の体が破裂し、凄《すさ》まじい爆発が店内を荒れ狂う。

「ぐあ――っ!?」

悲鳴が店内に木霊し、真っ赤な光があちこちへ乗り移る。すぐ、それが燃え広がる炎であり、吹き飛んだ男の体が人間爆弾だったのだと合点がいった。

「フロップさん！」

「ぶ、無事だ、旦那くん！　だが、これは……」

爆風で揉《も》み合ったスバルとフロップは、阿鼻叫喚《あびきょうかん》となる店内の様子に目を見張る。

男の体が吹き飛んだカラクリは、おそらく火の魔石を持たされていたためだ。――あの苦しみ方を見ると、火の魔石は男の体内にあったのかもしれない。

それが爆発し、火があちこちに燃え移った。しかも、それだけではなく――、

「げほっ！　な、なんだこりゃ⁉　目が、目がぁぁぁ！」

炎が溢《あふ》れ返る中、店内の騒ぎに巻き込まれた酔客の一人が顔を覆って叫んだ。気付けば、叫び声を上げているのは彼だけでなく、周りの男たちもそうだ。

消し飛び、爆心地となった店の中央、そこからたなびく煙を浴びた男たちが、その目や鼻を覆い、凄まじい苦痛を味わった絶叫を上げている。

「み、店の中にいたらダメだ！　全員、早く外に出ろ！」

「ま――」

おびただしい涙を流す男が叫び、顔を覆った男たちが一斉に入口へ殺到する。その押し合う男たちを見て、スバルはとっさに制止の声を上げようとした。

しかし、間に合わない。

「――ッ⁉」

二つ目の爆発が発生し、入口に殺到した男たちがまとめて吹き飛ばされる。

二度目のそれは一度目の爆発よりも大きく、巻き込まれた男たちは互いを庇《かば》い合うこともできないまま、爆炎に正面から焼かれ、黒焦げになった。

その爆熱と爆風が押し寄せ、スバルは凄惨《せいさん》な現場に硬直してしまう。

次から次へと起こる悪夢のような光景、それが現実のものと思えなくて。

「こん、な……」

「しっかりしろい、雇い主！　ここで倒れられちゃ、某《それがし》も困るんだよ！」

硬直し、呆然《ぼうぜん》とするスバルの襟首が掴《つか》まれ、無理やり引き起こされる。スバルをそうしたのは、顔を服の袖で覆っているロウアンだ。

彼は男たちを苦しめた煙を吸わないよう、姿勢を低くしろと手で示し、

「店主！　裏口から出るぞ！　正面は見張られてる！」

「わ、わかった！　こっちだ……！」

ロウアンの指示を聞いて、額から血を流した店主が素直に頷《うなず》く。

そのまま、床を這《は》うように移動する店主の後ろを手で示し、ロウアンが「いけ！」とスバルの背中を叩《たた》いた。

「雇い主と、そっちの兄さんも！　死にたくなきゃ、今すぐ動け！」

「し、死ぬわけにはいかないとも！　まだ、僕も妹も道の途上だ……！」

「クソ……！」

ロウアンの叱咤《しった》を受け、スバルとフロップも先をゆく店主の後ろを追った。追いかけながら、スバルの頭は混乱と、自分と敵への怒りでいっぱいになっていた。

これだけの所業を重ねた敵への怒りはもちろんある。だが、敵がいるとわかっていながら、その危険度を見誤った自分にもスバルは怒りを覚えていた。

そもそも敵は、大通りで竜車を暴走させるような真似《まね》をしたのだ。

あれだって、相当数の人間が巻き込まれていたはずだ。ならば、周囲の被害を顧みない

手合いであると、もっと真剣に考えるべきだった。
そのせいで、酒場にいただけの男たちが巻き込まれて――、

「――！　裏口が開かない！」

自分を責めるスバルの前、先に裏口へ到達した店主が悲鳴を上げる。
彼は扉を開けようと必死だが、肝心の扉がその呼びかけに応えようとしないのだ。爆発の被害が扉を歪《ゆが》めたのか、あるいは――、

「マズいぞ！　正面の入口は潰れてしまっている！　このままでは……」

「ええい、どいてろい！　このぐらいの扉――」

炎の勢いが増す店内、フロップの叫びを塗り潰すようにロウアンが飛び出した。彼は腰の刀に手をかけると、開かない扉へと向けて一閃《いっせん》、斬り捨てる。

「ようし！　開いたぞ！　全員、姿勢を低くしろい！」

閉じた裏口を開放し、ロウアンが後ろのスバルたちへそう叫ぶ。
広がる混乱はとんでもないものだったが、燃える酒場という絶体絶命の状況から、ひとまず逃れることはできそうだ。ロウアンの戦況判断と技量が確かなこともわかった。
あとは、すぐにこの場を離れて、この凶気の相手を――、

「――――」

そこでふと、スバルは息を詰めた。
何かが引っかかったのだ。――この、周到で容赦のない敵の考えを予測する。

人間爆弾と化した男を店内に放り込み、刺激物を孕《はら》んだ煙で店内の人間を誘《おび》き出《だ》し、入口に仕掛けた魔石で一気に吹き飛ばす。そして入口を塞ぎ、裏口も何らかの方法で封鎖。その封鎖を突破して、スバルたちは裏口から逃れるわけだが——、

「ロウアンさ——」

おかしいと、そうスバルはわずかな違和感を口にしようとした。

周到な相手であれば、攻撃の手を緩めることなどありえないのではないかと。その違和感を伝えるべく、スバルはロウアンを呼んだ。返事はなかった。

「——」

ぐらっと、裏口から身を乗り出したロウアンの体が後ろへ傾いて、倒れる。

スバルとフロップ、店主が唖然《あぜん》と、倒れたロウアンを見た。そのロウアンの頭が、額から上が潰れ、押し出された眼球が垂れ下がっていた。

誰が見ても、頭を潰されてロウアンは死んでいた。

「ひ」

壮絶な死に様を見て、店主が目を見開き、絶叫しようとした。

だが、それもできなかった。炎の向こうから振るわれた一撃が店主の胸に突き刺さり、派手に内臓を飛び散らせて即死させる。炎の中に倒れ、店主の焼ける臭いがした。

「——」

立ち込める黒煙、炎の向こうからゆっくりと何かが姿を見せる。

それは顔に濡《ぬ》らした布を巻き付け、片手に斧《おの》を握った男だった。その男がロウアンの頭を砕き、店主を即死させたのだと、そう理解する。だが、理解はそこまでだ。

「き、君はいったい、何者なんだ。どうしてこんなことを」

愕然《がくぜん》と、動けないスバルの隣で、同じようにロウアンと店主の死を見届けたフロップが声を震わせる。彼は恐怖に呑《の》まれながら、真剣な目で炎の中の人影を睨《にら》んでいた。

「こんなことが許されると――ぉ」

毅然《きぜん》と、その悪事を糾弾しようとしたフロップの頭が、男の斧の直撃を受ける。刃を立てず、峰で殴るなんて無意味なことをしない。刃を立て、男はフロップの長い前髪のかかった額を打ち据え、その中身を外へぶちまけた。

脳漿《のうしょう》が飛び散り、血の赤を炎の赤に混じらせながら、フロップが死んだ。耳障りな水音を立てて、フロップの体が崩れ落ちる。じわじわと流れる血が、床にへたり込んだスバルの尻を汚していく。――否《いな》、スバルのズボンは、すでにもっと違うもので汚れていた。恐怖に、失禁する。

炎の中、血濡れの斧を下げた男の恐ろしい姿に、スバルは恐怖した。

その執念に、執拗《しつよう》さに、恐ろしさに、魂が震える。

「なん、で……」

それは、ひどく間抜けな問いかけだった。

同じような問いかけをしたフロップが容赦なく殺された。当然、スバルにだけ男が慈悲をかける理由なんてない。スバルも死ぬ。殺される。

後ずさる力も、這《は》いずる勇気もない。今、目を男から離せない。

男を見ているのが怖くても、目を離すことも怖くてそれができない。

「なんで……なんで！」

ただ、他の言葉を忘れたかのように、スバルは必死でそう叫んだ。

その叫び声を聞いても、男は何も答えない。顔を隠したまま、ゆっくりとその斧《おの》を持ち上げて、へたり込むスバルの頭上に真《ま》っ直《す》ぐ掲げた。

そして——、

「なんでぇ！」

「——お前さんにゃ何も教えないぜ？　また逃げられたら困るだろ？」

と、血を吐くようなスバルの絶叫に、最後に男が応じる。

その、当然のことを告げるような声音と声の調子を聞いて、スバルは息を詰めた。

その声を、どこかで聞いたものと照合しようとして。

「ぶ」

それより早く、振り下ろされる斧の一撃がスバルの頭蓋を割った。

小さな硬い音が、した。

した。

第三章　『城郭都市《じようかくとし》グァラル攻防戦』

1

――目をつむれば、スバルの脳裏に蘇《よみがえ》ってくる光景だった。

鬱蒼《うつそう》と木々の生い茂る森の中、ぬかるんだ土と物々しい男たちの空気。

それを断ち割るように響き渡った魔獣の咆哮《ほうこう》と、戦いの始まりに昂《たかぶ》る戦意。そして、それを招いたナツキ・スバルへ向けられる激しい凶気――。

それはスバルが自ら、意識して、自覚して、やろうと決めて、やった行為だ。

自分の中に天秤《てんびん》を置いて、大切なモノとそうでないモノとを比べ、実行した。

危害を加えると、そう決意しての行動だった。

魔獣との戦いに慣れていないものたちが、魔獣と戦ってどうなるかはわからない。

一瞬で制圧したかもしれないし、深手を負ったものがいた可能性もある。

考えたくないことだが、それだけでは済まず、命を落としたものがいたかもしれない。

――否《いな》、いたと仮定すべきなのだ。

自分のしたことを正当化し、やると決めてやったからには認めるべきだ。

ナツキ・スバルは天秤《てんびん》を傾け、相手が死ぬかもしれない作戦を実行したのだと。

魔女教徒や大罪司教ではなく、悪意から他者を害する邪悪の徒ではない人々。

上からの命令に従い、生きるための仕事として武器を持つことを選んだ相手を、会話することもできて、立場次第では友好関係を築けた相手を、攻撃した。

ならば、これは当然、必然、自然な出来事なのだろう。

ナツキ・スバルの行動のツケは、ナツキ・スバルが支払わなければならないのだと。


「――旦那くん、しかめっ面はいけないよ」

「――――」


「笑顔と余裕のないものの下には、幸運は訪れ――だ、旦那くん!?」

頭蓋に斧《おの》の先端がめり込んだ直後、硬い音と共に視界がクリアになる。

その鮮明になった視界、飛び込んでくるのは眉間に指を押し当てるフロップの姿だ。

前髪の長い細面の美青年、その頭部が割られた十数秒前の出来事が回想され、スバルはとっさに自分の口を覆い、その場に跪《ひざまず》いた。

込み上げる嘔吐《おうと》感と、我が身に降りかかった凶気的な出来事の連鎖――心臓が爆発しそうに跳ね、締め付けられる内臓とうるさい耳鳴りがスバルを苦しめる。

スバルを心配するフロップの声も遠く、音が全く頭に入ってこなかった。


「――トッド」

激しい耳鳴りと五臓六腑《ごぞうろっぷ》の悲鳴を聞きながら、スバルの唇が短い音を紡ぐ。

それはヴォラキア帝国で知り合った相手の名前であり、ナツキ・スバルが初めて純粋な敵意を向けた相手であり、そして──、
そして、直前の凄《すさ》まじい惨劇を実行に移した凶気の襲撃者だ。

「──」

燃え上がる酒場と、立ち込める黒煙。

多くの酔客が爆発の餌食になったのは、煙に含まれた刺激性の物質が原因だ。おそらく、刺激の強い香辛料を混ぜ込んだ簡易の催涙弾のようなものだが、効果は覿面《てきめん》だった。

魔石を使って火災を起こし、出口を封じて生き残りを裏口へ誘導。扉を塞いで、それが破られた安堵《あんど》感に乗じて一番の腕利きを不意打って始末する。

そして、自らは濡《ぬ》らした布で煙から身を守り、直接、確実に、スバルを殺した。

最後の言葉と声、何より布越しに見えた瞳が男の正体を物語っていた。

あれはトッドだ。──バドハイム密林で、死んだはずの男だった。

「いや……」

それも、あくまで未確認の情報だった。

アベルの率いた『シュドラクの民』の攻撃で、帝国兵の野営地は壊滅状態へ陥った。多くの犠牲が出たと聞いて、スバルは傷を負うことを恐れるあまり、それ以上の情報を意図的にシャットアウトした。その、目を背けた弱さのツケがこれだ。

「ここが密林から最寄りの街ってんなら、生き残りが逃げ込んでるのは当たり前だ」

なのに、スバルはそんなことにも考え及ばず、のこのこと自分から敵が待ち受けている都市へと足を踏み入れてしまった。それも、レムを連れて。

何よりこの『敵』は、他ならぬナツキ・スバルが自分の行動で作った『敵』だった。

「——ッ」

ガチッと硬い音を鳴らして、スバルは強く奥歯を噛《か》みしめた。

頬肉《ほほにく》が齧《かじ》られ、鋭い痛みと血の味で意識の胸倉を掴《つか》み、現実へと無理やり引き戻す。足りなければ、口の中の肉を全部噛み千切っても構わない。

今は、凶気と恐怖に打ちのめされてはいられないのだ。

「しっかりしたまえ、旦那くん！　水を飲むかい？」

「——っ、大丈夫だ。悪い、フロップさん、心配かけた……！」

大丈夫では全くない顔色と声色だったと思うが、スバルは自分にそう言い聞かせながらゆっくりと立ち上がる。

膝の震えと、竦《すく》んだ内臓の不快感は残っている。しかし、いつまでも蹲《うずくま》ってはいられない。スバルがそうして脆弱《ぜいじゃく》さに甘えている間も、時は進んでいる。

この間も虎視眈々《こしたんたん》と、トッドの襲撃計画は進行中のはずなのだから。

「なぁ、頼みがあるんだ、フロップさん。宿に戻って、レムから俺の持病の薬を受け取ってきてもらえないか」

「薬？　旦那くん、何か悪い病気なのかい？」

「ああ、持病のくるぶしツヤツヤ病がかなりひどくなってるんだ」

「なんと！　未知の病名だ！」

適当な病名を告げられ、目を見開いて驚くフロップ。

彼の善良さにつけ込むのはいい気分ではないが、この場は仕方ないと目をつぶる。今は一刻も早く、フロップをスバルから遠ざけるのを優先だ。

トッドの狙いが復讐《ふくしゅう》ならば、別行動することでフロップの安全は確保できるはず。狙われるのが自分だけなら、スバルも身を守ることに集中できる。

まだ、どうするのが正解かは選び切れていないが――、

「酒場でロウアンと合流して、奇襲を避けるために酒場を出る。そのあとは……」

かなり行き当たりばったりな行動にならざるを得ない。

しかし、足を止めてゆっくりと思案する時間もない以上、思い浮かんだ最善手を実行に移して僥倖《ぎょうこう》を拾いにいくしか手はないのだ。

「レムなら……」

フロップが宿に得体の知れない病名の薬を取りに帰れば、スバルの身に何らかの異変が起きたと察してくれる、はず。くれると思いたい。

そうすれば、フロップを現場に戻すことなく引き止めてくれる、と信じたい。

希望的観測ばかりだが、これが今のスバルが思いつく限界だ。

「フロップさん、頼む！」

「わ、わかった！　ここで待っていたまえ！　気を強く持つんだ、旦那くん！」

演技ではないスバルの必死さに打たれ、フロップが宿へときた道を戻る。そのフロップを見送り、スバルは代わりに酒場へ急ぐこととした。

だが――、

「う、あああああ――っ!!」

走り出そうとした瞬間、別れたばかりのフロップの悲鳴がスバルの心を砕いた。

とっさに振り向いたスバルは、道の先でフロップがひっくり返っているのを発見。仰向《あおむ》けに倒れたフロップが掲げた右足、その太ももを小型のナイフが貫いていた。

深々と刃元まで埋まったそれが、フロップから走る力を奪い去っている。

「フロップさん！」

走る体勢から慌てて身をひねり、地面で足を滑らせたスバルは唇を噛《か》んだ。そのまま地面を蹴り、足をやられたフロップの下へ駆け寄る。

また、いきなり想定を外された。

二手に分かれれば、当然、優先してスバルを狙ってくるものと思っていた。なのに、フロップが狙われるのは想定外だ。奇襲も、予測より早すぎる。

「フロップさん！　すぐに手当てできる場所に連れていく！」

諸々《もろもろ》の後悔と反省を抱えたまま、スバルはフロップの下へ駆け付ける。足の痛みに悶《もだ》えているフロップだが、すぐに手当てする余裕はない。

肩を貸して、人のいるところに――否《いな》、また大通りで轢殺《れきさつ》されたのと同じ状況を招きかねない。無理をしてでも、酒場へ引きずっていくのが最善手か。

「――」

そこまで考えたところで、スバルの頭に不意に疑問が湧いた。

フロップが命に別状がないのは朗報だ。だが、何故《なぜ》そうなったのか。酒場での虐殺の手口からして、敵は殺しの手腕に精通している。

にも拘《かかわ》らず、フロップへの攻撃を足にとどめたのは何故なのか。

「しま――っ」

嫌な予感が過《よぎ》った瞬間、倒れるフロップのすぐ傍《そば》の路地で暗い光が閃《ひらめ》いた。

直後、とっさに頭を庇《かば》うように腕を掲げたスバルを鋭い一撃が吹き飛ばす。

「があっ⁉」

硬い衝撃をもろに喰《く》らい、倒れるスバルが地面で後頭部を打つ。視界が白み、再びの耳鳴りがうるさく鳴る中、スバルは転がる勢いに任せてさらに後ろに一回転。

衝撃の正体と距離を取りながら、殺し切れなかった一撃で熱を訴える額に手を伸ばす。

おそらく、硬い一撃で額が切れたと考えられ――、

「――ぁ？」

額に触れようとした右手が、手首と肘の間の前腕部分で吹っ飛んでいた。

「ぎ、ああああ――っっ！」

汚い切断面を晒《さら》した右腕は、白い骨と桃色の筋繊維が覗《のぞ》き、拍動に合わせて勢いよく血が噴き出していた。慌てて傷を押さえて止血しようとするが、左手の方も掌《てのひら》が縦に割れ、ひしゃげた指がそれぞれ違う方向を向いている。

不格好に相手の一発を受けて失敗した。そもそも、フロップに無防備に駆け寄ったのも失敗だ。間違い、間違い、間違い間違い間違い間違いミスミスミスミスミス――、

「――ふむ」

だくだくと溢《あふ》れる血を押さえながら、痛みと喪失感でパニックに陥るスバル。

そのスバルの前で小さく喉を鳴らしたのは、片手に斧《おの》を下げた男――路地から姿を現したのは、橙色《だいだいいろ》の髪をバンダナでまとめた青年、トッドだった。

今度は顔を隠していない。

酒場で目の当たりにした凶気の瞳、あれの正体は見間違いでも何でもなかった。

やはりトッドが、スバルを殺すために攻撃を仕掛けてきていたのだ。

「うぎ、ぎぃぃぃ……！」

噛《か》みしめた奥歯が割れ、血走った目でスバルはトッドを睨《にら》みつける。

込める感情は怒りなのか、憎しみなのか、あるいはもっと情けない命乞いなのか、自分自身でも答えのわかっていない眼差《まなざ》しだが、トッドの反応は冷ややかだ。

彼は感情を特に感じさせない表情で、スバルの両腕を破壊した斧の刃を指でなぞり、

「もっとちゃんと研がないとダメだな、失敗失敗」

と、淡々とした様子で次への反省を口にした。

「さて」

目を見開き、震える舌で言葉を発しようとするスバル。だが、トッドはそのスバルの言葉に頓着せず、何気ない素振りですぐに斧《おの》を振り上げた。

まるでスバルの言葉にも素性にも、何の興味もないと言わんばかりに──、

「う、あああ──!!」

「うおっ」

しかし、トッドが振り上げた斧を落とす前に、その体に誰かが飛びかかった。

腕を壊され、痛みに呻《うめ》いているスバルではない。その、一撃で戦闘不能にされたスバルを守るべく、トッドに飛びついたのはフロップだ。

右足にナイフを受け、激痛と戦っているはずの善良な商人は、トッドの背中に喰《く》らいつくようにしがみつき、肩越しにスバルを見た。

「旦那くん！ 逃げるんだ！ 今すぐ逃げ──」

細面に切実さを宿し、強く訴えるフロップの顔が顎を撥《は》ね上げられる。

組み付かれたトッドが肘でフロップを打ち据え、暴力と無縁の青年はあっさりと引き剥がされてしまった。そのフロップに振り向き、トッドが斧を振り上げる。

「やめ……」

「せーのっ！」

止める暇もなく、軽い掛け声のあとに難く鋭い水音が響いた。

肘を受け、上を向いたフロップの顔面が斧の刃を受け、顔ごと頭を割られた青年が呆気《あっけ》なく死体へ変わる。血が流れ、脳漿《のうしょう》がこぼれ、手足が痙攣《けいれん》していた。

じわじわと、路地が血で浸されていくのを見て、スバルはぽかんと口を開ける。

ただ、痛みと混乱と、蘇《よみがえ》る恐怖がスバルから正常な思考を奪い取った。

この、目の前の男は、いったい、何なのか。

「俺を……」

「うん？」

「俺を、俺を恨むのは、わかる……」

死んだフロップの血をよけながら、振り向いたトッドにスバルがそう言った。

ボロボロと、涙と鼻水が勢いよく流れ出す。奥歯の割れた口からは血が流れ、さらには自分の右腕から噴き出した血を浴び、スバルの全身はひどい有様だ。

だが、それ以上に辛《つら》いのは、またフロップを死なせてしまったことだった。

「でも、周りを……周りを！　まき、こむなよぉ……っ！」

恨みを買う理由はある。

だから、スバルを狙ってくるのは必然だ。でも、そのために周りを巻き込むのはルール違反だ。卑怯《ひきょう》な行いだ。正々堂々と程遠い。そんなの、悪い。悪ではないか。

そのスバルの訴えを聞いて、トッドは「あー」と小さく唸《うな》ると、

「お前さん、恨むって何を言ってんだ？」

そう、血塗《ちまみ》れの路地で、頰《ほお》に跳ねた血を拭いながら不思議そうに首を傾《かし》げた。

そのとぼけた態度と返答を受け、スバルは一瞬息を呑《の》んだが、すぐに堪《た》え難《がた》い激情が込み上げてきて、「ふざけるな！」と唾を飛ばしながら、

「待ち伏せして、罠《わな》を張って……俺を、執拗《しつよう》に……！」

執拗に、執拗に追い込まれた。

スバルがどんな行動をしても、確実に殺せるよう前もって先回りし、周到に準備を整えて罠を張り巡らせていた。

それほどまでにスバルを狙い、ここでとぼけるなんて無意味な往生際の悪さだ。

フロップの死に対する冒瀆《ぼうとく》だ。スバルを辱め、鬱憤《うっぷん》を晴らしているつもりなのか。

「お前は……っ」

「何を勘違いしてんだか知らないが、俺がお前さんを殺すのに恨みも何もないだろ。街でヤバい奴《やつ》を見つけたんだ。問答無用で殺すに決まってる」

「――――」

「毒蛇を殺すのは恨みじゃなくて怖いから。そのためなら使えるものを使って殺す」

それ以上でも以下でもないと、トッドは斧《おの》についた髪の毛や皮を丁寧に剥がす。それはフロップの砕いた頭部の破片なのだろうが、スバルは唖然《あぜん》とするしかなかった。

笑みさえ浮かべ、平然と答えるトッドの態度に嘘《うそ》はない。

元より、トッドのこれまでのスバルへの攻撃が、その言葉が本気だと証明している。

トッドは、スバルを危険だとみなして殺す気しかない。

だから何も聞かないし、何もさせないし、何も言わせようとしなかった。

そして、あの密林での所業を憎んですらいない。あの行いからトッドがスバルに抱いたのは、スバルが危険人物であるという認識のみ。

故に、トッドは感情的にもならず、淡々とスバルを殺そうとする。

「お前さんは俺と同類だ。──時間はやらない」

言いながら、トッドがスバルの胸に靴裏を当て、そのまま後ろへ蹴り倒す。抵抗できずに仰向《あおむ》けに倒れ込んだスバル、それを跨《また》いでトッドが斧を振り上げた。

目を見開いて、正解の言葉を探した。

『死に戻り』をして、あらゆる場面から後ろへ繋《つな》がる可能性を探り出すのがスバルの勝利の掴《つか》み方。しかし、大罪司教にすら通じたそれが通用しない場面もある。

それは──、

「──ま」

「待たない」

──それは、相手が冷酷な殺人鬼であった場合だ。

2

「──旦那くん、しかめっ面はいけないよ」

「──っ」

「笑顔と余裕のないものの下には……ど、どうした？　急に顔色が真っ青になったぞ？」

真《ま》っ直《す》ぐ、自分の顔目掛けて斧《おの》が落ちてくるのを見届ければ、大抵の人間の顔からは血の気がさっと引くものだろう。

思わず、自分の顔に手を当てたスバルは、血の気の引いた顔の冷たさと、その冷たさを感じる両手が健在である事実を確かめ、安堵《あんど》と恐怖で感情が掻《か》き回される。

時間にしてみれば、スバルの身に起こった出来事はほんの二十分ほどの間のことだ。

その二十分間で、スバルはすでに五回も命を落としている。

プレアデス監視塔の最終局面、あのときも勝ち筋を見つけるために十五回以上も『死』の経験を重ねたが、あれは一歩ずつ前進している確信があった。

それが、今回はない。

積み重なったナツキ・スバルの死体が、勝利に貢献している実感に至らない。

ただ一つ、言えることがあるとすれば──、

「──今も、見られてる」

すでに、トッドはフロップと一緒にいるスバルのことを監視している。

故にフロップと二手に分かれた瞬間、トッドは容赦なくフロップを撒き餌《まえ》に使った。

スバルにフロップを囮《おとり》にできる冷酷さがあれば話は別だが、それができない以上、フロップと別行動する作戦は実行不可能だ。

同時に、スバルは宿屋へ戻るという選択肢も奪われた。

トッドがどの時点でスバルの存在を見つけたのかは不明だが、酒場へ向かうためのこの道中で見かけたのなら、宿の場所は、レムの居場所はバレていない。

そう、レムの場所はバレていない。これはかなり、信じられる。

もしもレムの居場所がバレていたなら、トッドはレムを使い、もっと計画的にスバルを殺すために利用したはずだ。トッドの狡猾さへの信頼が、逆にレムが彼の手に落ちていないことの証《あかし》になるのは皮肉な話だった。

「とにかく……」

唇を噛《か》み、掌《てのひら》で顔を覆いながら、スバルは必死で頭を回転させる。

時間が、とにかく時間が足りていない。

フロップと二手に分かれれば、トッドは即座に攻撃を仕掛けてくる。

逆に仕掛けてくるのを待ち構えて反撃——否《いな》、初撃を避ければ勝てるという相手でもない。スバルに武器がない以上、一撃で相手の戦闘力を奪わなくてはならない。無理だ。

大通りに逃れれば、トッドは竜車を暴走させ、轢《ひ》き殺してくる。

暴走竜車を避けられても、大通りの混乱に乗じて次なる手を打ってくる可能性が高い。

その上、竜車の暴走には無関係な周りの人間が巻き込まれる。無理だ。

別の道を選んでいこうとすれば、各所に存在する路地の全てが奴《やつ》の狩り場だ。

四方八方、ありとあらゆる方角に注意を払うなんて不可能だし、仮に初撃を捌《さば》けたとしても、結局は反撃案と同じ、戦闘力の不足が横たわる。無理だ。

やはり最善なのは、フロップと一緒に大急ぎで酒場へ向かい、トッドが酒場を襲撃する準備を整える前に、こちらの戦力を整えて迎え撃つことか。

へべれけのロウアンをどれだけ本気にできるかが難関だが、今すぐに思いつくパターンではこれが一番勝算が高い、はず。他の手が浮かばない。

「クソ、クソ……」

なんて、厄介な相手を敵に回してしまったのか。

これが大罪司教であれば、権能頼りの奴らには強みが弱みになる可愛《かわい》げがあった。権能のカラクリを解くことで、逆に弱点が浮き彫りになるのが奴らだからだ。

しかし、トッドにはそれがない。使えるものは何でも使う。自分で言った通りだ。

何かに頼ることもなく、周囲への被害も顧みない。

スバルを殺したあと、いったい周りになんて言い訳するつもりなのか、それすらも完全に未知数。その後のことなど、一切考慮していない。

殺すべきものを殺すために、余計な思考を挟まない怖さがある。

「旦那くん？　大丈夫かい？　どこか悪いなら、宿に引き返した方が……」

「い、いや！　それはダメだ！　それは、ダメなんだ」

勢いよく答えてしまい、スバルのその声にフロップが目を丸くする。

そうしてしまってから、スバルは自分の精神的な脆《もろ》さを本気で呪った。おかしな素振りを見せれば、トッドに不審がられてしまう。

そうなっては、せっかくの『死に戻り』のアドバンテージが消える。

すでに捕捉されている以上、スバルがトッドにつけ入ることができるのは、自分の存在が露見していないと考えているその先入観しかない。

スバルが気付いていることを、トッドに気付かれてはならないのに――、

「――待て」

ふと、必死でトッド対策を考えるスバルの脳裏にある考えが過《よぎ》った。

何か一つのやり口に拘《こだわ》ることもなく、周囲への被害も顧みないトッド。――だが、彼が顧みないのは『周囲』への被害だ。『自分』への被害ではない。

むしろ、『自分』への被害を極端に減らしたがるからこその、奇襲。

言っていたではないか、トッド自身が、自分の口で。

『毒蛇を殺すのは恨みじゃなくて怖いから』だと。

だとしたら――、

「――トッド！　お前がいるのはわかってる！」

「わわわ!?」

電撃的に走った考えに従い、スバルがそう声を張り上げる。

途端、いきなりのことにフロップが飛び跳ねて驚いた。だが、驚いたのはフロップだけではないだろう。——スバルたちをつけていたトッドも、驚いたはずだ。

その驚きを信じて、スバルは目つきを鋭く、凶悪に頬《ほお》を歪《ゆが》め、可能な限りの悪人面を作りながらぐるりと周囲を睥睨《へいげい》し、

「まったくしぶとい野郎だぜ！　あんな目に遭ってまんまと死んだと思ってたのに、生きてやがるとは悪運の強い！　だが、今度は逃がさねぇ！　ぶっ殺してやる！」

精一杯ドスを利かせた声で、悪意と敵意をふんだんに塗り込めながら悪罵を飛ばす。

路地のどこにトッドが潜んでいたとしても、確実に声が届くよう、ナツキ・スバルがお前の存在に気付いていると、それが伝わるように。

「お前が俺に勝てるとでも思ってんのか？　とんだ笑い話だぜ！　笑ってやるよ、はっはっはっはっは！　また見てぇぜ、お前が無様に逃げ回るところをよぉ！」

挑発と嘲弄の二枚看板をひけらかし、スバルが路地の真ん中で哄笑《こうしょう》する。

舞台度胸のある方でよかったと、このときばかりは自分の図々《ずうずう》しい性格に本気で感謝した。そうでなければ、声に震えが、表情に脅《おび》えが、瞳に恐怖が現れていた。

それが出ないで済んだのは、ナツキ・スバルの性根の悪さのおかげだ。

「だ、旦那くん……？」

「し。フロップさん、黙っててくれ」

スバルの豹変《ひょうへん》に困惑するフロップを黙らせ、スバルは彼の腕を引いて歩き出す。

きた道は戻らない。ひとまず、トッドがそちらに潜んでいるのは確実、のはず。

だから、歩く途中で足を止めて、首だけで路地の後ろを振り向きながら、

「ああ、仕掛けてくるならいつでもどうぞ。お望み通り、八つ裂きにしてやるよ」

通じるか不明だが、あえて中指を立てて最後の挑発を加えておく。

そうして、スバルは心臓の爆音を隠しながら、不敵な笑みを浮かべて路地の先へ。

正直、完全に賭けだった。

もしかしたら、スバルの挑発に逆上し、路地から飛び出してきたトッドが斧《おの》を振り回すシナリオも十分考えられたことだ。——だが、スバルはそれはないと信じた。

トッドは逆上しない。あの男は淡々と、最善手を模索し続けるタイプだ。

だからこそ、今のハッタリがトッドには通用するとスバルは考える。

街中で見つけたスバルの排除、それがトッドの目的なら、奇襲という前提が崩れた時点でやり方を変え、次の手段を模索し始めるはずだ。

トッドは、やり口に拘泥していない。

大罪司教とはそこが違う。そして、それ故の柔軟性を利用させてもらう。

「あとは……」

とっさに飛びついた作戦を実行したが、この先の行動は未知数だ。

トッドがスバルへの警戒を強めてくれたなら、次の攻撃への時間が空いたはずだ。この

隙にスバルは、戦うか逃げるか選ばなくてはならない。

戦うなら、酒場のロウアンを引き入れる必要がある。他の手立てが浮かばない以上、彼の力を借りるのが最もベターな選択肢だ。

逃げるなら、宿屋へ向かってレムの手を掴《つか》み、都市を飛び出す必要がある。悪いが、フロップたちにも同行願わなくては、彼らも危険だろう。

そして、都市から逃走する場合、スバルが逃げ込める場所は――、

「――そういう、ことか」

「旦那くん?」

背後の路地を警戒しながら、しかし、スバルはその瞬間、目を血走らせた。

このときばかりはトッドへの恐怖も、フロップへの申し訳なさも、レムへの心配も、エミリアへの愛《いと》しさも、ベアトリスの恋しさも、一通りを忘れる。

忘れて、浮かんだ感覚を握りしめ、スバルは強く目をつぶった。

そして――、

「――今すぐ、グァラルを出る。俺のハッタリが見破られる前にだ」

3

次の方針を決めてからの、スバルの行動は早かった。

路地を出て行動を始めても、トッドが仕掛けてくることはなかった。あのスバルの挑発が警戒を強めるのに作用したことは間違いないだろう。

だが、あんなハッタリは一時しのぎに過ぎない。

「すぐに見破られるに決まってる。早く、逃げ出さねぇと……！」

そう心に決めて、スバルは説明もそこそこにフロップを連れ、出たばかりの——五回の死を迎える前に離れた宿へ戻り、階段を駆け上がった。

そして、レムたち女性陣のいる部屋の扉を叩《たた》いて、急いで駆け込む。

「レム！　無事……うお⁉」

「おわぁ！　なんだ、あんちゃんたちか！　危うく殺すとこだった！」

扉を開け放ったスバルの首に、ぴたっと当てられたのは蛮刀の冷たい刃《やいば》。その蛮刀を握ったミディアムが、「ごめちごめち」と謝りながら武器を引っ込める。

そのミディアムの後ろ、部屋の奥にいるレムはその攻防に目を丸くしながら、

「い、いきなりなんなんですか。出ていったと思ったらこんなに早く……」

「レム！」

「——っ」

驚いていたレムが、血相を変えたスバルの帰還に憎まれ口を叩く。しかし、スバルはそれを全部は聞かず、早足にレムの下へ駆け寄り、その体を抱きしめた。

細い体を正面から抱きしめられ、レムが肩を縮めて息を詰める。

「……離してください」

「……う、ごめん。つい、感極まって……」

「それは、わかりました。今の様子を見れば、ただならない事態なのはわかります」

彼女の無事を確かめ、感極まったスバルを冷静にレムが引き剥がす。

てっきり、勢い任せの行動をレムに罵倒されると覚悟したのだが、レムは長くため息をつくと、「それで？」と今の無礼には触れず、

「何があったんですか？」

「……マズい奴《やつ》に見つかった。今は何とか時間を稼いでるけど、長居はできない」

「街を出る、ですか。わかりました。ルイちゃん、荷物を持ってください」

説明する時間を惜しむスバルの意を察したように、レムがすんなりと置かれた状況を呑《の》み込んだ。あろうことか、レムの指示を受けたルイまでも「うー！」と言いながら、ひょいと荷物を背負ったぐらいだ。

「なんで、荷解《にほど》きしてないんだ？　――否《いな》、おかしい。宿に入ったのに……」

「――――」

「まさか、レム、お前……」

押し黙ったレムは、スバルの疑惑の眼差《まなざ》しに何も言わない。

ただ、その無言を貫く姿勢が、スバルの疑いを肯定しているも同然だった。

「そういうことか……。道理で、すんなりついてきてくれたと……」

「──旦那くん、思うところがあるようだが、それどころではないんだろう？」

「フロップさん」

　レムの態度に割り切れない思いを味わい、額を覆ったスバルの肩をフロップが叩《たた》く。その真剣なフロップの表情に、スバルは行動を促された。

　せっかくの、一世一代の大芝居が作り出した時間を無駄にしてはならない。

「妹よ、この三人と一緒に僕たちも街を出るぞ。何でも、この旦那くんを狙っている危険な間男がいるらしい！　奥さんと姪《めい》っ子ちゃんを逃がしてあげなくては！」

「うえぇ、そうなの、あんちゃん！　でも、あたし、もうブーツ脱いじゃったぞ!?」

「履き直すんだ、妹よ！　靴は、履けば何度でも使える！　それが強みだ！」

「おおお！　すげえや、あんちゃん！　靴の天才か！」

　フロップの果敢な説得を受け、納得したミディアムが慌ててブーツを履き直す。

　兄妹《きょうだい》間のやり取りなので部外者は口出ししないが、それで話が通ったのかは甚だ怪しいと感じつつ、スバルはレムの体を抱き上げた。

「ちょっと！　せめて背中に……」

「今は緊急避難だ！　フロップさん！　牛車はどこに!?」

「宿の厩舎《きゅうしゃ》だ！　言っておくが、ファローのボテクリフは僕たちの三人目のきょうだいと言っても過言じゃない！　置いてはいけない可愛《かわい》い弟だ！」

「あんちゃん！　ボテちんはメスだよ！」

「可愛《かわい》い妹だ！」

「うー！　うー！」

差し迫った状況にも拘《かかわ》らず、ものすごい騒がしい面々を引き連れ、スバルは大急ぎでレムを抱いたまま一階へ駆け下りる。

「騒がしくして悪かった！　宿代はもらっておいてくれ！」

宿の受付を通り過ぎ、宿泊しなかった分の返金を求めずにスバルたちは飛び出す。

そのまま厩舎《きゅうしゃ》へ向かい、繋《つな》がれた牛車の中からフロップたちのものを見つけ出した。

「ファローって、全力で走ったらどのぐらいの速度だ⁉」

「ははは、全力で走らせたことなんて一度もないな。妹よ、どのぐらいだと思う？」

「わかんないけど、たぶん、あんちゃんよりは速い！」

頼りにならない答えを聞きながら、スバルは牛車の荷台へレムを押し上げた。そのままレムの隣に、駆け込んでくるルイを放り込み、厩舎の入口を開放する。

御者台にフロップとミディアムが乗り込めば、脱出の準備は完了だ。

あとは――、

「あの、間男ってなんですか。フロップさんにどんな説明をしたんです」

「今、それどころじゃないから！　フロップさん、ボテクリフを全力で走らせてくれ！」

「ああ！　心得たとも！　走れ、ボテクリフ‼」

荷台に乗り込んだスバルの袖をじと目のレムが引くが、スバルは彼女の疑問に答えずにフロップの背中に声をかけた。

それを受け、フロップが鞭《むち》を振るい、強く勇牛――ボテクリフの背中を打つ。

そして、牛車が走り出した。ゆっくりと。

「全然遅い！　歩いてる！」

「ボテクリフ！　走ってくれ！　兄の言うことを聞いてくれ、ボテクリフ！」

「兄ではないと思われているのでは……」

レムの一言が真理な気がするが、ボテクリフの走る速度――否《いな》、歩く速度は変わらない。

このままでは、スバルがレムを背負ってみんなで走った方がずっとマシだ。

と、そうスバルの切迫感が募っていく中――、

「ボテちん！　走れー！　でなきゃ、晩御飯にしちゃうぞー！」

「――ッッ!!」

抜いた二本の蛮刀を頭上に掲げ、物騒に擦《こす》り合わせながらミディアムが叫んだ。

次の瞬間、ボテクリフが大きく太い鳴き声を上げ、猛然と道を走り始める。

「うおおおああ!!」

凄《すさ》まじい加速と揺れに振り回され、荷台の上でスバルが悲鳴を上げる。

厩舎を飛び出し、大通りへと駆け込んだボテクリフがドリフト気味に方向を転換、危うく荷台から放り出されかけるスバル、その手をとっさにレムが掴《つか》む。

「あ、危ねぇ！　助かった、レム！　手ぇすべすべだな――」

「は？」

「急に離さないで！」

勢いで余計な感想が漏れ、手を離されたスバルが荷台に頭をぶつける。が、幸い、振り落とされずに済み、走るファロー車に全員乗り込んだままの状態だ。

そのまま、ファロー車は勢いよく通りを駆け抜け、衆目を集めながらも右へ左へ、他の竜車や牛車、犬車を躱《かわ》しながら大正門へと向かっていく。

「このまま大通りを抜けたら、検問のあった正門に……」

「いえ、そう簡単にはいかないみたいです」

「なに？　って、おいおいおいおい！」

勢いよく走るファロー車の先、レムの指差したものを見てスバルが目を見開く。

進路上、大通りを塞ぐように展開したのは、剣狼《けんろう》の国印が刻まれた鎧《よろい》を纏《まと》う男たち――帝国兵が広がり、スバルたちを阻もうとしている。

「トッドか……！　方針転換して、仲間を呼びやがったな！」

待ち構える帝国兵の列にトッドの姿は見えないが、彼らがスバルたちの道を阻もうとしているのは、間違いなくトッドの関与があってのことだろう。

路地での挑発を受け、一人では分が悪いと考えたトッドは仲間を募った。実に合理的で必然の判断だ。憎たらしいぐらい、的確――、

「――てめえら！　逃げられると思ってんじゃねえぞぉ!!」

そして不在のトッドに代わり、展開した兵たちの先頭に立つのは見た顔だ。

粗野で粗暴を絵に描いたような風貌の、右目に眼帯をした男――ジャマルだ。トッドと同行し、やはり密林でスバルが罠《わな》にかけた男だった。

トッドが生きていた以上、彼が生きているのも不思議はないが――、

「よくも魔獣なんぞけしかけてくれやがったな！　ぶっ殺してやる！」

「……あいつはシンプルに俺を恨んでるのか。その方がホッとするぜ」

目を血走らせ、怒りを叫ぶジャマルの態度の方が人間的で安心する。

とはいえ、それでジャマルの存在が脅威でなくなるわけではない。ジャマル含め、帝国兵たちの布陣は純粋に脅威だ。それを、如何《いか》にして突破するか。

「あんちゃん、しっかり手綱握っててな。頼んだぜい」

「ああ、やってこい、妹よ！」

しかし、限られた時間の中、スバルが次の行動を選ぶより早く、御者台の方でフロップとミディアムのオコーネル兄妹《きょうだい》が答えを出した。

そして止める暇もなく、御者台の先端に足を置いたミディアムが前のめりに倒れ――、

「――どーん！」

と、御者台を靴裏で蹴ると、まるで矢のような速度で彼女の体が射出される。

そのまま真《ま》っ直《す》ぐ、蛮刀を抜いたミディアムが正面の敵の隊列へと突っ込んだ。

「おらしょぉ!!」

地面を踵《かかと》で抉《えぐ》りながら、強引に敵陣で制止したミディアムが両腕を振るう。

蛮刀が風を撫《な》で切りながら荒れ狂い、凄《すさ》まじい衝撃波が生まれ、具足を身につけた帝国兵たちが血をばら撒《ま》きながら高々と吹っ飛んだ。

「つ、つえええええ——!!」

「それが女性に対する褒め言葉ですか？」

「他に何を言えってんだよ！　これは褒め言葉だろ！　ミディアムさん、つえぇぇ！」

素直な感想にレムの冷たい指摘を受けつつ、スバルは思わぬ戦力に声を高くする。

そのスバルの声を聞いて、御者台のフロップは自慢げに指で鼻をこすった。

「あれが妹の実力だとも！　僕は戦いはからっきしなのでね！　妹と共に補い合い……」

「弱点を潰してるんだろ！　その意味がわかったぜ！」

「わかってくれるか！」

スバルの答えが気に入ったのか、フロップが目を輝かせて白い歯を見せる。

そのままフロップの受け売りだったが、それが事実だとこの目で見た。

暴れ回るミディアムが、道を塞ぐ帝国兵を次から次へと撃破し、ファロー車が抜けるための進路をこじ開ける。

「これなら……」

「——調子に乗ってんじゃねえぞ、クソアマ」

「うきゃん!?」

光明が見えたと、そうスバルが拳《こぶし》を固めたところだ。

その瞬間、閃《ひらめ》いた白刃がミディアムに襲いかかり、蛮刀でそれを受けた彼女の体が軽々と吹っ飛ばされた。衝撃に驚くミディアム。彼女を弾《はじ》き飛ばしたのは、彼女と同じように両手に剣を握りしめた男――ジャマルだった。

「いいからとっとと！　てめえらは！　オレの足下で！　ひれ伏せ!!」

「うきゃ！　わわ！　あんちゃん、こいつ強い！」

「マジかよ！」

怒り任せに罵声を浴びせながら、ジャマルが双剣を振るい、ミディアムへ仕掛ける。それをミディアムは受けるが、傍目《はため》から見ても劣勢とわかる武力差。

やられ役か噛《か》ませ犬にしか見えなかったジャマルの、まさかの戦闘力だ。

「マズい！　距離がない！」

ミディアムの奮戦のおかげで、道を塞ぐ帝国兵の数は減った。

ファロー車の勢いなら突進で突破することは可能そうだが、それも道の中央で仁王立ちしているジャマルがいなければの話。このままでは、彼一人に阻止される。

「――妹よ！」

その瞬間、フロップが叫んだ。

追い込まれるミディアムが、兄の高らかな声にちらと視線を向ける。あるいは、起死回生の助言が飛び出すのかと期待されたが――、

「──頑張れ!!」

飛び出したのは、紛《まご》うことなき根性論だった。

それを受け、スバルの思考が空白を生み、ジャマルも呆気《あっけ》に取られる。

しかし、血の絆《きずな》で結ばれたミディアム・オコーネルは違った。

「頑張る──!!」

兄の声援を受け、吠《ほ》えるミディアムの蛮刀が唸《うな》りを上げる。

防御に専念していた姿勢から一転、猛然と攻撃へ移り、振るわれる蛮刀の嵐がジャマルの全身に襲いかかった。

「帝国軍人に、破れかぶれの猛進が通用するかよ……！」

しかし、その猛烈な攻撃を双剣で受け流し、ジャマルの反撃がミディアムへ刺さる。

彼女は腕や足に裂傷を負い、血を流しながら痛みに顔をしかめ、それでも防御に回す手数を攻撃に回し、ジャマルの足止めを敢行する。まさか、このままジャマルの足止めに残る気なのかと、スバルは「それはダメだ」と必死で叫ぼうとして──、

「──眼帯の人！」

それより早く、立ち上がったレムが荷台に積まれた木箱を担ぎ、それを豪快にジャマル目掛けて放り投げた。その迫りくる木箱を、「ああ？」と振り返るジャマルが煩わしそうに腕を振るい、いとも容易《たやす》く真っ二つに切り裂く。

そして、木箱の中に詰まっていた香辛料を全身で浴びた。

「ぐおあ!? な、これは……」

舞い散る粉末に視界を覆われ、ジャマルが苦しげに腕を振る。その瞬間、生まれた隙にミディアムが乗じようと、蛮刀でその背中を狙おうとするが――、

「ミディアムさん！」

その攻撃に先んじて、スバルがとっさに抜いた鞭《むち》をミディアムに向けて放っていた。それを見て、ミディアムは攻撃より、鞭を掴《つか》むことを優先する。

「捕まえた！」

「合点承知！」

ミディアムの声がした瞬間、スバルは鞭にかかる加重に全身で耐えた。足を荷台に突っ張り、ミディアムの体重を支え、彼女の帰還を手助けする。

鞭を頼りに跳躍するミディアム、彼女を回収して正門の突破を――、

「だから、逃げられると思ってんじゃ……ぶっ!?」

「これが、川辺でのお返しです！」

飛んだミディアムの背を狙い、加速したジャマルの顔面をレムの一撃が迎え撃った。

ジャマルの鼻面を砕いたのは、荷台に積んであった背負子《しょいこ》だ。フロップたちに譲ったはずの背負子はバラバラになり、今度こそその役目を完全に終えた。

ジャマルがひっくり返り、ミディアムがファロー車へ帰還する。彼女は持っていた蛮刀を荷台に投げ出すと、その場で大の字に寝転がった。

「あぶあぶあぶ、危な！　危なかったー！　あんちゃん、危なかったー！」

「おお、そうだな、妹よ！　旦那くんと奥さんもよく頑張った！　助かったぞ！」

「ホントホント、ありがと！　助かったー！」

「と、とんでもねぇよ。助かったのは完全に俺たちだ」

荷台に戻ったミディアムと、それを喝采するフロップ。だが、兄妹《きょうだい》の感謝は見当違い。

とにかくこの街では、オコーネル兄妹に最初から最後まで助けられっ放しだった。

挙句、彼らをスバルたちの事情に巻き込んでしまい、なんと詫《わ》びたらいいのか。

「止まれ――！　止まれ！　とま……うおお!?」

激走するファロー車を止めようと、立ち塞がろうとした門兵が横っ跳びによける。

その脇を勢いそのままに通り抜け、スバルたちを乗せた牛車はグァラルの正門へ。検問の行列を混乱させせながら、そのまま一挙に都市の外へ飛び出さんとする。

グァラルでの滞在時間、わずか三時間足らずというとんでもない事態だ。

だが、何とか検問を突破し、正門を抜けなくては。ボテクリフには頑張ってもらい、今しばらくは走り続けて追手を振り切ってもらわなくてはならない。

それから、フロップたちに今後の話を――、

「――――」

激しい揺れの中、ボテクリフの頭が正門を突き抜け、都市の外へ。

視界が開け、だだっ広い平原と地平線が見えて、いよいよ脱出という瞬間だった。

──門の真上から、斧《おの》を振りかぶった人影がスバル目掛けて落ちてきたのは。

「おおおおあ！」

振り下ろされる一撃が、スバルの頭頂部に唐竹割りに落ちてくる。

それはレムも、ミディアムも、もちろんフロップもルイも反応できない一撃。予測していなければ防げない、悪夢の一撃だった。

だが──、

「──くると思ってたぜ」

打ち下ろされた斧の一撃を、スバルはミディアムが荷台に落とした蛮刀で受け止める。

スバルたちの脱出が成功する瞬間、一番気の緩むタイミングを狙い、標的であるスバルの頭に一撃をぶち込んでくると、そう睨《にら》んでいた。

──トッドならそれをすると、五度の恐怖がスバルにそう確信させていた。

「お前さん、やっぱり殺しておくべきだなぁ！」

「ぐぐ……！」

凶気を目に宿したトッドが、強引に斧を押し込み、スバルを断ち割ろうとする。

スバルも蛮刀で受けたはいいが、衝撃に両手が痺《しび》れ、取り落とすのも時間の問題だ。

レムもミディアムも、この命懸けの鍔《つば》迫《ぜ》り合《あ》いに間に合わない。

せっかく致命の一撃を避けたのに、このままトッドに殺されて──、

「あーうー!!」

「うお！」

その、押し込むトッドの斧の力が唐突に弱まった。

顔をしかめるスバルが見れば、トッドの体に組み付いていたのはルイだった。金髪を振り乱し、ルイがトッドの暴挙を止めようと必死に足掻《あが》いている。

「邪魔するな、ちびっ子！」

「あうっ」

そのルイの妨害を振り払い、トッドが肘で容赦なく少女の顔を殴りつけた。肘鉄《ひじてつ》を喰《く》らい、ルイが悲鳴を上げてひっくり返る。

「――ッ、クソったれがぁ！」

それを見て、スバルは奥歯を噛《か》みしめ、強くトッドを押し返した。

とっさのことにトッドが踏鞴《たたら》を踏み、鍔迫り合いの姿勢から距離が開く。だが、それはかえってトッドの射程だ。長柄を振りかぶり、次なる一撃がくる。

その前に――、

「――見てんだろ！　やってくれ、クーナ！　ホーリィ!!」

トッドの一撃がくる前に、スバルが血を吐くような勢いで絶叫する。

その声が、どこまで平原に響き渡ったものかはわからない。

わからないが――、

『じゃあナ、スバル。忘れるなヨ、アンタを見てル』

『なノー！』

その声が返事のようにスバルの頭蓋に響いて、刹那、風切り音が空をつんざいた。

そして、風切り音は真っ直《ます》ぐにトッドの横腹へ吸い込まれ――、

「か」

微《かす》かな苦鳴を残し、トッドの体が猛烈な勢いで横にブレ、吹っ飛んだ。

体を荷台に残しておけず、猛然と横回転する勢いのまま、トッドはファロー車から振り落とされ、硬い地面の上に受け身も取れずに転がり落ちる。

二転、三転と転がり、遠く、遠く、なっていく。

「い、今のは……？」

吹っ飛んでいったトッドのいなくなった牛車の荷台、スバルは蛮刀をその場に落として膝をつく。肘鉄《ひじてつ》を受けたルイを抱き起こしながら、レムも目を白黒させていた。

何が起きたのかわからないという顔をしているレムだが、スバルには門の外へ飛び出すことができれば助力があると、そんな確信があった。

その確信の根拠は――、

「あの、性格の悪いクソ皇帝……戻ったら、絶対ぶん殴ってやる……」

力なく、荷台に倒れ伏したスバルは、何もかもわかっていただろう性悪男の顔を思い浮かべながら、そう憎々しげに吐き出した。

4

「――硬い土の感触の上、大の字に寝転がって男は動かない。

死んでいるわけでも、眠っているわけでもなかった。

ただ目をつむり、乱れた呼吸を丁寧に整えながら、思考を静かに整理していく。

組み立てて、組み立てて、組み立てて――、

「――」

「おい、生きてんのか？」

「――ああ、生きてるよ」

真上から声をかけられ、瞼《まぶた》を開ければ目に映ったのは見知った男の顔だ。

逆さから見ても、粗野な印象が薄れないのは稀有《けう》な才能ではなかろうか。派手に鼻血を流した跡があるが、彩り豊かでかえって男前になったとも言える。

「鼻血、どうしたんだ？　結構、いいのをもらっちまったとか？」

「うるせえ。ちょっと鼻に血が詰まっただけだ。余計なこと言ってんじゃねえ」

指摘されて不機嫌になり、鼻から血の塊《かたまり》を噴き出す相手に小さく苦笑する。

「不機嫌なこって。……奴《やっこ》さんらは？」

「オレたちを突破して、お前を落としたあとは一目散に逃げてった。お前は……腹のそれをとっとと何とかしろよ。見てて痛くて仕方ねえ」

「それ？　……ああ、これか」

頭を掻《か》きながら起き上がり、相手に指差された自分の脇腹を見やる。すると、そこには一本の太い矢が深々と突き刺さっていた。

左の横腹に食い込んだそれは、位置がもう少し上なら心の臓を穿《うが》っていたか。危ういところで命を拾った負傷だが、そのことへの感慨はあまりない。視覚的なものだけでなく、自身の肉体が穿たれたことへの感慨も。

「実は見た目ほど痛くないぜ？　しばらく動きづらくなるだろうが……」

「馬鹿が。誰がお前の心配をしたなんて言ったんだよ。見てる側のオレが痛いって言ってんだ。さっさと引っこ抜け」

「怪我人《けがにん》相手に乱暴なこと言うね、お前さんも。――と」

顔をしかめた相手に言われ、仕方なしにと刺さった矢を引っ掴《つか》む。肉が締まる前に抜かなくては抜けなくなるのが矢傷の難儀なところだ。

幸い、刺さって時間の浅いそれは、ぐいと力を込めれば引き抜くことができた。流れる血は、破った服の切れ端を傷口に詰め込んで強引に止血しておく。

「ってわけで、矢の方はご注文の通りだ。あとどうするね」

「深手なら下がって休んでろ。逃げた連中はオレが何人か引き連れて叩《たた》き潰す。奴《やつ》らに自分たちが獲物だってことを教えて……」

「――そりゃ悪手ってもんだろ、ジャマル」

「なに？」

今後の方針を述べた男――ジャマルを手で制する。

コケにされたことの仕返しに、逃げる相手を追撃したい考えはわかる。だが、短絡的に攻撃の手を進めれば、痛い目を見させられるのはこちらの方だ。

「考えてもみろ。なんだって、連中は堂々とグァラルに入ってきたんだ？　自分たちのやったことを考えれば、この街に俺たちがいるのは自明の理だ」

「……考えの足りねえ間抜けってんじゃなけりゃぁ」

「――わざわざ乗り込んできた。街の外に伏兵まで忍ばせてな」

ちらと、ジャマルが引き抜かれたばかりの矢を見て喉を鳴らした。

こう見えて一角の武人であるジャマルには、こちらを捉えた矢の威力と精度がどれほど高度なものだったのかを推し量る目がある。

自然、自分と同じ結論に達したはずだ。

「だとしたら、奴らの狙いは……！」

「グァラルに入ってる俺たち帝国兵を誘《おび》き出《だ》して、狩る。こっちの戦力全部で追いかけるならまだしも、小勢で追撃なんてしてたら相手の掌《てのひら》だ。――獲物は、どっちかな」

「――――」

悔しげに歯軋《はぎし》りして、ジャマルが相手の逃げていった方角を睨《にら》みつける。

内心、腸《はらわた》が煮えくり返るような激怒に支配されている様子のジャマルだが、その心情は痛いほどわかる。――とは言わない。怒りより、感嘆が胸中を占めていた。

我が身を堂々と囮《おとり》として使い、油断に乗じてまんまと愚かな敵を釣り出す。

紛《まぎ》れもない難敵、戦争の申し子だ。

「……殺し損ねたの、本格的にしくじったなぁ」

ジャマルと同じ方角を眺めながら、しみじみとそう呟《つぶや》く。

それから、「まぁ」と気を取り直したように一息を入れて、

「報復の機会はあるだろうさ。――奴《やつ》らはどうせまたくる」

「そのときは、絶対に容赦しねえ」

怒りを押し殺した相槌《あいづち》に、賛同を示すように無言で頷《うなず》いた。

そして、ひとまずはこの一戦を敗北と見定める。その上で――、

「ジャマル」

「おう。……なんだ、その手は」

地面に足を投げ出したまま、両手を伸ばしたこちらの様子にジャマルが眉を寄せる。

その察しの悪さに首を傾《かし》げながら、「見りゃわかるだろ」と言葉を継いで、

「おんぶ」

「一人で死ね！」

何とも、友達《ともだち》甲斐《がい》のない返事だと肩をすくめた。

第四章『皇帝／商人／ナツキ・スバル』

1

強く、硬い地面を踏みしめ、肩で風を切りながら大股で前進する。

目的地に近付くにつれ、牛車から身を乗り出させるような逸《はや》る気持ちは抑えが利かなくなり、ついにはその瞬間を目前に、体は勢いよく飛び出していた。

周囲の、色々と引き止めるような声が聞かれた気がしたが、耳に入らない。

それらを振り切り、一直線に目的の建物へ。集落の中央、ひと際大きな木組みの建物へと乗り込むと、中にいた複数の人間の視線がこちらへ集中した。

そして――、

「――戻ったか。存外、早かったな」

いけしゃあしゃあと、そう言ってのけたのは鬼面《きめん》を被《かぶ》った尊大な男だった。

その、当然と言わんばかりの態度に何も言わず、真《ま》っ直《す》ぐに前へ突き進む。そのまま勢いに任せ、見下ろす男の鬼面を伸ばした手で容赦なくむしり取る。

さしたる抵抗もなく面を外され、男の秀麗な面持ちが露《あら》わになった。

その鼻持ちならない魔貌《まぼう》の胸倉を掴《つか》み、立ち上がらせる。そして、その顔面に振りかぶった拳《こぶし》を叩《たた》き付けようとして――、

「待テ、スバル」

殴り飛ばす寸前、引いた右腕を後ろから無理やり止められた。

髪を赤く染めた長身、この集落の族長であるミゼルダの制止だった。この期に及んでと、その行動に物申そうと口を開きかける。

だが、それより早くミゼルダは「いいカ」と前置きし、

「顔はやめロ。他なら許ス」

「おらぁ――!!」

ブレないミゼルダの回答を受け、一拍ののち、伸び切った胴体へと拳を打ち込んだ。

顔面を殴られる覚悟があったのか、それを外された男が「ぐっ」と苦鳴をこぼして後ろへ下がる。それだけで、溜《た》まった鬱憤《うっぷん》の全部が晴れるわけではないが――、

「これでチャラになったと思うなよ、クソ野郎……!」

「――ふん、欲の皮の張った男よな」

傍《かたわ》らに落ちた鬼面《きめん》を拾い、被《かぶ》り直しながら口の減らない男――アベル。

溜まりに溜まった鬱憤の原因でもある男へ一撃を叩き込み、スバルは荒く息を吐いた。

この一発を叩き込むためだけに、三日以上の道のりを逆走して戻ったのだから。

2

「見たまえ、妹よ！　これが、かの有名な『シュドラクの民』の集落だそうだ！　噂《うわさ》に違《たが》わぬ秘境の奥地にあるのだね！　大発見だ！」

「おお！　すごいな、あんちゃん！　見て見て！　みんな、あたしみたいに腹筋バキバキだ、バキバキ！　あんちゃん、バキバキ！」

「バッキバキだ！」

そんな、場所を選ばない呑気《のんき》な兄妹《きょうだい》の感想が集落の空へ木霊する。

忌憚《きたん》ない感想を交換し合うのは、なし崩しに『シュドラクの民』の集落へと招かれることになったフロップとミディアムのオコーネル兄妹だ。

広場の真ん中、物珍しさに集まったシュドラクに牛車ごと囲まれている兄妹だが、危機感のない会話は通常運行で、二人の大物ぶりが際立っている。

「ずいぶんと騒がしい連中を連れ帰ったものだ。あれが、貴様らの旅路に必要な要員なのか？　だとしたら、俺と貴様とでは価値観が違うな」

「価値観が違うってのは否定しねぇよ。けど、その態度はいくら何でもいただけねぇな」

「ほう？」

集会場の床に座り、数日前と同じように正面から対峙《たいじ》するスバルとアベル。

先ほど、スバルの制裁の一撃を腹に喰《く》らったアベルだが、その言動には反省の意思が見られない。謝罪が欲しいとも、するとも思っていなかった相手だ。

だが、フロップたちへの言及は聞き逃せなかった。

何故《なぜ》なら——、

「アベルさん、あの方たちは私たちが巻き込んでしまったんです。都市の前で立ち往生する私たちに親切にしてくれた。……ただそれだけの理由で」

スバルの怒りの理由、それを代わりに説明したのはレムだった。

前回と違い、集会場の人払いはされておらず、スバルとアベル以外の顔ぶれも話し合いに参加している。スバルの傍《かたわ》らには正座したレムと、同行者枠だったクーナとホーリィが座り、アベルの傍《そば》にはミゼルダとタリッタの姉妹がそれぞれ同席していた。

ちなみにルイだが、彼女は年齢の近いウタカタが面倒を見てくれている。今頃は広場の牛車で、シュドラクに囲まれるフロップたちのところだろう。

ともあれ——、

「お二人の協力あって、私たちは無事に帰り着くことができました。代わりにフロップさんたちも、都市の兵士たちに狙われる立場に……」

「違うな、訂正してやる。俺たちや、外の連中を狙っているのは都市の兵ではない。帝国の兵だ。この国に仕えるもの共が、貴様らの敵となったのだ」

鬼面《きめん》越しの、アベルの冷たい言葉がスバルとレムへと突き刺さる。

その渇いた物言いを聞かされ、レムは力なく薄青の瞳を伏せるばかりだ。確かに、それは否定し難い事実なのだと、スバルも理解はしている。

しかし、それを理解することと、感情が納得することとは別問題だ。

「陣地の帝国兵に睨《にら》まれたのは俺のミスだ。敵対も、俺が選んだ行動の結果でもある」

「そうだな。『シュドラクの民』と接触する以前から、貴様の結んでいた因縁だ」

「その因縁に言い訳はできない。敵を作ったのは、間違いなく俺だからだ。——でも、その因縁のツケを払わされるのは、俺だけでよかったはずだろうが」

落ち度の大半がスバルにあることは事実だが、ここで問題なのはアベルの姿勢だ。

彼は最初から、スバルたちがグァラルに入った場合の危険性を理解していたはず。生き残りの帝国兵と遭遇し、攻撃される可能性に気付いていたはずだ。

「だからお前は、事前にクーナとホーリィに、俺たちを街の外で待つように指示しておいた。俺たちが追われて街から逃げ出したら、それをフォローさせるために」

「ホントホント、危ないところだったノー。私とクーナがいなかったら、今頃はスバルの頭が斧《おの》で真っ二つになってたところなノー」

どっかりと胡坐《あぐら》を掻《か》きながら、丸い団子を頬張《ほおば》っているホーリィが呑気《のんき》に言い放つ。その隣で気まずげな顔のクーナと違い、彼女は場の雰囲気を理解していない。

もちろん、ホーリィたちの助力にスバルは感謝している。彼女たちの協力がなければ、頭を割られる被害は現実のものとなっていた可能性が高い。

「クーナの目で見張って、ホーリィの腕が俺たちを助ける……遠距離からの弓矢の狙撃、二人の技能の合わせ技ってやつだ」

「……あそこまでヤバい状況とハ、アタイは聞いてなかったけどナ」

補足するクーナの言葉に力がないのは、スバルたちに対する負い目がある証拠だ。

とはいえ、クーナの抱いている罪悪感はお門違いのものと言える。ヴァラルへ入る前、別れ際に彼女がくれた言葉がスバルにヒントを与えてくれた。

その忠告がなかったら、ホーリィの言った助力を得ることはできなかったろう。

ただし――、

「その考えが適用されるのは、クーナとホーリィの二人までだ。――こうなるってことを完璧に予測してたお前に、俺は優しくするつもりはない」

だからこそ、戻って最初にしたことがアベルへの制裁の一撃だった。

あれを受け、アベルが反省の様子を見せればまた話も違っただろう。だが、大方の予想通り、アベルは反省どころか悪びれもしない。

それどころか、彼は「それがどうした」とでも言いたげに鼻を鳴らすと、

「猛然と舞い戻り、俺を一撃したかと思えば、並べるのはつまらぬ恨み言ばかりか？　そも、俺は最初から貴様に忠告していたはずだ。――容易《たやす》い道のりではないと」

「ぐ……っ」

「目先の安寧に飛びつき、頭を使わなかった報いと知れ。焼かれた陣の最寄りの街など、敗残兵が目的地とする可能性が最も高い。自明の理だ」

「だったら……だったら、最初からそう言えばよかっただろうが！」

片膝を立てたアベルの言葉は、いちいちスバルの未熟に突き刺さる。

しかし、危険があるとわかっていて、それを見過ごしたアベルの行いはシンプルな利敵行為——敵味方の観点が的外れなら、罠《わな》に嵌《は》めたも同然だ。

「お前は最初から全部わかってた。俺たちがグァラルで、生き残りの帝国兵と出くわす可能性も、都市から泡食って逃げ出す可能性も、そのどさくさでレムが……」

「——」

「とにかく！　お前は全部わかってた。なのに、黙ってやがったんだ」

勢いに任せて口を開けば、言うべきでない言葉も飛び出しかける。とっさにそれを自制して、スバルは隣にいるレムの顔を見ないよう、アベルに怒りを集中した。

怒りの炎を昂《たかぶ》らせるスバル、それをアベルは涼しげ——否《いな》、冷ややかに見ている。

その透徹した眼差《まなざ》しで、この男はいったいどこまで世界を見通しているのか。

そして、見通していながら何のために、スバルたちを翻弄するのか。

「答えろ、クソ野郎。お前、なんで俺たちを……」

「余計な手間を省いたまでだ」

「余計な手間……？」

噛《か》みつかんばかりのスバルの剣幕《けんまく》に、アベルは嘆息と区別のない音でそう言った。

その答えにスバルが目を瞬《まばた》かせると、アベルは緩やかに集会場の地面を手でさすり、そ

の掌《てのひら》に渇いた土を拾い上げると、

「貴様のような輩《やから》は、賢者の忠告よりも愚者たる己の目で見たものを重視する。俺の口から何を語るよりも、降りかかる雨滴の厳しさは雄弁だ」

「――――」

「おかげで痛感しただろう。――貴様らに、逃げ場はないと」

言いながら、アベルの掌から土がパラパラと零れ落ちる。

それだけの仕草で、スバルは自分たちが八方塞がりなのだと否応なく自覚させられる。

神聖ヴォラキア帝国の皇帝ともなれば、言葉巧みに他者を操ることも容易《たやす》いこと。海千山千の猛者たる皇帝の前では、スバルの訴えなど檻《おり》の中の猿の喚《わめ》きに等しいのだと。

「……結局、お前は何をどうしたいんだよ」

「俺の目的はすでに告げた通りだ。奪われたものを取り返す。そのために、今ある帝国は俺の敵だ。それはお前にとっての敵でもある」

「――。俺に、お前に協力しろって？」

「ひとまず、俺に貴様を害する理由はないと説明した」

頭を抱えるスバルに、アベルの言葉が毒のように染み入ってくる。

明瞭な答えを掴《つか》ませないアベルの話術は、スバルを煙に巻くような老獪《ろうかい》さを備えているようであり、一方でスバルを試しているようにも感じられる。

再三、アベルはスバルに言明せず、しかし言い続けてきた。

自分の頭で思考し、選び取れと。

「……全部、お前の掌の上だってのか？　気に入らねぇよ」

「――。生憎《あいにく》と、俺の掌で転がせるのは一部の人間だけだ。そうではない一部を御し切れなかったからこそ、今、俺は土の上に座っている」

吐き捨てたスバルへの返答、それはアベルの自嘲にも聞こえた。

彼の表情は見えず、声の調子にも変化はなかった。だが、自嘲のようだった。それは珍しく――否《いな》、スバルが初めて聞いたアベルの自嘲だ。

「――――」

そのアベルを正面から見据えながら、スバルは静かに思案する。

今後の自分の、自分たちの方針についてもそうだが、アベルの真意がわからない。また も彼の思惑に乗せられて、同じような不幸に見舞われるのは御免だ。

実際、アベルはいったい何を考えているのか。

スバルも、まさかアベルがあれこれ手を凝らしてまで自分を自陣に引き入れようと画策するとは思わない。そこまでの価値、彼はスバルに見出《みいだ》さないだろう。

にも拘《かかわ》らず、アベルがスバルを手元に置きたがる理由があるとすれば、それはスバル自身というよりも、他の付属物への関心――、

「――旦那くん！　ここの人たちは実に愉快で懐が広いな！　感心したよ！」

「うおわぁ!?」

息を詰め、スバルが真剣に思案する真っ最中だった。

集会場の入口に足を運び、そのよく通る美声を響かせたフロップが姿を見せる。彼は集会場の中、並んだ面々の顔を眺めながら、

「いやはや、ご挨拶が遅れて申し訳ない！　どうやら、こちらにいらっしゃるのがこの集落の代表の皆様とお見受けする。やや！　クーナ嬢とホーリィ嬢のそっくりさんも！」

「本人ダ」「なノー」

「そうだったか！　これは失敬！」

長い前髪を手で撫《な》で付け、フロップがきびきびした動きで集会場の真ん中へくると、そこで人好きのする笑みを浮かべながら一礼した。

「改めまして、僕はフロップ・オコーネル！　妹のミディアムとボテクリフと一緒に行商をしているものだ。色々理由があって旦那くんと奥さんと姪《めい》っ子ちゃんの珍道中に同道する立場となったらしい。以後、皆様によろしくお願いするよ！」

「礼を弁《わきま》えているようナ、弁えていないようナ……姉上、どうされますカ？」

フロップの勢いのある挨拶を受け、タリッタが頭の痛いような顔をする。彼女はちらと姉のミゼルダを窺《うかが》い、族長としての判断を求める。

「そうだナ……いヤ、色男ダ。部屋に置いておこウ」

「姉上……」

腕を組んだミゼルダは、フロップへの待遇を顔で判断した。

非常にシンプルな理屈でわかりやすいミゼルダ判断だが、族長としての姉を支えるタリッタの心労が察せられる。もちろん、それだけがミゼルダの判断基準だった場合、スバルが集落に残れなくなるので、他にも何かあるのだとは思うが。

「そうだ、ミゼルダさん、一個確認したい。フロップさんは俺の客というか、俺の独断で連れてきちまったんだ。けど、『血命の儀』を受けさせたりは……」

「『血命の儀』？　もしや、この集落に伝わる伝統的な歓迎の儀式か何かかな!?　それはぜひ、僕も体験してみたいのだが！」

「伝統的な儀式だけど、歓迎にしては手荒いんだよ」

儀式への挑戦に前向きなフロップだが、さしもの彼も魔獣と戦わされる可能性を提示されたら及び腰になるだろう。あるいはそれを聞いても態度が変わらない可能性もあるのが怖いのだが、とにかく、それをさせたくはない。

「――壁一枚隔てていたときからわかっていたが、騒がしい輩《やから》だ」

そして、そんなフロップを歓迎しないのが、鬼面《きめん》を被《かぶ》った冷酷な皇帝である。

日差しの温かみのあるフロップと、冷たい血の流れるアベルとでは実に対照的だ。少なくとも、アベルがフロップを好む理由がなさそうだと、スバルの方の血が凍る。

「やや！　珍しいお面だが……もしや、集落の長《おさ》だろうか。特別な格好をしている人というのは、特別な立場にあるものだと何かで読んだよ！」

そんな二人の初邂逅《かいこう》は、フロップがアベルの奇抜な格好に言及して始まった。

目立つ鬼面《きめん》からフロップがそう判断するのも無理はないが、アベルをシュドラクの人間とみなすのは難しい。なにせ、鬼面以外の部分が文化的に他のシュドラクとはかけ離れている。改めて見ると、ちぐはぐすぎる格好だ。

「考え方は悪くないが、注意力と思慮が不足しているな。先ほど、行商を生業《なりわい》としていると語っていたが……」

「ああ、そうなんだ！　我が妹のボテクリフが引く牛車に品物を載せ、帝国の各地を巡って商いをする……僕たちは、風とさすらう流浪の兄妹《きょうだい》なのさ！」

胸に手を当てて、歌うようにフロップが答える。

すると建物の外、広場の方から「さすが、あんちゃんだー！」という声が聞こえた。壁一枚隔てていても、絆《きずな》の深い兄妹である。しかし、そんな微笑《ほほえ》ましい関係性の証明も、アベルにとっては冷え切った心を温める材料にならなかったらしい。

アベルはフロップの答えを聞いて、「ふん」と小さく鼻を鳴らすと、

「――ナツキ・スバル、貴様はこれらを街で拾ったと話したな」

「人を物扱いするな。そもそも、正確に状況を言い表すなら、俺たちがフロップさんに拾われたって表現の方が正しい」

「重要なのは本質の方だ。些事《さじ》にかかずらわる暇はない。だが、こうして貴様が戻ったことを初めて褒めてやろう。大儀であった」

「褒められてる気がしねぇな……何を企《たくら》んでやがる」

正直、フロップとアベルの相性は悪いというのがスバルの見立てだった。

そのため、フロップには広場で待ってもらい、折を見て紹介するつもりだったのだが、アベルの反応はスバルの予想外のものだった。

もっとも、アベルの関心はフロップの人間性ではない。無論、声の大きさしかわからないミディアムの存在でもないだろう。となれば、答えは明確だ。

「商人、貴様はグァラルにどの程度親しんでいる？」

「それはいい質問だ、村長くん！　僕はなかなか、グァラルでは顔が広い方であると自負しているよ。なにせ、あまり遠出すると命がないのは目に見えている！　行商するにしても、決まった土地を行き来して旅慣れしなくてはならないからね！」

「慎重と臆病の紙一重って感じだナ……」

常に前向きな自信に満ち溢《あふ》れたフロップの回答に、クーナが呆《あき》れたように吐息する。

だが、そのフロップの答えを聞いて、鬼面の向こうでアベルが押し黙った。――否《いな》、スバルの耳は微《かす》かに、沈黙以外の音を拾っていた。

それは、アベルの喉が小さく鳴った音だ。

「僥倖《ぎょうこう》だ。拾い物だぞ、ナツキ・スバル。――都市に親しんだ行商人なら、抜け道の一つや二つに心当たりはあろう」

「おい、待て、アベル。抜け道？　何を言い出した」

「また他者に答えを求めるのか？　俺の再三の問いかけの意味が理解できていないと見え

る。そのような蒙昧《もうまい》に、俺がくれてやる言葉などないぞ」

いちいち腹立たしい物言いだが、アベルの言葉に言い返せない。

この場で話し合いを割り、背を向けて去るにはナツキ・スバルは孤立無援を地でいきすぎているのだ。故に、忌々しくとも思案する。

――否《いな》、考えなくても、アベルの考えはおおよそ掴《つか》めていた。

今しがたの、フロップへの問いかけを聞けばそれは明白だ。

「アベル、お前、まさか……」

「巡りの悪い頭でも、使えば答えは見出《みいだ》せよう。ああ、貴様の考える通りだ」

唇を震わせ、頬《ほお》を強張《こわば》らせたスバルを見返し、鬼面《きめん》の向こうで透徹したアベルの視線が冷酷な方針を物語る。

そして、スバル以外のものたちにも知らしめるよう、アベルは言った。

「――城郭都市《じようかくとし》グァラルを陥落させる。次の拠点として、あの都市が必要だ」

3

――城郭都市グァラルの陥落、それがアベルの目論《もくろ》む次なる一手。

堂々と、そう宣言された内容を脳が咀嚼《そしやく》して、スバルはすぐに結論する。

それは、あまりにも無茶《むちや》な計画だと。

「……抜け道を用いて、都市に攻め入るということですか？」

無謀な計画に歯噛《はが》みするスバルの傍《かたわ》ら、そう静かな声音で呟《つぶや》いたのはレムだった。

膝を畳んで横座りしているレムは、その薄青の瞳でアベルをじっと見つめている。睨《にら》むというより、覗《のぞ》き込むような眼差《まなざ》しだ。

それを受け、アベルは「言うまでもない」と肩をすくめる。

「貴様らも見てきただろうが、都市は四方を防壁に囲まれ、唯一の出入り口である正門には検問が敷かれている。それを掻《か》い潜《くぐ》り、市内へ入る方策が必要だ」

「仮に入り込めても、都市の中には帝国兵の方々が多数いるように見えました。検問を無視できても、敵が多すぎると思います」

グァラル陥落のための障害を整理するアベルに、レムが理路整然と反論する。その姿勢にアベルは鼻を鳴らしたが、一方でスバルの困惑はより深まった。

原因はもちろん、アベルと真っ向から議論するレムの姿だ。

議論の内容的に、レムの立ち位置はグァラルへの攻撃に反対するスバル側と言える。

しかし、その視点の持ち方がいかにも適切すぎる。――まるで、グァラルに滞在した短い時間で、その点をしっかりと見極めてきたかのように。

「――ナツキ・スバル、貴様は戦いにおける攻守の兵力差をどう心得る？」

「あ？　攻守の兵力差って……攻撃三倍の法則、みたいなことか？」

「攻撃三倍の法則……なるほど、言い得て妙だな」

問われ、反射的に答えたスバルにアベルが感心したように頷《うなず》く。

『攻撃三倍の法則』とは、戦いにおける兵力の考え方で、攻撃する側は防衛する側に対して三倍の兵力を持っていることが望ましい、とするものだ。

これは攻守の目的意識の違いで、攻撃側は相手を倒さなくてはならない一方、防御側は相手を倒す必要はなく、追い返したり、攻撃を防ぐだけで済む点が大きい。

今回の例で言えば、アベル率いる『シュドラクの民』は、ヴァラルを手に入れるために都市を占拠しなければならないが、都市に駐屯する帝国兵や衛兵はこの攻撃を退け、究極的には街に立てこもるだけで目的を達成できる。

この目的達成率の差を埋めるのに、それだけ兵力が必要となるという考えだが――、

「都市の三倍の兵力なんて、とても揃《そろ》えられないはずだ。ミゼルダさん、ここの集落の人たちの人数はどのぐらいなんだ？」

「全部で八十二人ダ。アベルやその男……フロップを入れテ、百人といったところカ」

「顔のいい男をどう計算してるのかわからねぇが、百人ぽっちってわけだ。でも、あの街には大雑把《おおざっぱ》に見積もっても、その三倍以上の戦力がいたんじゃないか」

ミゼルダの計算式は脇に置いて、スバルはヴァラルの戦力をそう見積もる。

都市の規模は一万人に届かないぐらいの大きさだったが、都市の治安を守る衛兵は相応の数を揃えているはずだ。その上、陣を焼かれた帝国兵が合流している。

――あの、トッドを含めた帝国兵たちが。

「最低限、基礎的な知識は頭に入っているようだな。だが、貴様が口を噤《つぐ》んだ理由は戦力差への懸念より、別の恐れが原因と見える」

「……俺がビビってるのは事実でも、戦力差がヤバいのも事実だろ」

内心を言い当てられ、バツの悪い思いを味わいながらスバルが舌打ちする。

事実、グァラルを攻め落とすと聞いて、スバルが最初に考えつく障害がトッドだ。彼と再び相対するなどと、考えただけでも内臓が軋《きし》む。

そもそも、『攻撃三倍の法則』に則《のっと》って考えるなら、お話にならない。

「この戦力差を覆す手段なんて、一騎当千の兵が仲間入りするか、敵の指揮官が死ぬほど無能だったパターン以外に思いつかねぇぞ」

「生憎《あいにく》と、どちらも期待できるとは思えんな。シュドラクの実力なら有象無象の兵は蹴散らせようが、それでも数で包まれれば押し負ける。その上、敵の指揮官はズィクル・オスマンと聞いている。堅実でつまらぬ打ち手だが、隙がない」

「ズィクル……聞いた名前だな」

その名前を聞いたのは、まだ関係が悪くなる前のトッドの口からだったはずだ。

すでに焼き払われた帝国の野営地だが、その作戦を指揮していたのがズィクルと呼ばれる人物だったと記憶している。陣が焼かれ、その人物も討たれたと思っていたが。

「陣にいたのは雑兵だ。元より、軍事行動の本命の目的を隠すため、奴《やつ》らに与えられた情報は最低限……森の少数部族相手に、二将が前線へ出向くことなどない」

「じゃあ、最初から指揮官は都市に居残ってたってことかよ」

「事実、何もなければそれで十分な成果が得られていたはずだ。その計画に歪《ゆが》みが生じたのは俺の指揮と……ああ、貴様の存在あってのことだったな、ナツキ・スバル」

底意地悪く、アベルはスバルが目を背けたがる責任と向き合わせようとする。

そのことに「ぐ……」と歯軋《はぎし》りしつつ、スバルは口元に手を当てた。

とにかく、ヴァラルにはそのズィクル二将とやらが駐留している可能性が高い。

帝国の階級は上から一将、二将、三将と続くという話だが、上から二番目の階級ということはかなりの実力者であることが窺《うかが》い知れる。

「つまり何か？　こっちは戦力でも負けてる上に、相手の指揮官も上から数えた方が早い実力者。しかも、俺たちが蜂の巣をつついたせいで警戒もされてるって？」

「そういうことだ。責任の重みが理解できたか？」

「俺はお話にならねぇって言ってるんだよ！」

ちくちくとスバルの浅慮を責めるアベルだが、問題は別個の部分にある。

これだけ勝算のない状況で、なおも戦いをやめようとしないアベルの姿勢だ。断固として、スバルは挑むだけ無駄だと言い続ける。

そもそもの話――、

「俺は戦うこと自体、断固反対なんだ。いったん、ここから出てったときにもはっきり言ったはずだぞ。俺は……俺は、レムと帰りたいだけなんだ」

「だが、それが困難であることはすでに証明された。貴様の敵がヴァラルに入った帝国兵だけだと思うか？　他の村や町なら安全と、そう言い切れるか？」

「――――」

「どこへいこうと、貴様の安寧はもはや買えん。それを痛感し、血に染み込ませる時間は与えたつもりだ。それとも、まだ毒が足りないか？」

嬲《なぶ》るようなアベルの視線が、スバルの惰弱な精神をついばみにかかる。

それに身を削られるような痛みを味わいながら、スバルは長く息を吐いて、忌々しくもアベルの言葉が事実であると認めざるを得なかった。

城郭都市《じょうかくとし》で味わった苦難は、スバルの内に精神的な壁を作った。

今後、レムを連れて国外脱出を図ろうとしても、ヴァラル以外のどこへいっても同じような不安と警戒は薄れることはない。

スバルの慢心は、五回の死と引き換えに失われたのだ。

「――それならいっそ、俺がお前を敵に売り渡すってのはどうだ」

逃げ道を塞がれ、浅慮を罵られる経験を経て、スバルが頬《ほお》を歪めてそう問いかける。

一瞬、スバルの放った言葉に集会場の空気が張り詰めた。はっきりと、隣のレムが目を見張ったのが視界の端に映り込む。

しかし、売られると言われた当のアベルは小さく笑い、

「ふん。ようやく、まともに頭が働いてきたと見える。だが……」

「それはできん相談ダ、スバル」

目にも止まらぬ速さで、短刀を抜いたミゼルダがスバルの首に刃《やいば》を宛《あて》がった。

その早業にスバルは息を呑《の》み、一瞬で動いた長身の族長の顔を見上げる。ミゼルダは目力の強い美貌の中、冷酷な狩猟者としての己を瞳に宿している。

「すでに我々ハ、アベルと共に戦うと決めタ。それが『血命の儀』の結果、同胞と認めたものの望みとあらば他はなイ」

「……ミゼルダさんたちの力を借りて、レムを取り戻してもらった俺が言うのは図々《ずうずう》しいってわかってて言うよ。本当に、みんなはそれでいいのかよ」

断固たる決意を感じさせるミゼルダだが、スバルの問いかけは彼女を飛び越える。

族長として、『シュドラクの民』の在り方を体現しなくてはならないミゼルダは説得できない。それでも、他のシュドラクは別の意見があってもいいだろう。

この場にいるタリッタやクーナ、ホーリィたちには別の意見が。

「さっき、こいつも言ってただろ。戦力差は歴然で、相手も歴戦の猛将。戦ったって勝ち目がないって端《はな》からわかってて……」

「たぶン、スバルは勘違いしてるノー」

「勘違い……？」

他の意見を求めるスバル、その問いに最初に答えたのは意外にもホーリィだった。

集会場の端っこで、干し肉を齧《かじ》りながら話を聞いていたホーリィは、身動きを封じられ

たスバルの方を丸い瞳で見つめながら、

「勝ち負けの話をするなラ、ここで引いてしまっても私たちの負けなノー。同胞のために戦えなかったラ、魂が穢《けが》れてしまうノー」

「魂の穢れって……誇りとか、祖霊への顔向けとか、そういう話か？」

「そうそウ、スバルもわかってるノー」

笑みさえ浮かべて、ホーリィはスバルの言葉を肯定する。

だが、それは理解し合えたことの証明ではなく、理解し合えないことの証明だった。

スバルにも、そうした考えがあることはわかる。

誇りや家名といった、直接肉体には寄与しない不可視の証《あかし》――それを大事に思い、何よりも大切に扱う姿勢が存在するのは確かだと。しかし、それはどこまでいっても、命より大事なものなんてないと考えるスバルとは共存できない考え方なのだ。

「クーナ！　タリッタさん！　二人も、同じ意見なのか!?」

「……アタイはホーリィとか族長ほド、考え極まっちゃいねーけどナ」

「――。姉上の決定に従いまス。それガ、私の意思だからラ」

「そう、かよ……」

水を向けた他の二人も、スバルにとって望ましい回答は返してくれない。

あるいは、シュドラクらしさと少しズレたクーナであればと思ったが、それもスバルの見込み違いであったようだ。ミゼルダに絶対服従のタリッタは、言うに及ばず。

そのまま、膠着状態《こうちゃく》が長引くかと思われたが――、

「……ミゼルダさん、武器を引いてください。その人に、アベルさんを相手に引き渡すような意思はありません」

誰あろう、そうミゼルダに短剣を引くよう言ったのはレムだった。

彼女の視線を受け、ミゼルダがその瞳を細める。

「私に指図するのカ、レム。お前は『血命の儀』を受けていなイ。スバルの願いで集落にいるのは許すガ、口答えされる謂《いわ》れはないゾ」

「では、なおさら武器を引くべきです。その人は儀式を……その『血命の儀』というものを受けて、同胞として迎えられた。それを傷付けるのは、よくないことです」

「ム……」

眼力を強め、レムを威圧しようとしたミゼルダだったが、毅然《きぜん》として言い返されて逆に言葉に詰まった。結局、彼女は短剣を腰の鞘《さや》に素早く収める。

そうしてスバルを解放し、レムをじっと見つめると、

「今はお前の言葉が正しかっタ。だが、またアベルとスバルとで意見が割れればバ、私はアベルの側につくゾ。それを忘れるナ」

「それは、この人の目つきが体臭に相応《ふさわ》しい極悪人のものだからですか」

「多少鋭い目つきも愛嬌《あいきょう》があル。だガ、私は美形が好みダ」

一触即発の場面が沈静化するが、その最後のやり取りにしては脱力ものの会話だった。

ともあれ、スバルもあわや首を切断される状況から解放され、刃《やいば》を当てられていた自分の首をそっと撫《な》でる。そして、レムを見つめた。

「──。なんですか」

「……いや、俺を庇《かば》ってくれたことと、顔をボロクソに言われたことのどっちに反応すればいいのかわからなくて困惑してたんだよ」

「顔のことは言っていません。目つきの話です。あと体臭。鼻が曲がります。もっと向こうに座ってください」

「今さら……!?」

レムの態度が氷河期を迎え、座る距離を取られてスバルが傷付く。

だが、内心はもっと複雑な混乱がスバルを苛《さいな》んでいた。実際、彼女がどうしてスバルを庇うような発言をしてくれたのか、その真意がわからない。

だって、彼女はグァラルの宿屋で、荷解《にほど》きしないでいたのだから。

「話の腰が折られたな。だが、仮に貴様がシュドラクの目を掻《か》い潜《くぐ》れたとしても、俺を相手に売り渡すという考えは無駄であろうよ」

「……折れた腰を継ぎ直してご苦労様だよ。ついでに聞いてやる。なんでだよ」

「貴様も、短時間とはいえ都市で過ごしたのだ。ならば、今の帝都がどう治められているか、耳に入れたのではないか？」

「帝都がどうって……ああ！　そうだ、そうだった！　お前……」

その場で膝を打って、思わずスバルは立ち上がった。そして、周囲の視線を一身に集めながら、「フロップさん！」と呼びかける。

状況の変遷についていけず、目を回していたフロップは「うん？」と振り向いて、

「なんだい、旦那くん。正直、今僕は困惑と混乱を極めているよ！　話にちっともついていけないまま、色々と話題が佳境を迎えている雰囲気だけがしているからね！」

「置いてけぼりで悪いんだが、確認させてくれ。ヴァラルでフロップさんが話してた、帝都のお触れ……ってか、皇帝の声明についてだ」

「皇帝の声明……帝都のいざこざの話かい？」

指を鳴らしたフロップ、彼の理解にスバルは頷《うなず》く。

直後の、トッドと六回も繰り返すことになった熾烈《しれつ》な攻防の印象が脳に強烈に焼き付いているが、そんな話をフロップと交わしたのもヴァラルでのことだ。

「帝都のいざこざの話が外に波及して、その解決に皇帝自ら乗り出すって話だったんだろ？　そんなの異例の発表ってことだったけど……」

「そうだね。事実、現在の皇帝閣下が王座につかれてから初めてのことだ。とはいえ、これまで帝国を取り回してきた実績がある。不安はないとも！　ヴォラキア帝国万歳！」

両手を上げて、フロップがスバルの古傷を無意識に抉《えぐ》ってくる。

ともあれ、問題はその賛美ではなく、直前に語られた皇帝の動きだ。

「もし、大勢の前に皇帝が直接出てくるなら、お前はどういう立場の誰ってことになるん

だ？　お前、自分が頭のおかしいイカレ野郎じゃないって証明できるのかよ」

「証明だと？　その必要がどこにある」

「なに？」

片膝を立てた姿勢で座っているアベルが、スバルの疑いを鼻で笑う。そのまま彼は自らの胸に手を当てると、己の存在を誇示するように、

「敵に回った無思慮のもの共ならいざ知らず、事ここに至ってまだ俺を妄言を重ねる慮外者扱いするとしたら、貴様は置かれた状況にどう説明をつけるつもりだ？」

「それは……」

「安寧を得るためだけに、自身も騙《だま》し切れぬような安直な発想に飛びつくのをやめろ。適時、符合しない可能性を排していけば、残ったものがただの事実だ」

アベルの物言いは厳しいが、スバルも今の理屈が苦しい自覚はあった。

目の前の鬼面《きめん》の男が皇帝を騙《かた》った偽物であり、スバルも『シュドラクの民』も全員がその虚言に謀《たばか》られている。それは救いようがない展開な上、考えにくい。

事実、アベルはシュドラクの力を用い、スバルから聞き出した情報を使って帝国兵との戦いに勝利している。これは虚言癖では片付けられない事実だ。

「だが、だったら帝都のことはどうなる？　直接指揮を執るなんて話をするなら、皇帝が人前に出てこないってことはありえないだろ」

「ならば出てくるのだろうよ。俺とよく似せた偽物……皇帝の不在を悟られぬため、最も

出来のいい影を使う。――チシャ・ゴールドだ」

「チシャ……？」

聞き覚えのない名前だが、それがアベル――否《いな》、皇帝の影武者というわけか。

帝国主義ともいうべき弱肉強食の考えが息づく国家なら、なるほど、暗殺に備えて皇帝が影武者を用いる場面も容易に想像がつく。

だが、その影武者を敵に利用され、皇帝が立場を奪われるなど本末転倒だ。

「黙れ、自覚はある」

「そうかい、こっちはおかげでいい迷惑だ。せめて帝国が安定してれば……」

スバルの抱える問題は、記憶のないレムに塩対応されることだけで済んだ。

エミリアたちと合流するために、ヴォラキア帝国を苦労しながら脱出する旅を繰り広げればよかったはず。それが、何の因果かこんな状況だ。

「あの、あのあのだね、旦那くん」

と、そうして苦い顔をしたスバルを呼んだのはフロップだ。

彼は端整な面持ちの眉間に皺《しわ》を寄せ、かなりの急角度に首を傾《かし》げながら、

「さっきから聞いていて思ったんだが、何やら村長くんと不思議な話をしているんじゃないか。正直、グァラルを陥落させるという冗談も驚いているんだが……」

「冗談……いや、そこはいい。ええと、フロップさん、説明する気だったんだが」

「ああ、ぜひ説明してもらいたいね！　そうでないと、僕は聞いた話を適度に鵜呑《うの》みにし

てこう結論せざるを得ない！」

そう言って、フロップがビシッとその指をアベルに突き付ける。

そして――、

「そこのお面の村長くんが、皇帝閣下ではないかというありえない発想にね！」

「――」

「おやおやおや？　そこで黙られると困った気持ちになってしまうよ、旦那くん。幸い、僕は早とちりすることには定評があってね。だから、すぐに考えを撤回することもできる柔軟さを持ち合わせているんだが……」

「――貴様、不誠実を絵に描いたような真似《まね》をしたものよな」

隠すつもりなら配慮に欠けた会話だった。

故に、傍《そば》で聞いていたフロップも自然と正しい結論へと辿《たど》り着いてしまう。そして、フロップが自力で真実に辿り着いたことに、他ならぬアベルが不快感を示した。

鬼面《きめん》越しのアベルの視線に「不誠実」と罵られ、しかし、スバルも憤慨する。

「俺が不誠実だと？　お前にそれが言えたもんかよ！　第一、そうペラペラと言いふらしていいもんでないことぐらい、俺だってわかる！」

「ならば、見極めは連れ帰る前に済ませておけ。貴様、まだ状況の把握が足りていないらしい。グァラルで敵に追われ、考える時間は十分に与えたはずだ」

「――」

「傍《かたわ》らに我が身より大事なものを置いて、何故《なぜ》思考に妥協する。己の横に並べるつもりがないなら、初めから連れ帰るのが誤りだ」

我が身より大事なもの、と言われてスバルは傍らのレムを思う。

その後に続いた言葉も、スバルには身を切るように痛いものだ。——アベルの言い分は単純明快、レムを守らなくてはならない立場で、何故手を抜くのかと言っている。

無論、スバルには手を抜いたつもりも、妥協した覚えも全くない。

しかし、スバルよりはるかに深く遠くへ思考を巡らせるアベルの目から見て、スバルの考えることなど全く足りない、及ばない、話にならない。

事情を打ち明けるほどに信用を置けない相手を連れ帰るなと、そう責められている。

フロップやミディアムを巻き込めないと、そう考えたスバルの甘さを暴き立て、それが馬鹿馬鹿しい考えなのだと、アベルは冷たく切り捨てていた。

「俺は……」

「——少々、僕も話の腰を折らせてもらっていいだろうか、村長くん！」

言葉に詰まったスバルだが、代わりに勢いよく手を上げたのはフロップだ。

彼はずずいと前に進み出ると、その場にドカッと胡坐《あぐら》を掻《か》き、アベルと向き合った。

「それとも、村長くんではないのだろうか。何と呼んだら？」

「今の俺に肩書きはない。アベルと名乗っているが、好きに呼ぶがいい」

「そうか！　では、雰囲気があるので村長くんのままでいかせてもらおう」

からっと笑い、フロップは自分の両膝を強く手で打つと、

「延々と否定してもらえなくて怖いのだが、先ほどの先ほどの話をしたい。村長くんは僕に、都市への抜け道について聞いてくれたが……」

「ああ、聞いた。心当たりはあるか、商人」

「ある！　と答えしてしまいそうになるところ、申し訳ない。それがグァラルを攻撃するために用いられるなら、お答えしかねる！」

正面に掌《てのひら》を突き出して、晴れ晴れしい顔でフロップがそう断言した。

そのきっぱりとした物言いに、隣で聞いていたスバルも目を見開く。鬼面《きめん》の向こう、アベルも微《かす》かに目を細めたのではあるまいか。

それぐらい、フロップの言葉には、口調に現れない真剣さがあった。

「――――」

かなり突飛な言動の目立つフロップだが、頭が悪いわけではない。

彼も、目の前のアベルの正体がやんごとない立場の人物だと推測している。肯定も否定もされないのだから、確信に近い推測と言えるだろう。

つまり彼は、推定皇帝に対して『ＮＯ』を突き付けたということだ。

「……それがどんな意味を持つのか、貴様は承知しているのか？」

「無論だとも、何者でもない村長くんよ。僕は、戦いになるというならそれを拒否する。僕自身の知識で誰かを害することも避けたい」

「夢物語だな。現実、害意というものは貴様の事情など顧みずに襲いくる。その全てに掌《てのひら》を突き出し、引き下がるよう頼み込むのか?」

「必要とあらば!」

「実行したとて、成果はない。――ここは狼《おおかみ》の国だ」

そう断言するアベルの全身から、冷たく突き刺すような鬼気が漏れた。

それは力の多寡ではなく、存在としての大小が発現する恐るべき圧迫感だ。戦えばアベルを圧倒できるだろうレムも、シュドラクたちも息を呑《の》み、身を固くする。

当然、スバルも呼吸が危ぶまれるほど威圧された。フロップも例外ではない。

しかし、フロップはその皇帝の鬼気に中《あ》てられながら――、

「狼の国だとて、羊も生きている。僕は狼がお尻に噛《か》みついてくるのなら、牛車に乗って妹と逃げる。今日までそれを繰り返してきたのだよ、村長くん」

頬《ほお》を引きつらせ、それでも笑みを失わないフロップの抗弁。

それを聞いて、アベルから放たれていた鬼気が不意にほどける。途端、集会場を席巻《せっけん》した圧迫感が消失し、スバルも呼吸する自由を取り戻した。

だが、息継ぎする余裕ができても、スバルに心の余裕は戻らない。

「ふ、フロップさん……」

掠《かす》れた息で呼びかけるスバルに、ちらと視線を向けるフロップの笑みが眩《まぶ》しい。

苦笑に近いニュアンスだが、フロップの横顔に後悔はなかった。だが、彼に後悔がな

かったとしても、彼を連れてきたスバルの胸に後悔は募る一方だ。

なにせ、フロップは真っ向からヴォラキア皇帝に反論したのだ。

それを理由に不興を買えば、シュドラクを仕切っているアベルにはフロップの身柄をどうとでもすることができる。

しかし、そんなスバルの不安と裏腹に――、

「――。ふやけた物言いに反して、芯が通っていると見える。厄介な輩《やから》だな、商人」

「そうだろうか。これでも人好きされる顔立ちだと自認しているのだけどね！」

「わかル」

鬼気を引っ込めたアベルは、フロップにその怒りの矛先を向けなかった。

それに対してフロップも、危険な綱渡りをした自覚があるのかないのかわからないような返事をしている。ミゼルダの発言にはノーコメント。

いずれにせよ、驚かされるやり取りだった。フロップの強心臓ぶりにも、それをよしと受け止めた風なアベルの態度にも。てっきり――、

「――アベルさんは、もっと我意の強い方だと思っていました」

「ちょっ、レム⁉」

スバルの胸中、それを反映したようなレムの一言に思わず目を剝《む》く。

意外と思ったのは事実だが、それを口にしても得るものはないと思って言わなかったことだった。それがレムから語られ、アベルの鬼面《きめん》が彼女を向く。

「見くびってくれたものだな。第一、お前は俺に何をしろと？」

「……てっきり、痛めつけて聞き出すくらいはするのではないかと」

アベルに問われ、そう答えるレムは心証に正直すぎた。

とはいえ、スバルも思わないでもない選択肢だ。アベルがフロップを己の意に従わせようとするなら、シュドラクに命じて拷問めいたことをしても不思議はない。

だが、アベルはその言葉に肩をすくめ、「無駄だ」と答えた。

「確かに、時に痛みは最上の交渉手段となるが、そうして聞き出した情報の確度は恐ろしく脆《もろ》い。人間、目先の痛みから逃れるためなら平然と嘘《うそ》をつく」

「――――」

「それにその場合、自分が命懸けで盾になると言わんばかりの目だな」

じっと、自分を見据えるレムの視線をアベルはそう評価した。

見れば、頬《ほお》を硬くしたレムの横顔には、愛らしさを塗り潰しかねない悲壮さがあった。

その横顔は、アベルの寸評が事実であると如実に語っている。

「確度の低い情報を得るために、手勢を減らす愚行は冒せん。――故に、交渉だ」

「交渉？」

「商人、貴様の持ち得る知識を買う。そのための交渉とゆこう」

立てた膝を下ろして、どっかりと胡坐《あぐら》を掻《か》きながらアベルが言った。それを受け、目を丸くしたフロップが、笑みを湛《たた》えたままアベルと向き合う。

そして――、

「交渉と聞くと、商人の血が沸くものだね！　だが、はっきり言っておこう！　僕はとても頑固なんだ。たとえ頭をかち割られても、承服できないことは承服しない！」

と、そう断言したのだった。

4

「頭をかち割られても、ってのはちっとも笑えねぇ。……笑えねぇよ、フロップさん」

直前の、交渉合戦を始めたフロップの啖呵《たんか》を思い出し、スバルは苦い顔をする。

フロップにそのつもりはなかっただろうが、実際に彼の頭がかち割られるところを二度も見たスバルにとって、それは不意打ちのような言葉だった。

「――――」

目を細め、スバルは少し離れた丘から集会場の方を眺める。

集会場の中では今も、アベルとフロップの『商談』という名の交渉が行われている。

グァラル陥落のための足掛かりが欲しいアベルと、そのための知識を明かそうとしないフロップの構図だ。スバルが集会場を離れているのは、事実上の戦力外通告をアベルに申し渡されたのが理由だった。

悔しくはあった。だが、その場にとどまる理由をスバルは提示できなくて。

「──交渉、長引いているみたいですね」

「────」

忸怩《じくじ》たる思いを抱えるスバル、その背中に聞き慣れた少女の声がかかった。聞き慣れていても、いくらでも聞いていたくなる、声。

しかし、それはスバルが平時の心境でいられたときの話だ。

「レム……」

振り向けば、緩やかな丘の斜面に杖《つえ》をついたレムの姿があった。こちらを見つめる彼女の視線に、スバルは射竦《いすく》められたように肩を縮める。

こうしてレムと向かい合っているのに、心は弾むどころか冷え込んでいく。

理由は明白で、『シュドラクの民』の集落に戻るまでの日数、アベルへの怒りを理由に目を逸《そ》らしていた事実──グァラクでの、腑《ふ》に落ちないレムの行動にあった。

嫌なものから目を背け、その場しのぎを続けるにも限界がある。結局、いずれはそれに追いつかれ、為《な》す術《すべ》なく向き合わされることになるのだ。

こうして今、レムの切実な瞳と向かい合わざるを得なくなったように。

「アベルさんが何を言っても譲らない。フロップさんは意外と頑固な人ですね」

「……ああ、立派な人だよ。自分の知識で誰かを傷付ける手助けをしたくないって、シュドラクの人たちに囲まれてて、そう言える度胸もすごい」

交渉の推移をしばらく見守ったが、フロップの頑固さに話し合いは平行線だった。アベルも可能な限り人的被害を減らすと譲歩するが、決定打にならない。

だが、フロップの頑《かたく》なな態度にスバルは安堵《あんど》もしていた。

戦いを厭《いと》い、アベルに真っ向から反論する人間が、自分以外にもいてくれたことに。

しかし――、

「立派な人と、そう単純に言える状況ではないと思います」

「……なに？」

そう、フロップを肯定的に捉えるスバルと対照的に、レムは静かにそう言った。思わず目を見開くスバルの前で、レムは表情を変えないまま、静謐《せいひつ》な眼差《まなざ》しで続ける。

「自分の知識で誰かを傷付けたくない。その気持ちはわかります。でも、フロップさんが知識を明かさず、結果的に生じる被害は？　それも、知識が傷付けたと言えませんか？」

「それは……屁理屈《へりくつ》ってもんだろ。フロップさんが話さないことで生まれた被害まで、全部フロップさんにおっ被《かぶ》せるなんて、ただの言いがかりだ」

「そうですね。でも、どこまでも逃げるというのは現実的ではないと思います」

ここが狼《おおかみ》の国だと告げたアベルに対して、羊は逃げると宣言したフロップ。

それが夢物語であると、レムは悲観的に――否《いな》、現実的にものを言った。彼女も、グァラルへ足を運んだ一人。帝国兵の執拗《しつよう》さは身に染みている。

あの過酷な追跡を今後も振り切れるのかと、そうレムは問うているのだ。

「けど待て。待てよ、レム。お前の言ってることは無茶苦茶《むちゃくちゃ》だ。戦いは、お前も嫌だって言ったじゃないか。なのに、お前のその口ぶりは……」

「────」

「まるで、戦うことを受け入れてるみたいな口ぶりだ」

喉が震えて、スバルはうまく言葉が出ない。

だが、目は口ほどに物を言うという言葉があるように、このときのスバルとレムの危うい対話は、言葉だけでなく、その眼差《まなざ》しも心情を語っていた。

そこに宿った悲壮な色は、アベルに対して、フロップを庇《かば》い立てするように反論したときと同じもののようにスバルには見えた。

「……お前がわからなくて、俺は辛《つら》いよ」

そのレムの態度を見て、スバルは心中に浮かんだ感情をそのまま吐き出した。

彼女が目覚めてくれて、心底嬉《うれ》しい。

記憶が戻らないことの悲しみは、何らかの解決手段が見つかると信じている。

でも、誰も心から頼ることができない帝国の中、エミリアたちの下へ連れ帰らなくてはならないレムの非協力的な態度は、スバルの足を刃《やいば》のように突き刺すのだ。

そのたびに、痛みで蹲《うずくま》ってしまいそうになる。

「……お前は、グァラルの宿屋で荷解《にほど》きしてなかったよな。おかげで逃げ出すまでの時間を短縮できたけど、ずっと引っかかってた」

「あれは……」

「宿についたら、大抵の人間は体を楽にするか、荷物を片付けるもんだと思う。そりゃ、お前がそれに当てはまらない可能性だってあるさ。だけど……」

その先は、口にしたくなかった。

目を背けたままでいられるならそうしていたかったが、レムの不可解な態度への言及を避けられないと感じた今、目を背け続けられなかった。

だから――、

「だけど、お前はまた、俺から逃げようとしてたんだな」

「――――」

レムの沈黙が突き刺さり、スバルは自分の心が血を流すのを感じる。

だが、一度めくったカサブタはもう役目を果たさない。血が流れ、傷が露出することも厭《いと》わず、めくり切るしかない。痛みを、堪《こら》えて。

「俺を……俺を信じられないのは、いい。辛いけど、わかる。記憶が何にもない状態で、お前にとって俺は許せない奴《やつ》の臭いがしてて、信じろって言える根拠が何にもないんだ。俺を信じられなくて、遠ざけたい理由はわかるんだ」

「――――」

「でも、お前の帰りを待ってる……お前を大事に思ってる人がいるのは本当なんだ。俺が嫌いなら、口を利かなくてもいい。手を振り払われても我慢する。だけど、離れていこうとするのはやめてくれ」

「────」

「頼むから俺を……俺を、お前の人生から閉め出さないでくれ」

そう、懇願する声は震え、瞳は浮かんだ涙で曇りそうだった。

──どうしようもない、情けない姿を、レムの前では晒《さら》してばかりいる。

エミリアやベアトリス、他の仲間たちには決して見せられない姿だ。

少なくとも、スバルはそれを意図して仲間たちに見せまいと努力してきた。実際にそれができていたかはともかく、そうしてきた。

自分が弱さを見せるのは、レムの前だけなのだと、そう決めていたから。

だがそれは、記憶がなく、頼りのない、異郷の地で心細い思いをしているレムに、ナツキ・スバルという重荷を背負わせたいという意味では決してない。

「────」

みっともないスバルの懇願を聞いて、レムは何も言ってくれない。

それでも、滲んだ涙でぼやけそうになる視界、スバルは彼女から目を離さなかったし、彼女もスバルから視線を逸《そ》らそうとしなかった。

そして、しばしの沈黙が二人を包み──、

「──あなたを」

「────」

「あなたを、見限ろうとしたわけでは、ないです」

そう、レムはたどたどしく、言葉を選びながら言った。

それはここまで、レムがスバルに一度として見せようとしなかった態度だった。

警戒すべき対象であるスバルを気遣い、傷付けまいとする発言。

それも、苦し紛《まぎ》れの口から出任せではないと、そう信じさせる響きがあった。あるいはそれすらも、スバルの希望でしかないのかもしれなかったけれど。

「お前は……」

そのか細い希望、縋《すが》るべきではない糸くずを頼りに、言葉を選ぼうとするスバル。

レムが何を思い、何を願い、何を信じてそれを口にしたのか。

その答えを知るべきなのか、それすらもわからないまま、ただ彼女との会話を終わらせたくない一心で、スバルは言葉を続けようとする。

しかし——、

「あーうー!!」

「ぐおっ!?」

それより早く、腰のあたりを衝撃に飛びつかれ、スバルの体が丘に転がった。

直前の雰囲気を砕かれ、目を回したスバルが何事かと頭を振る。

「ルー！　スーの上に乗っかるのよくなイ！　ウーは止めタ。ルーが勝手にやっタ」

「う、ウタカタ……？　ってことは、これは……」

悪気のない顔で、そう言い訳したのはシュドラクの少女、ウタカタだった。そして彼女

の視線の先、スバルの胸の上に跨《またが》っている金髪の娘は――、

「こっちは大事な話をしてんだ。今すぐ下りろ」

「あー？」

スバルの上に尻を乗せたまま、ルイがぺしぺしと頬《ほお》を叩《たた》いてくる。その手を煩わしく振り払い、スバルは間近からルイを睨《にら》みつけた。

「あーじゃない。ウタカタ、頼む」

「スーの頼みだから聞ク。ウー、良妻賢母」

言葉の意味をわかっているのか、ウタカタがルイの腕を引いて立ち上がらせる。ただ、ルイはいたく不満げで、体を起こしたスバルは深く息を吐いた。

「結局、お前がなんなのかの答えも出てねぇってのに……」

大罪司教、邪悪なる存在、『暴食《ぼうしょく》』、ルイ・アルネブ。

目の前の少女を装飾する言葉は、悪口雑言ならいくらでも思いつく。だが、その全てが当てはまる存在だった彼女と、目の前の少女は重ならない。

あの邪悪な少女はスバルを助けたり、案じたり、無邪気に笑いかけたりしなかった。

だが――、

「ルイちゃん」

「うー！」

そう呼びかけられ、ルイがパッと破顔してレムの下へ駆け寄る。

杖《つえ》をつくレムへの飛びつき方を学んだのか、勢いのありすぎないルイの飛びつきを受け止めて、レムは彼女の頭を優しく撫《な》でてやっている。

複雑な思いだ。レムの、今の状況の一端を担った『暴食』の大罪司教だというのに。

「あなたのその目が……」

「あん？」

「あなたのこの子を見る目が、私を惑わせもします。この子は、あなたにこんなに懐いているのに、あなたは」

ルイを腰に抱き着かせたまま、そう呟《つぶや》くレムにスバルは沈黙する。

それは、先の続かなかった言葉の続きなのか。明かされかけた、彼女の真意。

だが、待てど暮らせど、レムからその先の言葉は紡がれず、スバルは目をつむり——、

「……お前は、俺にどうしてほしいんだよ」

ようやく吐き出せた言葉は、いよいよ醜態の極みとでもいうべきものだった。

それは、答えをレムに委ねる卑怯《ひきょう》な物言いだ。だが、スバルの選んだ言葉も行動も、何もかもがレムに撥《は》ね除《の》けられるなら、これしかなかった。

レムが何を望み、どうしてほしいのか、それを直接聞くことだ。

その上で、彼女の弾《はじ》き出した答えがスバルに叶《かな》えられないことなら、そのときこそ関係の隔絶なのかもしれないと、そう怯《おび》えながら聞いた。

そして、そのスバルの物言いに、彼女はしばし息を詰めて、

「……戦いになるのは、嫌です」

と、そう言った。

それ自体はスバルにも呑《の》み込める。実際、彼女は帝国の野営地が焼かれた際も、それをスバルが主導したと考え、強い剣幕《けんまく》で食って掛かってきた。

レムは、戦いを望まない。好まない。それは間違いない。

だから、彼女の言い分は何も変わっていないと納得できた。

しかし、そうして得心しかけたスバルに、レムはさらに続ける。

「でも、逃げ続けることもできないと、そう思います。フロップさんの言葉は現実的ではないと。そして……」

「アベルの意見も肯定できない？」

「……はい」

小さく顎を引いて、レムがスバルの問いかけに頷《うなず》いた。

その、おずおずとした首肯、それは彼女自身も自分が無茶《むちゃ》なことを言っていると自覚している証《あかし》――当然だろう。

戦いたくないというフロップの意見を肯定しながら、戦わざるを得ないというアベルの意見にも賛同する。それは、日和見主義の権化ともいうべき思想だ。

正直、スバルだって、そんな風見鶏《かざみどり》な意見が通るならどれほどいいかと思う。

戦いたくはない。だけど、戦わなくてはならない。

人の命を奪いたくない。それでも、奪わざるを得ない戦いを目前とする。

そんな、命を取り巻く二面性とぶつかり合わなくてはならないなら。

「あなたなら……」

「あ？」

苦々しい顔をして、レムの抱いている相反した考えに賛同するスバル。だが、そうした懊悩《おうのう》を抱えているスバルに、レムはルイを抱いたまま、薄青の瞳を向ける。

そして、息を呑むスバルに、今一度、小さく決意を固めたように――、

「――あなたなら、どうにかできますか？」

と、まるで縋《すが》るように聞いてきたのだった。

その問いかけを受けた瞬間、スバルは稲妻に打たれたように硬直する。

それは、それはあまりにも、あまりにも無体な問いかけだった。

自らを卑怯《ひきょう》と、臆病者と、そう定義したスバルと比べてもなおひどい問いかけ。

戦いたくない気持ちと、戦わざるを得ないとわかっている気持ち、そのどちらの選択肢でもない第三の答え。――それを、レムはスバルに求めている。

何故《なぜ》なのか。何もかもを忘れ、ナツキ・スバルへの信頼と慈しみを失い、スバルの取り巻く悪臭を理由に警戒と嫌悪を抱く彼女が、何故にスバルにそれを尋ねるのか。

何故に、レムはスバルへと縋るような眼差《まなざ》しを向けてくるのか。

「――」

その、ひどく一方的な、身勝手とも言える問いかけが、ナツキ・スバルを熱くする。

怒りを覚え、声高に罵り、彼女の甘えを糾弾したってきっと許された。

そのぐらい、レムの選んだ選択は自分本位なものだったはずだ。

だが、その瞬間のスバルに芽生えたのは、魂の奥底から湧き上がる使命感だった。

「俺は……」

戦わなくてはならない。抗《あらが》わなくてはならない。

今ある現実を、打ち砕かなくてはならないと、そう感じる。

戦いを忌避し、自らの知識の開帳を拒否したフロップ・オコーネル。

避けられぬ戦いに備え、生存を勝ち取ろうとするヴィンセント・アベルクス。

置かれた状況の中、必然とも言える選択肢を握った二人。

その二人と異なる答えを、道筋を、見つけ出さなくてはならないナツキ・スバル。

それは何故《なぜ》なのか。それは――、

「――俺が、レムの信じた英雄だからだ」

そして、諦めの悪さだけを武器に、この異世界で戦い続けてきた男だから。

たかだか、国境を跨《また》いだぐらいで通用しなくなる哲学が、今日までのナツキ・スバルを歩ませてきたわけではない。そう信じている。

エミリアと出会い、彼女に救われ、彼女を救うために駆け抜けた日々が。

ベアトリスの手を握り、禁書庫から連れ出し、共にあると決めた誓いが。

レムを救い、救われ、愛され、その信愛に応えると自らを定義した今が。

——この限られた状況を変えてみせろと、ナツキ・スバルの血を熱くする。

何か、何かが、何かがあるのではないか。

ルグニカ王国で過ごした日々が、ヴォラキア帝国へ飛ばされてからの日々が、出会った人々が、対峙《たいじ》した敵が、傍《かたわ》らに立つ誰かが、彼方《かなた》で待ち構える誰かが、材料となる。

考えろ、思考しろ、想像し、ありえる可能性を掴《つか》み取れ。

この、ありとあらゆる全ての人間が自分より勝っている世界の中で、ナツキ・スバルに唯一残されている戦う手段——それは、生き汚さと小賢《こざか》しさだけだ。

ならば、ならば、ならば、ならば——。


「——ぁ」


無力感に打たれ、敗北感に支配され、為《な》す術《すべ》なく集会場を離れたスバル。

そのスバルの脳裏に、電撃的に浮かび上がった考えがあった。

それを、悪ふざけのようなその可能性を手繰り寄せ、スバルは確かな計画へと昇華することができるか、真剣に吟味する。


「————」


その押し黙るスバルを、じっとレムの瞳が見つめている。

彼女は騒ぎそうになるルイの口元に手を当てて、傍らで首を傾《かし》げるウタカタが余計な言葉を漏らさぬように押さえながら、スバルを見つめる。

記憶がないはずの彼女が、記憶があった頃と同じような眼差《まなざ》しで。

ナツキ・スバルが、余人に辿《たど》り着けない回答へ辿り着くと信じているかのように。

そして——、

「——レム」

口元に手を当てたまま、そう呟《つぶや》いたスバルにレムが姿勢を正した。

返事はない。それを求めていないことを、どうやってか彼女も理解してくれていた。

だが、そのレムの反応に気付けないまま、スバルは静かに息を詰めて、続ける。

「俺だったらどうするか、その答えを見つけたよ」

5

のしのしと、硬い土を踏みしめながら進み、集会場の扉を押し開いた。

そして、姿を見せたスバルを見やり、鬼面《きめん》の男が不愉快そうに鼻を鳴らす。まるで、お呼びでないとでも言いたげな態度で。

「なんだ、ナツキ・スバル。建設的な意見の出せぬ貴様の出る幕はないぞ」

実際、お呼びではないとそう言われ、しかしスバルの足は止まらなかった。

フロップの不敬を許しても、信念を持たないスバルの不敬を許すとは思えないアベル。

彼の下へ向かい、その恐ろしい鬼面を真っ向から見下ろした。

「話に進展はあったか、傲慢《ごうまん》野郎」

手を伸ばし、スバルは無理やりにアベルの顔から鬼面《きめん》を引き剥がす。

その躊躇《ためら》いのない仕草に、ミゼルダや他のシュドラクも目を見開いた。初めてアベルの素顔を目にしたフロップも言わずもがなだ。

だが、それらの反応は目に入らない。そのスバルの問いかけに、アベルは背筋に寒気さえ走る魔貌《まぼう》を酷薄に歪《ゆが》め、「いや」と小さく首を横に振ると、

「交渉は難航している。思いの外、この商人は身持ちが固い」

「そうかよ。だったら、口説くのが下手くそなお前の代わりに、俺が口説いてやる」

「なに？」

形のいい眉を顰《ひそ》め、そう呟《つぶや》いたアベルの顔を小気味いい気持ちでスバルは見下ろす。

それから、スバルはフロップの方へと向き直った。

断定されてないとはいえ、推定皇帝と真っ向からやり合っていたフロップは、そのスバルの表情と態度の違いに面食らいながら、「旦那くん？」とスバルを呼んだ。

そして、それぞれ違った形の疑念を浮かべる二人に対し、スバルは告げる。

その内容は――、

「――ヴァラルを無血開城させる計画がある。血の流れない戦いにならら、お互いに歩み寄れる算段も成り立つんじゃないか？」

幕間　『ズィクル・オスマン』

1

──ヴォラキア帝国二将、ズィクル・オスマンは『女好き』の異名で知られている。

色魔、好色、愛欲の徒と、彼を称する言葉は様々にあり、将兵の尊敬を勝ち取らなくてはならない帝国軍人にとって、不名誉極まりない蔑称と言えよう。

しかし、ズィクル・オスマン本人は、この『女好き』の呼び名を気に入っていた。

──否《いな》、誇りに思っていたといっても過言ではない。

何故《なぜ》なら、彼が『女好き』と呼ばれる以前の異名を心から嫌っていたからだ。

軍人として、そんな異名で呼ばれることは耐え難《がた》い屈辱だった。だから、将兵たちからその異名を忘れさせてくれた『女好き』の称号を、彼は誇らしく掲げている。

そもそも『女好き』といっても、ズィクルのそれはいわゆる女たらしであるとか、女性を下に見ているという類の男の悪癖とは趣が異なるものだ。

オスマン家は代々帝国軍人を輩出してきた家系だが、ズィクルの代は血が偏り、何故か家族は女性ばかりの状態だった。姉が四人、妹が六人の環境で生まれ育ったズィクルは、男兄弟が一人もいない幼少期を過ごした。

その環境で彼は奇跡的に、全ての女性を神聖視する価値観を身につけたのだった。

可愛《かわい》い弟であり、優しい兄である彼を手放すことを悲しむたくさんの姉妹と離れ、若くして帝国軍人としての道を歩み始めた彼は、初めて外の女性と触れ合い、弾《はじ》けた。

以来、ズィクル・オスマンにとって女性とは、理想と現実の狭間《はざま》に存在する泡沫《うたかた》の夢のようなものであり、愛憎入り混じる禁断の果実となったのだ。

多くの支配的な帝国の男と違い、女性に尽くし、尽くされることを是《ぜ》とするズィクル。

その姿勢は的確な用兵と無難な戦勝を重ねる彼への嫉妬《しっと》や侮蔑と重なり、『女好き』と囁《ささや》かれる原因となった。——だが、ズィクルはその異名を本懐としている。

『女好き』、大いに結構ではないか。そもそも、女性嫌いより、女性が好きな男の方が多いのだから、多くの将兵と語らう機会も持てようというもの。

そう割り切ったズィクルの姿勢は迷いがなく、そして、そんな上官の嗜好《しこう》を知る部下たちも、自然と『女好き』と仰がれる彼のことを尊敬した。

——『女好き』と呼ばれながら、帝国二将の位を得たのがズィクル・オスマン。

皇帝が皇帝の座を追われ、その息の根を止めるべく、政敵が許される範囲の権限の中で選んだ最善手、それが他ならぬ彼であった。

それこそが、『女好き』などと呼ばれる脅威の凡将、ズィクル・オスマンだった。

2

最初から、どこかキナ臭いものが漂う遠征であるとズィクルは予感していた。

帝国東部に存在するバドハイム密林、その周辺で帝国軍の演習が行われるのは毎年のことだったが、今年はその開催時期が早まったことと、ズィクルを含めた一部の将校にだけ通達された遠征の目的──『シュドラクの民』との交渉が、その予感を裏付けた。

「バドハイムに隠れ潜む『シュドラクの民』……」

バドハイム密林で暮らす先住民族であり、古い歴史があると知られる部族だ。

なかなか密林から出てこないことでも有名で、ズィクルも直接遭遇したことはない。ただ、女系部族であるとは聞いていて、一度お目にかかってみたかった。

だから──、

「隷属《れいぞく》を誓わせるか、滅《ほろ》ぼせなどと……帝都は何を考えているのだ」

それが遠征へ出立する前、ズィクルに秘密裏に下された密命だ。

帝都ルプガナから、今回の遠征の本当の目的は『シュドラクの民』の懐柔か、あるいは撃滅にあるとそう断言された。何かの間違いではないかと確認を入れたが、帝都からの返答は変わらず、ズィクルも承服する他になかった。

ただ、帝都の方でも何やら問題が起こっているという話は耳に入っており、それが此度《こたび》の遠征の目的と関わっていることは想像がついた。

それは遠征の目的を隠し、将兵たちに伏せたまま遂行するよう命じられたことからも明らかだ。――皇帝閣下が何をお考えなのか、ズィクルにはわからない。

「もっとも、誰にもあの御方《おかた》の腹の底を読むことなどできはしないだろうが」

──神聖ヴォラキア帝国第七十七代皇帝、ヴィンセント・ヴォラキア。

それがこの帝国を統《す》べる頂点の名前であり、帝都ルプガナの水晶宮《すいしょうきゅう》から広い国土の全てを見透かしているとされる、現代最高峰の賢人その人だ。

強者が弱者を喰《く》らい、貪欲に上昇するのを必定と捉える帝国主義。

各所で様々な部族が蜂起し、内乱の火種が燃え上がるのが日常の世界において、ヴィンセントはあらゆる問題が大火となる前に叩《たた》き潰してきた。

彼の治世が始まってからの八年、ヴォラキア帝国は驚くべき安寧の中にある。

血も流れ、火の手も上がり、命は失われる。

それでも、今の世はヴォラキア帝国始まって以来の平穏な時代だった。

だからこそ、『シュドラクの民』への徹底的な姿勢はズィクルの眉間に皺《しわ》を刻んだ。

戦いの申し子でありながら、どこか戦いを忌避する皇帝閣下の差配。それは皇帝閣下が戦争を厭《いと》うているのではなく、戦争をくだらないものと、そうみなしているが故の判断なのではないか、ズィクルは勝手にそんな想像を抱いていた。

それを裏切られたようだから、こんな気持ちになるのだろうか。

「──いや、そんなことありません、ズィクル二将。閣下のお考えはよくわかります。自分も一兵卒の立場ながら、色々と思うことはありますから」

と、そう人好きする笑みで話を聞いてくれたのは、一般兵の一人だった。

今回の遠征の拠点として駐留する城郭都市《じょうかくとし》グァラル、その酒場でのひと時だ。

ズィクルは女性と共に過ごさない夜は、こうして部下と酒を飲むのを好んだ。それも、供回りの上級兵や三将より、もっと下級の一般兵と飲むことをだ。

もちろん、兵の多くはわざわざ上官と酒など飲みたくないだろう。

それでも、同行する部下の考えや嗜好《しこう》を把握しておきたくて、ズィクルは遠征のたびにこうした儀式を好んだ。――ただ、この夜は少し話しすぎたかもしれない。

この日、一緒に酒を飲んだ一般兵はやけに口が回り、話の弾む人物だった。

酒を飲みながら、常に好奇心旺盛にあたりを見回しており、何を考えているのかと聞けば、とっさに酒場が戦場になった場合の想定をしているなどと冗談を言う。

常在戦場の心構えと、上官相手に物怖《ものお》じしない態度。そうした帝国主義と個人的な人間性への好意が重なり、話すべきではない点まで話してしまった。

『シュドラクの民』への密命のことも、明言こそしていないが、そうとわかる形で聞き出されてしまったような感触があった。

もしもこれが他国の回し者であったなら、ズィクルは極刑ものの失態だったが。

「心配なさらずとも、自分は明日にでも閣下のご命令で最前線……そりゃ、上の方々には色々と思惑がおありなんでしょうが、自分には関係のないことです」

酔いが薄れ、我に返るズィクルを安堵《あんど》させるように一般兵は言った。

そしてその言葉通り、遠征における最前線となる陣地、バドハイム密林と隣接した野営地へと出立していったのだ。

そのことを確かめ、都市に残りながらズィクルは改めて胸のしこりと向き合った。

『シュドラクの民』への徹底的な姿勢、隷属《れいぞく》か死かを迫る帝都の命令だが、可能な限り、ズィクルは説得の姿勢を貫こうと、そう考える。

それがズィクルの信じた、皇帝閣下の信念に近いのだと考えて。

だが――、

「――シュドラクの襲撃を受けて、陣が焼き払われただと？」

思いがけぬ報告を受け、ズィクルは接収した都市庁舎で愕然《がくぜん》となった。

昨夜まで、『シュドラクの民』に対して可能な限りの便宜を図り、戦いではない形で彼女たちの部族を取り込もうと、そう考えていた矢先のことだ。

バドハイム密林の西側に展開した陣地、複数のそれが『シュドラクの民』からの襲撃を受け、兵たちは反撃もままならずに壊走し、多数の被害を出したのだと。

「馬鹿な……」

それが、自分の判断と『シュドラクの民』の行動、そして現実と、どれに対する呟《つぶや》きであったのか、ズィクル自身にもわからない。

　ただ、頭の中で組み立てていた穏便な計画は崩壊し、『シュドラクの民』が自分たち帝国兵の——否《いな》、皇帝閣下の敵となったことだけは確実だった。

「情けない話だが、帝都からの増援を待ち、バドハイム密林の逆賊を討つ」

『シュドラクの民』の襲撃から辛くも逃げ延びた兵たちを都市へ受け入れ、遠征軍の体裁を整えたところで、ズィクルはそう決断した。

　現状の戦力で森へ攻め入り、『シュドラクの民』と戦う選択肢もあった。しかし、密林は彼女たちの領域であり、生半可な数の有利は消されかねない。

　確実な勝利を得るためなら、生半可な有利ではなく、圧倒的な有利が必要だ。

「愚かにも、和平のための手を彼女らの方から振り払ったのだ。ならば、我々は皇帝閣下への忠誠に従い、逆賊に誅罰《ちゆうばつ》を下す以外にない」

　そうして己を戒めれば、『女好き』のズィクル・オスマンからも温情は消える。

　たとえ相手が女系部族の『シュドラクの民』であろうと、その血族の一片に至るまでを討ち滅《ほろ》ぼし、後顧の憂いを断たなくてはならない。

　そのために——、

「正門を閉ざす準備を怠るな。『シュドラクの民』は弓を得意とすると聞くが、この城郭《じようかく》都市《とし》の壁は越えられん。突破する余地を残すことを避けよ」

　前線陣地が焼かれた経緯を戻った兵から聞き出し、少数精鋭による焼き討ちであったことを念頭に、完全な防衛策へと転向する。

『シュドラクの民』の知られた情報からして、それほど部族全体の数が多いとも考えにくく、彼女らが帝国兵と渡り合うためには、夜闇に乗じた奇襲の類しかありえまい。

しかしそれも、攻撃がないと警戒が緩んだ相手にのみ通じる先制攻撃の手段だ。

「徹底して穴を塞げ！　城郭都市《じようかくとし》の壁とて盤石ではない。長い歴史があれば、門を介さずに外と通じる術《すべ》も十分考えられる。抜け穴の類も見逃すな！」

「その点、閣下にご報告が。焼かれた陣地より戻った兵の一部が、外からの襲撃に備えてすでに抜け穴を潰して回っていると」

「なるほど？　『将』以外の兵にも先が見通せるものがいるのは心強い。この一件が片付き次第、改めて取り立てることとしよう。だが今は……」

「──は。増援の到着まで、徹底した防御の構えですね」

ズィクルの指示を聞いて、部下の三将が深々と腰を折る。

これが並大抵の『将』の言い分なら、消極的な姿勢を笑われることもある。実際、かつてのズィクルはその手の嘲笑《ちようしよう》に晒《さら》されてきた。

だが、すでにズィクルは『シュドラクの民』相手に手痛い一撃を被《こうむ》っており、帝都へ戻れば何らかの処分を免れない立場だ。

もはや背水、その状況で最善手を打たない道理はない。

部下も、それをわかっているからズィクルの姿勢を嘲笑《あざわら》うことをしなかった。

3

「……なんだと？」

城郭都市ヴァラルでの籠城、それを続けるズィクルは部下の報告に眉を上げた。

帝都からの増援の到着を待ちながら、じりじりと高まり続ける緊張感を維持する日々の中、その報告はひどく場違いな感慨をズィクルへもたらした。

何故《なぜ》ならそれは——、

「はい。どうやらこの数日、都市では旅芸人の一座が話題になっているらしく」

部下から上がった報告、それは何とも緊張感のない牧歌的なものだった。

緊迫した戦時下にそぐわぬ報告、しかし、それを上げた部下を叱責する理由はない。

そもそも、殊更に戦時下であることを意識した生活を民に強いるのを嫌ったのは、他ならぬズィクル自身であるのだ。

ただでさえ、軍が駐留する都市では不満が溜《た》まりやすい。場合によっては、住民の感情を制御できなかったことが崩壊へ繋《つな》がることもあるほどだ。

そうした考えの下、ズィクルはあえて住民感情の強い締め付けを行わなかった。

都市の外への警戒は欠かさず行い、兵たちにも『シュドラクの民』の侵入が行われないよう捜索を徹底しつつ、住民には変わらぬ生活を送らせる。

矛盾は承知の上だが、それがズィクルの良識と軍人意識の妥協点だった。

ともあれ、そうしたやり方を敷いているため、日中の都市への出入り——正門に置いた検問と、行商などの扱いは変えない方針だ。

そのため、都市に旅芸人の一座とやらが入り込む余地もあるのだろうが——、

「……それを報告してどうするつもりだ？　取り締まれというなら、あまりそうしたくはないぞ。この状況だ。市民が一座を歓迎する気持ちもわかる」

少なくない軍人が、衛兵と一緒になって都市の見回りを続ける状況だ。

襲撃から逃げ延び、都市へ入った兵たちの多くは『シュドラクの民』への敵愾心《てきがいしん》と警戒心を強めており、気を付けるよう指示しても市民との諍《いさか》いも絶えない。

そんな中、都市へ旅芸人の一座が現れたとなれば、市民たちにとってのささやかな心の安堵《あんど》に繋《つな》がることは想像に難くない。まして、それを取り上げれば——、

「市民の反感は爆発する。わからないではないだろう」

「もちろん、閣下の仰《おっしゃ》る通りです。ですから、取り締まれなどと申しません。ただ……」

「ただ、なんだ？　ずいぶんともったいぶるではないか」

口ごもる部下の態度に、ズィクルは片眉を上げながら続きを促す。

すると、部下はしばらくの沈黙のあと、観念したように頭を下げて、

「実はその一座……楽士と踊り子が見事なものなのですが、いかがでしょう。一度、閣下もご覧になってみてはどうかと」

「私が？　踊り子、というのはそそられないでもないが……」

思いがけない部下の提言を聞いて、ズィクルは驚きに目を丸くした。付き合いが長く、相応の戦場を一緒に踏んできた部下だ。何の考えもなく、こうした提案を持ちかけてくるとは考えにくい。

しかし、ズィクルに踊り子を見せたがる真意は測りかねた。

「閣下、あまり大きな声では言えませんが、兵の中でも不満が高まっています」

「む……」

そう疑問するズィクルへと、居住まいを正した部下がそう打ち明けた。

その穏やかならぬ切り口に、ズィクルの視線も自然と鋭くなる。無言で先を促せば、部下はわずかに声を潜めながら、

「増援を出し渋る帝都の対応もですが、兵たちは都市にこもり、防戦の構えを敷く閣下に対しても思うところがある様子。先の、陣が焼かれた一件もあります」

「――。そうか。いや、それはあって当然だろう」

忌憚《きたん》ない部下の指摘を受け、ズィクルは胸の奥に重たいものを抱える。

兵たちの不満、ズィクルへの不信が積み重なるのは仕方ない状況だ。『シュドラクの民』の先制攻撃を許し、多くの兵を死なせたのはズィクルの落ち度。

その後、合流した兵たちにも挽回《ばんかい》の機会が与えられないままなのだから、彼らがその不満の矛先をズィクルへ向けても不思議はなかった。

「口さがないものの中では、閣下のことを――」

「──言うな」

「──っ、失礼いたしました」

部下の続けかけた言葉を遮り、ズィクルは自分の額に手をやった。

消極的な状況で、部下が不満を溜《た》めた上官相手にどんな悪罵を吐くかは想像がつく。それでも、耐え難《がた》く思えるのがわかりやすい侮辱の言葉だ。

二将なんて地位を得ても、その罵りだけはどうしても受け止められない。

と、そこまで考えたところで、ズィクルも部下の提言の意図を察する。

「なるほどな。つまり、兵たちの不満を解消する場を設けろということか」

「はい。そのために踊り子たちが利用できるのではないかと。あの、見事な歌と踊りを見れば、多くの将兵は……」

「ほほう、なるほど？　まるで見てきたような表現だな？」

目を細めたズィクルの追及に、部下は咳払《せきばら》いをして明言を避けた。だが、その態度が疑惑が真実であることの何よりの証《あかし》だ。

ともあれ、『将』と『兵』の板挟みというのが彼の苦しい立場だ。

それを癒《いや》す術《すべ》を求めたとて、責め立てるのはいかにも狭量というものだろう。

加えて、実際に踊り子とやらを目にした部下がこうまで提言するのだ。

「その踊り子とやらは大層美しいのだと見える」

「それはもう！　あ、いえ、きっと閣下のお目にも適《かな》うかと存じます。それに舞も、楽士の歌と演奏も見事なもので……」

「ふんふん、それはなかなか期待が高まるな」

そう応じながらも、いささか大げさな表現だとズィクルは思っていた。

とはいえ、部下が自分の立場や今後のことを気遣い、そうした提案をしてくれたこと自体は喜ばしく、頑《かたく》なに拒む理由もない。ズィクル自身、このところは忙しさもあり、寝所に女性を侍《はべ》らせることもしていなかった。

兵たちにも、そうした不自由をかけるわけにはいかない。

「よし、わかった。この場はお前の口車に乗せられてやるとしよう。その旅芸人の一座とやらを招き、将兵たちをねぎらう場を設けるといい」

ただし――、

「――そのものたちが武器を持ち込まないよう、調べるのを忘れるな」

4

ズィクルの許しを受けると、その先の部下たちの動きは速かった。

いったいどれほど渇きと飢えに苦しんでいたのか、彼らはすぐに都市庁舎の大広間に宴席の場を設け、酒と食事を用意し、給仕する女を集めた。

そして、件《くだん》の旅芸人の一座に声をかけ、都市庁舎へと招き入れる。

「──これよりお目にかけますは、大瀑布《だいばくふ》の彼方《かなた》より参りました麗しの舞姫。日の光を呑《の》み込む艶《つや》めく黒髪に、精霊の祝福を受けた美しき白い肌、天上人もかくやと言わんばかりの至高の美貌、今宵《こよい》、盛大に舞わせていただきます」

楽士の大仰な前口上があり、ゆっくりもったいぶりながらヴェールが外される。

女性だけの旅芸人の一座、楽士たちが広げたヴェールで顔を覆い隠していたのは、街で評判となっていた踊り子──その顔貌《かおかたち》が露《あら》わになり、ズィクルは目を見開いた。

「────」

白い肌を晒《さら》し、長い黒髪をゆったりと背に流した美貌、それは先の楽士の前口上を裏切った姿──そう、あの表現ではこの美を表現するのに不足が過ぎる。

美しき黒髪も、薄手の衣装に包まれた白い肌も、確かに見るものの多くを魅了する魔性の力を備えていた。だが、それらの要素も美貌の正体の一端に過ぎない。

踊り子や楽士に留《とど》まらず、多くの人間を魅了するカリスマを才能と呼ぶなら、その踊り子が有している雰囲気と佇《たたず》まいには、恐ろしいほどのそれがあった。

最も、ズィクルにそれを強く感じさせたのは、他ならぬ踊り子の目だ。

切れ長で睫毛《まつげ》の長いそれは、整った顔貌の中心にあるというだけではなく、あらゆる黄金比の最も優れたるところにあるといっても過言と思えなかった。

舞わずともこれほどの感動をもたらした踊り子が、実際に歌と音楽の中で踊り始めたとき、どれほどの衝撃が伴うのか想像もつかない。

その想像のつかない衝撃に打ちのめされたいと、ズィクルは渇望した。

「──どうか、我らが舞姫の舞を披露する機会をいただけますれば」

無言の踊り子──否《いな》、舞姫に代わり、同じく長い黒髪の楽士が頭《こうべ》を垂れる。

二人の楽士、黒髪と金髪の彼女たちも美しかったが、舞姫の姿に見惚《みほ》れるズィクルには添え物としか捉えられなかった。普段のズィクルなら、考えられない無礼な思考だ。

事実、ズィクルは『女好き』だったのだろう。──これほどの美を前に、平常心でいることなど到底不可能なのだから。

そうして熱に浮かされたような心地のまま、宴席が開かれる。

当然、指揮官であるズィクルの席は宴席の一番奥にあり、集められた『将』──一般兵を除いた階級のものたちが、酒と食事を楽しみ始める。

しかし、一番の見物はやはり、旅芸人の一座の見世物だった。

元々、将兵たちをねぎらい、不満を吐き出させるのが目的だったはずが、ズィクルは当初の狙いを忘れ、舞姫の出番に息を呑む。

渇きを癒《いや》すために酒を口に運び、舌と唇と喉を湿らせ、呼吸を取り戻した。

そのぐらい、ズィクルの心は奪われていた。

「──今宵、お目にかけますは我らが舞姫の故郷、大瀑布の果ての舞。果ての果てより参った舞を、どうぞ心行くまでご堪能あれ」

歌い始める楽士の声があり、絃《げん》の弾《はじ》かれる音が緩やかな音楽へと結び付く。

聞き慣れない曲が流れ始めると、それまでうるさく会話していた『将』たちも、これから始まる舞から目を離すまいと赤ら顔で息を詰めた。

そして、ゆっくりと現れたる舞姫の、美しき『舞』が始まった。

「――――」

長い手足を駆使し、黒髪を揺らしながら舞う姿に誰もが言葉を失った。

呼吸を忘れ、見入る。――否《いな》、魅入るとはこのことだ。これほどの舞を目にして、心を保ったままでいられるものはどうかしている。

それは舞の価値がわからぬ獣の感性でしかない。

帝国兵は狼《おおかみ》の群れだが、知性も言葉も持たない獣ではない。

故に、『将』たちも息を呑《の》み、呼吸を忘れ、その美しき舞姫の舞に魅入られる。

誰もが声を失い、舞姫の舞に見惚《みほ》れている。

ぬばたまの黒髪に、染み一つない白く滑らかな肌に、あるいは芸術家たちが利き腕を切り落としたくなるだろう美しき造形の魔貌《まぼう》に、魅せられる。

しかし、ズィクルの視線を、意識を、心を惹《ひ》きつけてやまないのは、そのいずれの要素でもなかった。

――目だ。

やはり、踊り子の目から、目を離すことができない。

切れ長の瞳が舞い踊る舞台を睥睨《へいげい》し、広間の最奥にいるズィクルを見つめている。

そのひと時も外れない目こそが、ズィクルの脳髄を直接掴《つか》んで離さなかった。

やがて、舞姫はゆっくりと広間を縦断し、ズィクルの前へと進み出る。

そしてその場にそっと跪《ひざまず》くと、その両手を差し出し、ズィクルの剣を求めた。

自然、それが剣を求める仕草であるとズィクルは理解した。

舞姫の舞は熱を増し、色を濃くし、世界を掌握しながら次の段階へ。剣を用いた剣舞へと移行する上で、舞姫が剣を欲している。

渡さない、という選択肢がズィクルにはなかった。

誰も、それを止められない。部下も『将』も、誰もその行為を邪魔立てできなかった。

そのぐらい、これは定められたことなのだとばかりに自然なことで。

だから――、

「――貴様の負けだ、ズィクル・オスマン」

引き抜かれた剣を喉元に突き付けられ、そう冷酷に宣言されるのを聞いてなお、ズィクル・オスマンは自らが『女好き』故に敗れたことを理解できなかった。

「――――」

そう告げる舞姫の目から、その瞬間に至っても目を離せない。

その冷たい、多くを惹きつけるカリスマ――それをどこかで見たような、そんな既視感が敗将であるズィクルの脳を、延々と焼き続けていた。

第五章　『楽士ナツミ・シュバルツ』

1

――時は、グァラル都市庁舎で舞姫が舞うより遡る。


「――無血開城、だと？」

集会場に乗り込み、全員の前で力強く言い切ったナツキ・スバル。

被《かぶ》っていた鬼面《きめん》を無理やり剥がれ、スバルを見上げるアベルが鼓膜を震わせた『夢物語』を凍えた声で繰り返す。彼の心中、それを笑いたくなる気持ちはわかる。

「犠牲を減らすって考えはできても、犠牲をゼロにするって考えはお前にはないもんな」

「当然だ。貴様が認めようと認めまいと、今俺たちがしているのは戦争だ。どうあろうと人死には避けられん。人的資源の浪費を避ける考えはできてもな」

「その、人的資源って考え方がそもそも好きじゃねぇな」

真正面、胡坐《あぐら》を掻《か》いたアベルを見下ろしながらスバルは舌打ちする。

『人的資源』という言葉は、『人間』と『資源』という本来なら組み合わせるべきではない単語を組み合わせた忌々しい言葉だ。人を数字に置き換える、忌まわしい言葉。

あるいはアベルのような為政者には、それは必要な感覚なのかもしれないが――、

「それじゃ、俺は納得しない。フロップさんも、そうなんだろ？」

「――。それで、代わりに飛び出すのが無血開城か？　ずいぶんと大見得《おおみえ》を切るものよ。先ほどまで、あれほど憔悴《しょうすい》していた貴様が」

「ボロボロの情けねぇ醜態晒《さら》したことは否定しねぇさ。大体、この国に吹っ飛ばされてきてから、ノンストップで災難が降りかかりすぎなんだよ」

アベルの指摘に自嘲し、スバルは自分の掌《てのひら》をじっと見る。

やけに綺麗《きれい》になった右手、この腕が新品にすげ替わったことも『ノンストップ災難』の一個と言える。かろうじて、右手の交換は数少ない幸運の一個だろうか。

右手の交換と、レムが目覚めたこと。それと、フロップとミディアムの兄妹《きょうだい》と出会ったことは、掛け値なしの幸運に数えていいかもしれない。

それ以外はとにかく、幸運と災難の表裏一体だ。

目の前のアベル然《しか》り、『シュドラクの民』然り、トッド含めた帝国兵然り――、

「苦労の連続で、魂がすり減るとこだ。けど――摩擦した分だけ、火は付いたよ」

見つめる掌を握りしめ、スバルははっきりとそう告げる。

ちょうど、それは集会場の入口にスバルに遅れてレムが到着したときだった。杖《つえ》をついた彼女が、その傍《かたわ》らにウタカタとルイを連れて現れる。

見届けにきたのだ。自分の、身勝手な懇願で火を付けた、ナツキ・スバルの選択を。

「フロップさんから聞いた抜け道、それを使って都市に侵入する奇襲作戦……そんなのはうまくいかない。あの都市にいるのは、そういうことを見逃さない奴《やつ》なんだよ」

集会場で検討されていただろう作戦、それをスバルは真っ向から叩《たた》き潰す。

その根拠は、城郭都市《じようかくとし》でこちらを待ち受ける恐るべき敵、トッドだ。彼ならば、抜け道なんてわかりやすい『穴』は必ず塞ぐ。逆に、『罠《わな》』として残す可能性すらある。

「うっかり抜け道なんて使ってみろ。待ち伏せされて、斧《おの》で頭をかち割られかねねぇ」

「なな、なんでそれを僕の顔を見て言うんだい、旦那くん！　怖い想像なんだが！」

全員に危険を周知するつもりが、ついフロップの顔をまじまじ見つめてしまった。

思い出されるのは、スバルの前で二度も凶刃――否《いな》、凶斧《きようふ》の前に倒れた彼の姿だ。あれを、また目にするなど死んでも御免だし、繰り返させるわけにはいかない。

「――ただの奇襲となれば、相手が警戒しようというのは俺も同意見だ」

「……意外だな。お前、自分の間違いをあっさり認められるタイプなのか」

そのスバルの話を聞いて、最初に首肯したのは他ならぬアベルだった。そのことに驚いたスバルに対し、しかしアベルは「たわけ」と冷たく言い捨て、

「誰が間違いを認めた？　俺は抜け道を使い、奇襲を仕掛ける策は愚策と言っただけだ」

「――？　じゃあ、お前は抜け道をどう使うつもりだったんだよ」

「出入りするのが人間でなくてはならない理由もない。都市にこもった兵たちを麻痺《まひ》させ

るだけなら、物を持ち込ませるだけで十分。——毒だ」

「なおさら見逃せるわけねぇだろ！」

淡々としたアベルの語り口に、かえって不動の実行力を感じさせられ、スバルが思わず声高にその計画を非難する。

毒の使用などと、言語道断だ。——実際、『シュドラクの民』が扱える毒の威力を体感したスバルだからこそ、絶対に使うべきではないと反対する。

あれは、あの地獄の苦しみは、戦いで死ぬよりなお悲惨なものとなる。

「そもそも、フロップさんを説得するために被害を減らすって話だったんじゃねぇのか」

「無論だ。故に、こちらの戦力に被害のない策を用意した。仮に奇襲が成功しても、手勢に犠牲を払う可能性はあろう。だが、毒ならばそれはない。——何がおかしい」

「街の被害も顧みないで、それの何が犠牲を減らすだ……！」

「——まあまあまあ、待ちたまえよ、二人とも！　そう睨《にら》み合うことないじゃないか！」

想像以上の認識の齟齬《そご》に、スバルとアベルの対話が決裂しかける。だが、その二人の間に割って入り、距離を開けさせたのはフロップだった。

彼は両者の顔を交互に見やり、「落ち着いて話し合おう！」と胸の前で手を叩《たた》く。

「僕と村長くんの話し合いは平行線を辿《たど》っていてね！　僕はぜひ、旦那くんの語った『無血開城』の話を聞いてみたい！　それが実現できるなら、夢みたいじゃないか！」

「フロップさん……」

にこにこと笑うフロップの期待に、スバルは直前の怒りを抑え込む。どうやら、フロップの立ち回りに毒気を抜かれたのはアベルも同じだったらしい。

「ふん。いいだろう、聞かせてみるがいい。貴様の案とやらでうまくこの商人を騙《だま》し、抜け道の在処《ありか》が聞き出せればしめたものだ」

「ええ!?　旦那くん!?　まさか君は……」

「違う違う違う！　口裏合わせてない！　てめぇ、人聞き悪いこと言ってんじゃねぇ！」

フロップのいらぬ邪推を招く発言、しかし、アベルはそれに悪びれない。平然と鉄面皮を保った彼に、スバルは「鬼の面なんかいらないじゃねぇか……」と悪態をつく。

「それで……」

と、そうして生まれた場の間隙に、微《かす》かな声が滑り込む。

それは集会場の入口、そこで立ち尽くし、スバルの背を見つめるレムの声だ。

レムは場の空気に惑わされず、ただスバルだけを見つめて続ける。

「それで、あなただったらどうするんです？　淡い夢でも、血塗られた現実でもない、別の道を見つけられるんですか？」

「……いちいち、俺の心が沸き立つ言い方をしてくれるもんだぜ」

じっと、唇を結んだレムの視線に苦笑し、スバルは己の覚悟を引き締め直した。

それから、改めて集会場の面々の顔を見渡す。アベルとフロップ、そしてミゼルダを始めとしたシュドラクたちの視線を一身に集めながら、

「俺の案は抜け道も、血を流す必要もない。ただし、フロップさんの力は必要になる」

「だが旦那くん、僕は非力で少々口が回るだけの行商人だ。君も知っているだろう？」

「ああ、もちろん。でも、フロップさんには商人ってだけじゃなく、生まれ持って恵まれた才能があるんだ。——顔がいい」

「——へ？　顔？」

そう言われ、目を丸くしたフロップが自分の顔に両手を当てる。

同じく、それを聞いた集会場の面々が「顔？」と首を傾《かし》げた。

「そうカ、確かにナ」

「——！　姉上、何か気付かれたのですカ？」

「いいヤ、顔がいいというスバルの話に賛同しただけダ」

「姉上……」

腕を組んで頷《うなず》くミゼルダに、タリッタが渋い顔をして項垂《うなだ》れている。

しかし、多かれ少なかれ、皆の間でスバルの発言の意図が掴《つか》めず、疑問の空気が広がっている。それはフロップも、アベルさえも同じだった。

だが、他人の美醜に強い関心を持つミゼルダの態度は的外れではない。その脱力ものの審美眼こそが、この状況のスバルに大きなヒントを与えてくれた。

ミゼルダの面食いが、この『無血開城作戦』の着想をくれたのだから。

「論より証拠だ。——フロップさん、物は試しに付き合ってくれ」

「付き合う？　それは構わないが、いったい何に……」

疑問の晴れないフロップに、スバルは「いいから」と強引に言い聞かせる。

それから、ミゼルダの方へと視線を向けて、

「髪を染めたり、体の模様を描いてるってことは化粧はするだろ？　その道具、ちょっと俺に貸してみちゃくれないか？」

2

「――――」

しばらくして集会場に戻り、その『成果』を見せられた面々が言葉を失う。

しかし、それが困惑や呆《あき》れといった負の感情からくる沈黙ではなく、もっと純粋な驚きや感嘆、あるいは感動に類するものだとスバルにはわかっていた。

そのぐらいの衝撃を与えて当然の出来栄えと、胸を張って言える。

「――これが、『無血開城』のための鍵。俺のとっておきの策だ」

鼻の下をこすり、そう言ってのけるスバルに相変わらずの無反応。言葉を失ったまま、なかなか皆が戻らない状況で、「だ、旦那くん」と不安げな声。

それは唯一、スバル以外でこの衝撃と無縁の当事者からのもので――、

「イマイチ、僕には成果が見えていないわけなんだが、どうなっている感じなんだい？」

「おいおい、心配いらねぇってフロップさ……いいや、心配いらないさ、フローラ」

「フローラ⁉」

目を見開いて驚くフロップ――否《いな》、フローラ。しかし、そうして驚きに染まった表情も可憐《かれん》なものだと、スバルは自信満々に頷《うなず》いてその頰《ほお》を撫《な》でる。

金色の長い髪を柔らかに梳かし、普段より目元がはっきりするようアイシャドウを入れる。睫毛《まつげ》も瞳を明瞭に見せるよう整え、色白の肌が際立つようほんのりと頰に赤色を差し、唇にも紅を塗って衣装を変えた。――素材の良さを、最大限に引き立てる。

つまり――、

「美は、作れるんだ」

「ふざけてるんですか？」

「え⁉」

これ以上ない力作を見せたスバルに、冷たい目をしたレムの言葉が突き刺さる。

直前の、スバルに期待を寄せた目はどこへやら、目覚めたとき以来の軽蔑の眼差《まなざ》しだ。

「待て！　ふざけてない！　全然ふざけてないから、そんな目するな！」

「あなたを少しでも信じてみようとした私が馬鹿でした」

「結論が早い！　その見切り方、今さらだけどラムそっくりだな！」

「は？」

今のレムには身に覚えのないことだろうが、ラムもかくやという見切りの速度。

やはり姉妹なのだとほっこりする思いもあるが、レムの失った信頼を取り戻す方が重要だ。実際、スバルは悪ふざけなどしていない。この化粧の狙いは――、

「――狙いは、ズィクル・オスマンか」

と、そう最初に答えに辿《たど》り着いたのは、顎に手をやったアベルだった。

フロップからフローラへの変貌に驚きを隠せずにいた周囲と違い、アベルはスバルの真意を推し量るべく頭を働かせ、そして見事に看破した。

――狙いはズィクル・オスマン。

帝国二将の位にあり、城郭都市《じようかくとし》グァラルに駐留する帝国兵の指揮官。堅実で無難な用兵を好む実力者であり、そして――、

「とびきりの『女好き』って聞いたぜ。帝国兵の間じゃ有名みたいだった」

思い出されるのは、帝国兵に捕まって過ごした陣地での数日間。その際、ジャマルは捕まえた女性を『将』へ献上すると、そうスバルを脅してくれたことがあった。

もしも、ズィクルが一般兵にも知られるレベルの『女好き』であるのなら――、

「無害な美女なら近付ける。――つまり、フローラなら確実だ」

「だ、旦那くん？　さっきから僕をフローラと熱い期待を込めて呼んでいるんだが、僕は何がどうなっているんだろうか？　わけがわからなくて怖いんだが！」

「安心してくれ、フローラ。もちろん一人でいかせたりしない。俺も、付き合うぜ」

「それはいくら何でも無茶《むちや》ダ、スバル！」

困惑するフローラを宥《なだ》めるスバル、その発言にミゼルダが立ち上がった。彼女は目力の強い表情を曇らせ、スバルの肩を掴《つか》んで首を横に振る。

「お前の目つきにも愛嬌《あいきょう》はあル。だガ、生まれ持ったものハ……」

「ミゼルダさん、心配する気持ちはわかる。けど言っただろ。――美は、作れるんだよ」

肩を掴んだミゼルダの手に手を重ね、スバルが力強く断言する。

それを受け、ミゼルダが目を見張り、息を呑《の》む。それから彼女はフローラを見て、その顔に施された化粧が眩《まぶ》しいものであるかのように目を細める。

「お前には負けタ。……見せてみるがいイ、お前の可能性ヲ」

「ああ、見ててくれ」

「コレ、何の話してんだかわかんねーんだガ」

託してくれるミゼルダと、それを受け止めるスバル。二人のやり取りをクーナが呆《あき》れた風に見ているが、そちらへはノーコメント。

ともあれ、今の問題は――、

「ズィクル・オスマンの嗜好《しこう》を利用するとして、どうする気だ？　奴《やつ》もまた狼《おおかみ》だ。ただ美しいものをぶら下げて、その餌に喰《く》いつく犬ではないぞ」

「そりゃ、無目的にぶら下げてりゃお話にならねぇだろうよ。だから、あっちが喰いつくように工夫は必要だ。例えば、パーティーに誘い込むとか」

「宴《うたげ》か。だが、簡単には引き込めまい。当然、帝都からの増援があるまで、奴が壁内から出てくる理由がない。疑わしい誘いには乗らんだろう」

「だよな。そこはまだ、候補を絞ってる途中なんだが……」

「ま、待ってください！」

そうして、スバルとアベルがやり取りする最中《さなか》、レムが声を上げる。

彼女は驚きを表情に張り付けたまま、スバルとアベルを交互に見やり、

「その、本気ですか？　フロップさんへの悪ふざけを中心に、話を進めるなんて」

「え、僕への悪ふざけ？　僕、本当にどうなっているんだろうか？　奥さんから見て、僕がふざけているように見えるって……姪《めい》っ子くん、どうなってる？」

「あうー？　う！　うー！」

緊迫したレムの傍《かたわ》ら、まだ一度も自分の顔を鏡で見られていないフローラがルイに救いを求める。が、ルイは初対面のフローラに慌て、レムの後ろに隠れてしまった。

つまり、ルイの目から見て、フローラとフロップは別人ということだ。

「その娘の反応が試金石として適切かはともかく、俺はこれを悪ふざけとは思っていない。ようやく、論ずるに値する案を出してきたところだ」

「じゃあ、お前も認めるんだな。フローラの美貌を」

「――。認めるのは、俺にはなかった貴様の着想だ。斜めに外れた、な」

頑《かたく》ななアベルの返答に、スバルは唇を曲げて不満を表明。

しかし、アベルはそれに取り合わず、しばし自分の口元に手を当てて思案する。それか

ら、彼はその鋭い眼差《まなざ》しをスバルの方へ向けると、

「ナツキ・スバル、一つ聞くが……貴様の化粧、通ずるのは商人だけか?」

と、そう聞いてきた。

「――――」

一瞬、アベルの問いかけに呆気《あっけ》に取られる。

だが、スバルはその質問の意図を頭の中で噛《か》み砕き、首を横に振る。

「言ったはずだぜ。仮に作戦を決行するなら、俺も同じ立場に立つってな!」

「たわけが。誰が貴様になど期待するか。鏡で自分の顔を見てからほざくがいい」

「言い方!」

眉間に皺《しわ》を寄せ、心底からの侮蔑を込めてアベルが吐き捨てる。その一言に傷付くスバルを余所《よそ》に、彼は自分の胸に手を当てて、

「商人だけでは手に余る。――なれば、俺が続こう」

「あ、アベルがだト!?」

その堂々たる自薦を聞いて、ミゼルダを中心に集会場の空気がざわついた。

無論、スバルもアベルの発言には驚かされる。まさか、彼が自分からそれを言い出してくるとは夢にも思っていなかった。

「……正直、どうやってお前を言いくるめるかが一番の焦点だと思ってたぜ」

「平時であれば、一考するにも値せん愚策よ。だが、現状こちらの手札は少なく、打てる

方策も限られる。効果的ならば、身を切ることも必然の状況だ」

「ちっ、いけ好かねぇ言い方だ。これだから、カリスマって奴《やつ》は……」

座を追われたとて、皇帝であることに揺らぎはない。

それがアベルの信条であり、曲げることのない主義なのだろう。その一端をまざまざと見せつけられ、スバルは素直に感服するしかない。

アベルは密林でのスバルとの初遭遇以来、『血命の儀』も含めて、自分の身代をチップに大博打《ばくち》に勝ち続けてきた。――今回も、引き下がるつもりなどないらしい。

「奇策とは、相手の想定の外側から仕掛けられて初めて効果を発揮する。『将』の嗜好《しこう》を利用し、不可避の油断に潜む。検討の価値はある」

「ああ、古事記って本にも書かれてるんだぜ。敵の大将首を狙うのに女装は最適ってな」

「そんな怪しい本の内容を鵜《う》呑みに……」

由緒正しい古書からの引用なのだが、今のレムには古事記の信頼性を説いても梨《なし》の礫《つぶて》だろう。現状、彼女からの失った信頼を急速に取り戻す術《すべ》は思いつかない。

ただ、頭ごなしに却下されることが懸念だったため、アベルの反応は意外なのと同時にありがたくもあった。いずれにせよ――、

「お前が協力的なら助かる。名前は……アベル、ヴォラキア……ビアンカでいいか？」

「仮名に拘《こだわ》りなどない。好きに呼ぶがいい。それよりも、俺と貴様、それから商人だけではいくら何でも手が足りん。……使えそうなのは、クーナとタリッタか」

「当然の備えだ。首尾よくズィクル・オスマンを引き出せたとしても、押さえを利かせるだけの手勢はいる。とはいえ、一目で『シュドラクの民』とわかるものは避けたい」

そう言って、顎をしゃくったアベルの思惑はスバルにもわかる。

いきなり指名され、戸惑っているタリッタとクーナ、この二人は『シュドラクの民』の中でも、比較的に物騒な気配のしないタイプだ。

見るからにバリバリの武闘派であるミゼルダや、一見して特異な印象を与えるホーリィは『シュドラクの民』の素性を隠したい今回はそぐわない。

あくまで、求められるのは相手に警戒心を抱かせない女性性――、

「そこは、俺が化粧とコーディネートで誤魔化《ごまか》せる範囲、か」

「――私も」

「おい？」

「レム？」

そこで、すっと挙手したのはレムだ。

フローラの一件からスバルへの不信感を隠さずにいたレムだったが、真剣に検討を続けるこちらの様子に思うところがあったのか、表情を真面目なものとする。

そして、その薄青の瞳に覚悟と決意を灯《とも》しながら、

「私も、ご一緒させてください。きっと役に立ってみせます」

「レム……悪いが、それは無理だ」

「──っ！　また、私を不必要に危険から遠ざけようと……」

決心を挫《くじ》かれそうになり、レムがスバルを強く睨《にら》みつける。

確かに、レムが苛立《いらだ》つだろう過保護な感はスバルにはある。彼女を危険から遠ざけ、揺り籠の中で安らかに過ごしてほしいという気持ちは噓《うそ》ではない。

しかし、ここで彼女の参戦を止めたのは、そればかりが理由ではなかった。

「お前が心配なのは事実だよ。でも、お前の参加を却下するのは、純粋に作戦の成功率が下がるからだ。……お前は、都市の帝国兵たちに顔を見られてる」

「──ぁ」

「陣地で捕まってたのもそうだけど、都市から逃げるときもそうだ。同じ理由で、ミディアムさんの力も借りれない。派手にやりすぎちまった」

あれだけ目立った以上、検問の衛兵たちもレムやミディアム、ついでにルイの顔は忘れてくれまい。故に、今回の作戦の根幹を危うくしかねないレムは連れていけない。

「でも……でも、顔を見られたという条件なら、あなたも同じじゃないですか！」

「ああ、だけど違うんだ。だって、次にグァラルの正門を潜《くぐ》るのは俺じゃなく、ナツミ・シュバルツだから」

「は？」

また誤魔化されたと思ったのか、食い下がるレムの瞳には怒りが灯った。しかし、こればかりはいくら口で説明してもわかってはもらえまい。

ただ、フロップがフローラへと化けたように、ナツキ・スバルもナツミ・シュバルツへと化けるだけ。――これは、論より証拠を見せるしかない。

「とにかく、レムを連れていけない理由は説明した通りだ。ただ、タリッタさんとクーナの二人も、危険な作戦になるから納得してから……」

「いヤ、面白イ。私が許可すル。二人も連れていケ」

と、タリッタたちの意思確認を行おうとしたスバルを、そうミゼルダが遮った。驚いて振り向くスバルに、タリッタはこの搦《から》め手《て》の作戦を楽しむように笑う。

「スバル、お前とアベルはすでに武勇を証明しタ。シュドラクは武勇の誉《ほま》れたるを誇ル。だガ、それは知謀を誉れなしと切り捨てることではなイ。武も知モ、どちらも優れたるものが至上の戦士……それヲ、証明してみロ」

てっきり先入観で、ミゼルダたち『シュドラクの民』はこうした作戦を嫌うのではないかと思っていた。だから、タリッタたちにも参加の意思を問おうとしたのだ。

しかし、ミゼルダがそう答えると、タリッタとクーナも当然のように頷《うなず》いた。

「族長が言うんなラ、アタイから言うことは特にねーナ」

「姉上のお考えに従いまス。……化粧にも、興味がありますからラ」

頭の後ろで手を組み、あまり関心のない態度でクーナが承諾。タリッタも同じ意見だったが、彼女がちらちらと視線を向けるのはフローラの方だ。どうやらスバルの化粧の腕前に興味津々らしい。緊張感には欠けるが、気負いすぎないのはいい傾向だ。

「異論がないのなら、早々に準備に取り掛かるぞ。城郭都市《じょうかくとし》の臆病者が、帝都に背を叩《たた》かれる前に決着をつけねばならん」

「……おう、わかった。みんなもそれでいいなら。レムも、呑《の》み込んでくれるか？」

「──。どうせ、聞く気はないんでしょう」

忸怩《じくじ》たる思いを抱え、じっとスバルを睨《にら》むレム。彼女の決意には申し訳ないが、安全と計画の成否を天秤《てんびん》にかけ、同行させる選択肢はなかった。

だから、レムの怒りをスバルは正面から受け止める覚悟だったが──、

「ですが、どうにかしてほしいと、そうあなたにお願いしたのは私です」

「レム？」

「その私が、口を挟めるはずないじゃありませんか。……成功させてください」

悔しげではあったが、レムがスバルの判断を尊重すると伝えてくる。

素直ではない言葉。だが、それだけでスバルの中の暗雲は晴れるような心地だった。

「レム限定だが、安い……いや、そうでもないか？」

レムがほんのわずかでも好意的な態度を示してくれると、今のスバルはそれだけで空も飛べそうなぐらいの嬉《うれ》しい気持ちになる。

だが、エミリアが微笑《ほほえ》んでくれたらそれだけで天にも昇る心地だし、ベアトリスがどや顔で何か説明してくれたら胸がめちゃめちゃ温かくなる。

なんだ、思った以上に自分は安上がりだなと、スバルは今さら気付いた。

「――おーい、あんちゃーん！　そろそろ、ボテちん休ませたげないと可哀想《かわいそう》だから、どっか置いときたいんだけどー」

と、そう意気込みの高まる集会場へ、ずいっと顔を覗《のぞ》かせたのはミディアムだ。

たくましい体格のものが多いシュドラクと比べても、頭一個ほども大きいミディアムの上背はとても目立つ。目立つ上で、彼女は集会場を丸い瞳で見渡して、

「あれ、あんちゃんは？」

「おお、妹よ！　兄を見失うとはずいぶんと薄情じゃないか。僕はここだとも！」

「――？」

首を傾《かし》げたミディアムに、フローラが立ち上がって自分の存在を主張する。そのフローラの言葉に、ミディアムは眉を寄せて考え込んだ。

それから、彼女はしばらく押し黙り、やがて何かに気付いたように叫ぶ。

「あんちゃん、実は姉ちゃんだったのか！」

「旦那くん⁉　これ、僕はいったいどうなってるのかな⁉　怖い！」

血の繋《つな》がった妹の目も誤魔化《ごまか》せるなら、作戦のかなりの足掛かりとなりそうだった。

3

粗末な鏡の中、映し出されるものを見て、ナツキ・スバル――否《いな》、かつてはそう名乗っ

ていた存在は目を細め、何度となく入念にチェックする。

濃い目のアイシャドウと、丁寧にカールさせた睫毛《まつげ》。男女の差が最も大きく出るポイントでもある肌の質感を白粉《おしろい》を使って整え、唇を瑞々《みずみず》しく見せる朱色を差す。

衣装がなかなか難題だったが、ひらひらした布を多めに纏《まと》うことで体格を誤魔化し、一方で南方の気候と合わせたスタイルの実現にも苦心する。

——イメージするのは、常に最も美しい自分だ。

ありとあらゆる技術を駆使し、頭の中にこれまでの出会いを思い描く。

エミリアから始まり、フェルトや憎たらしいエルザ、ラムとレムとの出会いに加えてベアトリスとペトラ、メィリィはいったん脇に置く。その後はプリシラとクルシュ、アナスタシア、この場は心の師と仰ぐべきフェリスに手を合わせ、これまで異世界で出会った美少女や美女、美少女風の存在から『美』のイマジネーションを集め——完成する。

「——これが、わたくし」

鏡の前を離れ、ゆっくりと深呼吸を重ねると、振り返る。

一人、孤独の戦いに挑んでいた時間を終えて、ついに扉を押し開いた。その先に、この作戦の成否を握る成果を待って、息を呑《の》む仲間たちがいる。

彼女らが、扉を開けて出てきた自分を眼《め》に捉え、息を呑んだ。

そして——、

「——見事ダ」

最初の衝撃から立ち直り、そう頷《うなず》いたのはミゼルダだった。

拍手する彼女の眼差《まなざ》しと声には、感服と尊敬が入り混じっている。そんな彼女の祝福を受け、小さく喉を鳴らしてから、微笑《ほほえ》みかける。

「お褒めに与《あずか》り、光栄ですわ、ミゼルダさん」

「——っ、まさカ、声までデ？　いったイ、いったイ、どこまデ……！」

「やると決めた以上、全力を尽くすのが務めというもの。わたくしが手を抜かないことで守られる命がある。だとしたら、わたくしのすべきことは一つ」

「おオ……！」

微笑みを消して、指を一本立てながら天へ向ける。

生い茂る木々に阻まれて太陽は覗《のぞ》かれないが、見せつけるべきは天上の存在ではなく、この場に集まっている大勢の仲間たちだ。

——イメージするのは、常に最も美しい自分だ。

そのイメージに従い、理想を顕現する。もはや、恐れるものは何もない。

かくして、ここに顕現せり——、

「——ナツミ・シュバルツ、再臨ですわ」

「ふざけてるんですか？」

「え⁉」

完璧だと偽物の胸を張っていたスバルが、レムの言葉に現実に戻される。

見れば、スバルに感銘を示したミゼルダや他のシュドラクの中、レムだけがスバルに対して絶対零度の眼差しを向けていた。

しかし、彼女はそんな自分の口を手で塞いで、「いえ」と首を横に振った。

「だ、ダメですかしら？　自分では結構、自信がありましたのに……」

「ごめんなさい。私があなたにお願いしたことで、口を挟まないと言ったのに」

「大丈夫ですのよ、レム。そう落ち込まないで。意外と好きでやっていますもの」

「は？」

「いえいえいえ、語弊がありましたわね！　ほら、タリッタさんとクーナさんも」

自責の念で葛藤していたレムが、スバルの答えを聞いて瞳の温度を下げる。その様子に慌てて手と首を振り、スバルは自分の隣に並んだ二人の女性を前に出す。

それはすでに化粧を完了し、髪型と衣装チェンジも済ませたタリッタとクーナだ。

タリッタの方は意外と幼い顔立ちを化粧で活《い》かし、普段の凛々《りり》しさを剥がした乙女の印象を強めた。クーナは長い髪をツインテールにして、クールな印象に甘さを追加だ。

「ふふっ、二人とも可愛《かわい》らしいですわよ。わたくしも、腕の振るい甲斐《がい》がありましたわ」

「あ、ありがとうございまス……なんだカ、自分ではないみたいデ」

スバルの称賛を受け、タリッタが頬《ほお》を赤らめながら自分の髪に触れている。その横では甘ロリ感を付加されたクーナが、不本意な顔でホーリィに抱き上げられていた。

「クーナも、いつもより可愛いノー！　スバル、すごい腕前で驚いたノー」

「アタイも驚いたっつノ。ありャ、女よりも女を知ってるゼ」

二人の変貌ぶりの高評価に、スバルはますます鼻高々になる。と、そんなスバルの様子をレムがじと目で覗《のぞ》き込み、

「なんで、こんなにお化粧が上手なんですか？　それも、自分にも相手にも」

「ええと、それに関しては海より深く、山より高い理由が……あ、あっちはまだですかしら。もう、ビアンカは待たせるより待つ側のヒロインですのに……」

なかなか説明しづらいことを聞かれ、スバルは視線を逸《そ》らしながらそう誤魔化《ごまか》す。そうして、レムのさらなる追及がスバルを責め立てる——直前だ。

「——揃《そろ》っているようだな」

尊大な、誤魔化すつもりのない声色が集会場を包み、新たな人影が現れる。

その声の方向に、何気なく皆の視線が向かい——瞬間、全員の時が止まった。

「——」

——否《いな》、正確には現れた人影と、それに化粧を施したスバル以外の時が、だ。

「微調整は任せましたけれど……嫌味《いやみ》なぐらい、お上手ですのね」

「粉飾の手際を称賛されて嬉《うれ》しいものか。とはいえ、貴様の技能には目を見張った。完成形も化けるものだな。想像していたよりも見れるではないか」

「くっ、勝者の余裕……！」

言いながら、スバルは悔しさにそっと自分の小指を噛《か》んだ。

もちろん、美は作れるという信念に疑いはない。それ自体は、少ない手札を駆使してスバルが自らの肉体で証明してみせたと自負してもいる。

しかし、それでもやはり素材の差というものは存在するのだ。

それが――、

「あ、アベルさん、ですか？」

「他に誰がいる。たわけた問いを投げかけるな。いや、それほど変わったということであるなら、貴様の驚きは参考として適切ということか」

震えるレムの言葉にそう応じて、白く細い五指を握りしめるのはアベル――否、化粧とかつら、そして衣装チェンジの末に生まれた存在、ビアンカだ。

鴉《からす》の濡《ぬ》れ羽色《ばいろ》の黒髪は長く艶《つや》やかで、切れ長の瞳を擁した美しい顔《かんばせ》と至上の調和を生み出している。決して過剰ではないが、人目を惹《ひ》きつけて然《しか》るべき露《あら》わになった肌は白く、踊り子の衣装は腹部と足の根本までを剥《む》き出《だ》していた。

そこに立っていたのは、極限の美貌を再現した美しき舞姫――この計画に欠かせない、最高のジョーカーの手札であった。

「化粧に抵抗感がなかったのも、わたくし的には意外でしたけれど……」

「なんだ、婦女子を装うのを恥辱と思うとでも？　言っておくが、こうしたことは初めてではない。それこそ、幼少の頃に幾度も経験した」

「子どもの頃、ですの？」

「ああ。俺の立場を思えば、身を守る術《すべ》は広く持ち合わせておくものだ」

可愛《かわい》げなく腕を組む美女、そんなビアンカならぬアベルの態度にスバルは納得する。

ルグニカよりもはるかに過酷な王位継承が予想されるヴォラキアだ。おそらく、権力者同士の生き残りをかけた暗闘で、時には性別を偽ることもあったのだろう。

アベルの、己自身を含めた犠牲を厭《いと》わぬ姿勢は、彼が皇帝の座を勝ち取る以前、幼い日々からの積み重ねによって形作られたものらしい。

「それでも、自分が美人だと自覚があるのはなんだか腹が立ちますわ……！」

「それこそ馬鹿げた話だ。広く自国を見渡さなければならぬ立場で、自分自身さえ客観視できなくてどうして頂が務まる。貴様はその客観的な評価を技術によって覆したようだが、そのような小細工、俺には必要ない」

「ぐ……っ」

「虎が何故《なぜ》強いのかわかるか。虎は強いから強いのだ」

ガーフィールからも聞いたことのある理論、それにスバルは打ちのめされる。

虎が強いのは虎だから理論、それは裏を返せば、アベルが美しいのはアベルだからという説明で全てが片付いてしまう。もはや、論理の暴力だった。

「どうせ、どうせ……フローラも同じこと考えているんですのね！」

「そこで僕に飛び火するのかい、旦那くん!?」

そのアベルの後ろ、一緒にやってきていたフローラ＝フロップが仰天する。

彼女に扮《ふん》した彼も、素材の味わいを十分に活《い》かすだけで仕上がりの完成度が高いとわかっていたタイプの美貌だ。実際、スバルやアベルと違い、元々長かった髪のいじり方を多少変えている程度なので、素材の味が最も出ているのは彼と言える。

実際、並び立てば大きく見劣りするわけではない自信はある。あるが――、

「手間暇の、手間暇のかけ方が違いますのよ……神の贔屓《ひいき》……！」

「何やら遠大に嘆いているところあれなんだが、しかし、旦那くんはすごいな！　見違えてしまった！　もはや旦那くんではなく、旦那さんだ！」

「……もう、そのぐらいの誉《ほ》め言葉では満足しなくってですわよ」

「今の褒めてたのカ？　アタイにはわかんなかっタ」

フローラとなっても率直なところが変わらないフロップ。ともあれ、彼の場合はそれでいい。多少、計画の方針に沿った演技指導が必要にはなるだろうが。

この場において、一番それが重要になってくるのはアベルなのだ。

「わたくしとフローラは楽器ができる。ですから、あなたの役目は……」

「舞だろう。言われずとも、計画は頭に入っている。俺の役回りの重要性もだ。それに」

「それに？」

「死んだ妹ほどではないが、俺も舞は得意でな」

頬《ほお》を歪《ゆが》め、勝ち誇った尊大な笑みさえも美しい。

自信に満ち溢《あふ》れたアベルの姿勢は心強いと同時に、スバルの胸を期待で焼いた。実際、

アベルはその魔性を遺憾なく発揮し、ビアンカを完成させた。

その自己認識が正しいなら、舞にも期待を寄せられる。

「――。いいですわ。そこまで仰《おっしゃ》るなら、その実力を見せていただきます。せいぜい、ご自分の吐いた唾は呑《の》み込まれないことですわね」

「吐いた唾……ふん、雲に唾を落とされるということか。持って回った言い回しだが、よかろう。貴様に教えてやろう。――それが献策した貴様への、せめてもの褒美だ」

自分を疑うことがないのか、女装した状態でもアベルの不遜さは衰えない。

そのことに心強さと脅威を感じながら、スバルはそっとレムを見た。残念ながら、彼女を計画に同行させることはできない。

だが、それでも――、

「無事を祈っていてくださいまし。あなたのために、わたくし、励んでまいりますわ」

「――。――――――。――――――。はい」

「祈るのに時間がかかりましたわね!?」

心底、神妙な顔をしたレムからの遅い返事に、スバルがそう声を上げる。

それを聞きながら、レムの傍《かたわ》らのルイがひょいと頭を引っ込めた。どうやら彼女にも、ナツミがスバルであると認識できなかったらしい。

ひとまずはその反応で、作戦の弾《はじ》みをつけたと納得するのが吉だった。

4
　　『クマソタケル作戦』。

　それが『女好き』の帝国二将、ズィクル・オスマンを狙い撃ちにする作戦だ。

古事記に倣った作戦名に反対意見はなく、旅芸人の一座に扮《ふん》するスバルたち一行は、別動隊のミゼルダたちを市外に待たせ、堂々と正面から城郭都市《じょうかくとし》へ再び挑む。

抜け道を使う理由はない。そもそも、正門に敷かれた検問、そこを守る衛兵たちの目を掻《か》い潜《くぐ》れなければ、本命であるズィクルへ迫るなど夢のまた夢。

それ故に、都市の検問こそが試金石であり、最初の関門なのだった。

そして──、

「さあさ、寄ってらっしゃい見てらっしゃい！　これよりお見せいたしまするは、はるか東の大瀑布《だいばくふ》、大水の彼方《かなた》より、時を超え、世界を跨《また》いで受け継がれし、歌と舞！　披露いたしますは、本日より都市へ参りました旅の一座でございます！」

黒髪の乙女の高らかな謳《うた》い文句を聞いて、行列に並んだものたちの好奇の目が集まる。

柔らかな黒髪の乙女に長く美しい金色の髪をした楽士、褐色の肌をした二人も目鼻立ちのはっきりとした美女で、その姿に口笛を吹いたものもいる。

リュリーレの旋律が奏でられ、朗々とした歌声が青空の下に響き渡った。

「お、何が始まった？」

「旅芸人だって！　音楽、音楽！」

「へえ、こりゃ別嬪揃《べっぴんぞろ》いじゃないか……」

高まる期待と集まる人の目に、検問を担当する屈強な衛兵が頭を抱えた。

正門に現れた旅芸人の一座、彼女らにどんな芸をするのかと尋ねたのが運の尽きで、気付いたときには正門を舞台にした興行が始まってしまっていた。

「まぁ、歌と演奏は悪くないか」

ただ、今さら止める雰囲気でもないのと、最近の仕事の鬱憤《うっぷん》がそれを見逃させる。

このところ、街に駐留している帝国兵の横暴ぶりにはほとほとうんざりしていた。

軍人と衛兵では立場が違う。彼らは帝国に、衛兵は都市に帰属するものだからだ。どちらが上ということもないはずだが、相手はそれがわかっていない。

都市庁舎を占拠し、見回りと称して市民の家を荒らし、夜回りを理由に酒場に入り浸るのだから、街の空気は悪くなる一方。衛兵自身、直近の騒動で賊に正門の突破を許したと抗議され、ひどく腹立たしい思いをしたばかりだった。

そんな折、旅芸人の一座が空気を変えてくれるというなら、悪い話ではない。

故に、一座が芸を披露するのを見逃したのだが――、

「――ぁ」

曲が最高潮に達したところで、ゆっくりと進み出る人影に衛兵は目を奪われた。

――否《いな》、衛兵だけではない。同僚も、行列に並んだものたちも、根こそぎ全員だ。

「――――」

纏《まと》っていた薄衣《うすぎぬ》を脱ぎ、顔を隠したヴェールを持ち上げたのは黒髪の踊り子。その顔貌《かおかたち》が露《あら》わになり、音楽に聞き惚《ほ》れていた人々の心が完全に囚《とら》われる。

「さあ、出番ですわよ、ビアンカ！」

黒髪の乙女に呼ばれ、踊り子がゆったりと腕を上げる。その、ただ腕を上げただけの一動作にすら気品があり、空気に溶け出したそれが一瞬で観衆を虜《とりこ》にする。

そして、流麗な舞が、美しく厳かな舞が始まった。

「――――」

麗しの舞に目を奪われ、観客たちが呼吸を忘れる。

一瞬たりとも目を離してはならないと、それは本能に訴えかける美の慟哭《どうこく》だ。大げさに言えば、眼球とはこのためにあったのだと魂が叫んでいる。

――見ろと、そう視覚的に訴えかけられ、本能を殴られる衝撃が全身を襲った。

もしもここに盗人《ぬすっと》がいれば、立ち尽くす人々は自分の懐を堂々とまさぐられ、財布を持ち逃げされたとしてもちっとも気付けないに違いない。――否、その前提は成立しない。

何故《なぜ》なら盗人さえも、踊り子の舞から目を離せなくなるだろうから。

「――――」

ほんの一曲、時間にしてみれば五分足らずの舞が終わる。

音楽が遠くなり、踊り子が踵《かかと》と爪先を地べたにつく。──そうしてようやく、衛兵を含めた観衆たちは舞が終わり、踊り子がそこに立っているだけだと理解した。

直後、わっと割れるような拍手と歓声が正門を包み込み、膨れ上がる。

「──いかがでしたか？　少しは皆様の無聊《ぶりよう》、慰められれば幸いですわ」

「あ、ああ……」

割れんばかりの拍手が降り注ぐ中、黒髪の楽士に声をかけられ、衛兵は我に返る。

彼女たちの一座の力量、歌と演奏はもちろん、舞踊の素晴らしさは証明された。この観衆の熱狂を見れば、技量不足を理由に追い払おうなんて気も起こらない。

あとは──、

「お嬢さん方は、街でどうするつもりだ？」

「帝国兵の方々が殺伐とさせた空気、わたくしたちが一新してみせますわ」

自信ありげに微笑《ほほえ》み、一座の面々を手で示した楽士に衛兵は鼻白んだ。それから、衛兵は腰の剣の柄《つか》を手で撫《な》でながら、

「馴染《なじ》みの店があるんだ。夜は、そこで踊っちゃくれないか」

その衛兵の言葉を聞いて、黒髪の楽士は「まあ」と口元に手を当てた。そうして、見事な演奏と踊りを披露した一団が、城郭都市《じようかくとし》へと入っていく。

その背を見送りながら、今日は早く仕事を片付けようと、衛兵にそう心に誓わせて。

5

城郭都市グァラルにおける一座の評判は、最初の舞の大成功が決定付けた。

正門を舞台とした一種のデモンストレーションだったが、期待をはるかに超える反響があり、リピーターの続出のおかげで一座の活動はずいぶんと楽になった。

もっとも——、

「あくまで、目新しさが理由の脚光であることを忘れてはなりませんわよ。所詮、わたくしたちの芸事は付け焼刃……今は飛び道具がウケているに過ぎませんもの」

「なるほど！　つまり、地道な技術の研鑽《けんさん》が求められるというわけだね、旦那くん」

「ええ。だからこそ、日々のたゆまぬ努力と意識が必要ですのよ！」

そう力強く拳《こぶし》を固めるスバルに、律義に正座するフロップが笑顔で頷《うなず》く。

声が大きく、はきはきと対応してくれるフロップは実に聞き上手だ。おかげでついついスバルの話も勢いを増してしまうが、そこはご愛敬。

ともあれ、真にスバルが話をすべきなのはフロップではない。

「聞いておりますの、そこの二人！　気を抜いてはいけませんわよ」

「うオ、飛び火しタ」

「わ、私たちですカ……!?」

ビシッとスバルに指差され、心外そうな顔をするのはタリッタとクーナの二人だ。

宿の中、二人は余所《よそ》行きの服を脱ぎ捨てて、ほとんど下着姿も同然のシュドラクスタイルへと戻っている。興行中はともかく、人目のない宿ではすぐこれだ。

「いいですこと？　神は細部に宿ると申しまして、日々の細かなところに神経を行き渡らせることこそがリアリティのコツ、美しさを維持する秘訣《ひけつ》ですのよ！」

「う、美しさだなんテ……そういう言葉なラ、姉上ニ……」

「何を言うんだい、タリッタ嬢！　君の姉上と君の魅力は異なるものさ。第一、君を称賛したところでミゼルダ嬢への賛辞が尽きるわけじゃない。それは別物、別腹なのさ！」

「――っ！」

パッと、ベッドの上のタリッタの手を取り、フロップが輝く笑顔で熱弁した。

その勢いに目を剥《む》いて、タリッタがパクパクと口を開閉させる。見る見るうちにその頬《ほお》の赤みが増していくので、スバルは「あらまあ」と口に手を当てた。

「勘弁してくレ。タリッタは族長べったりで外も出ねーシ、耐性がねーんだヨ」

「まあ、微笑《ほほえ》ましい。でも、あなたは堂々としたものですわよね」

「アタイはわりとちょくちょく森から抜け出してたシ、立派でおっかない姉なんてのもいなかったからナ。……手のかかる妹みてーなのがいるガ」

閉口するクーナの脳裏、浮かんでいるのはおそらくホーリィだろう。

姉妹のような親友のような、あるいは親と子のような微笑ましい距離感の二人だった。

ホーリィも別動隊の一人として、市外で待機してくれている。――レムも、同じように吉報を待ってくれているはずだ。手ぶらでは帰れない。

――現在、スバルたち旅芸人一座はグァラルの宿屋に滞在している。

すでにグァラルへの潜入を始めて三日が経過しており、その間、合計で十回の興行を行い、それなり以上の反響をもらっている。

滞在中はエルギーナの角を売った代金でやりくりするつもりだったが、結構な金額のおひねりが毎回飛び込んでくるため、資金難に陥らずに済んでいるくらいだ。

「ただ、そろそろ次のアクションが欲しいですわね」

そっと顎に指を這《は》わせながら、スバルは停滞した状況の変化を望む。

実際、現状はうまくいきすぎなぐらいうまくいっている。興行は大盛況で市民の好感度も上々。ビアンカの舞の完成度と、ナツミやフローラの会話技能の賜物だ。

ミステリアスさも売りであるビアンカは、舞を踊る以外はほとんど人前に顔を出さないため、自然と情報収集はナツミたちの役割となった。

元より、女性の声が出せないビアンカ＝アベルに喋《しゃべ》らせるわけにはいかないため、そこはナツミ＝スバルやフローラ＝フロップが引き受ける予定だったが。

「不思議と、フローラは誰にも怪しまれませんのよね。声も変えてないのに」

「僕はナツミ嬢のような技はないからね！　でも、妹とずっと二人旅だったから、妹の癖がうつって、それが女性らしさに繋《つな》がっていたりするのかもしれないよ」

楽しげに新説を提唱するフロップだが、スバルの脳内に浮かび上がったミディアムは、その外見こそ美人で、コロコロと変わる表情も愛らしく魅力的だが、フローラの完成度に彼女の存在が影響しているという説は眉唾だった。

「――無駄話とは、ずいぶんと余裕のあることよな」

と、そんな会話を交わすスバルたちへと、冷たく凍えた声音が投げられる。

それは窓辺の椅子に腰掛け、こちらの会話に一度も混ざってこなかった一座の舞姫、その頭にかつらを被《かぶ》っていないアベルだった。

連日、興行の主役として舞い踊るアベル、当人は決して認めないだろうが、その気丈な横顔には微《かす》かな疲れの色が見て取れた。

敵中で過ごしているに等しい状況だ。自然、緊張で疲労は募っていく。スバルだって、こうしてナツミとして自らを戒めているのは、気が緩むのを防ぐためなのだ。

レムにも、ミゼルダにも、最初は悪ふざけとみなされた作戦だ。

だが、スバルは真剣にこの策を提案し、成功率を高めるために議論を重ねた。これにしくじって、残念でしたと諦められるほど物分かりはよくない。

だからこそ――、

「ビアンカ、あなたこそ少しは休んだらどうですの？　今さらですけれど、わたくし、あなたが寝ているところを見たことがありませんわ」

「ええ、何を言い出すんだい、ナツミ嬢。そんないくら何でも……あれ？　あれれ？　言われてみると、僕もビアンカ嬢が寝ているところを見た覚えが？」

スバルの指摘を笑おうとして、笑えないと気付いたフロップが瞠目《どうもく》する。そんなフロップの様子に目も向けず、アベルは鼻を鳴らして取り合おうともしない。

アベルの警戒心は継続中で、彼はスバルたちにすら心を許していなかった。

相変わらず、瞬《まばた》きすら両目同時にすることもしない。両目を一度に閉じたぐらいで、この誰かが何かをするはずもないのに。

「疲れませんの？　その生き方」

「——。それを貴様が言うのか？」

率直に、思ったことを伝えたスバルにアベルが眉を顰《ひそ》めて言い返した。

それを聞いて、スバルは何を言われたのかがわからない。アベルの生き方が息苦しいのは確実で、スバルの方はそうではないというだけの話なのだが。

「自覚がないというのも殊更憐《あわ》れなものよな。だが、許そう。せいぜい続けよ」

「言われなくとも、生き続けますわよ。あなたの方は……」

「両の目を閉じるということは、生殺与奪の権利を相手に委ねるということだ。それを刹那でも許すほど、俺は俺を軽く見ていない」

「——」

「緊張感を損なうな、とは貴様の言でもあったはずだがな」

ああ言えばこう言うと、そう言い返したい口さえも封じられた。

苦々しい気持ちでアベルの横顔を睨《にら》むスバルだが、もはや相手にされていない。

かつらと宝飾品を外したアベルは、何かあればすぐにビアンカへ化けられるよう、宿での衣装も女性用で統一している。故に、現状はウィッグを外した不均衡な状態であるはずなのに、ウィッグなしでも様になっている。

それこそ、スバルがフロップを含めた他の面々に言い聞かせている、『常在戦場』の心構えが完成されているからこその、張り詰めた美しさなのだろう。

と、アベルの冷たい横顔にそんな心象を抱いていると――、

「――動きがあったな」

「へ？」

呟《つぶや》いたアベルが立ち上がり、寝台の上の自分用のかつらを素早く被《かぶ》り直す。その様子にスバルは呆気《あっけ》に取られたが、その行動の意味はすぐにわかった。

廊下を歩く派手な足音と、無遠慮な扉を叩《たた》く音がスバルたちの部屋に響いたからだ。

「旅の一座がいるのはここか。開けろ。都市庁舎の使いだ」

「あ、ちょっ、ちょっと待ってくださいまし！」

「はっ、笑わせるな、待つかよ。こっちは兵隊様だぞ」

粗野な声が慌てるスバルを嘲笑《あざわら》い、扉が乱暴に開かれる。ずかずかと部屋に上がり込んでくるのは、赤と黒が特徴的な軍服に身を包んだ眼帯の男。

その背中に二本の剣を背負い、暴力的な衝動を隠さない面貌を喜悦に歪《ゆが》ませるのは、スバルも見知った顔――ジャマルだった。

「――っ」

「そうびくつくな、取って喰《く》いやしねえよ」

思わず息を詰め、身を硬くするスバルにジャマルが歯を鳴らす。彼は「へえへえ」と室内を睥睨《へいげい》し、下着同然の格好のタリッタたちを見て下品に口笛を吹いた。

「なるほど、綺麗《きれい》どころが揃《そろ》ってやがる。参謀官の話を聞いたときは、ずいぶんと大げさな話をしやがると思ったもんだが……」

「あっ……」

「お前、反抗的でいい目してるな。目つきが悪いのもいい。オレ好みだ」

そう言いながら、ジャマルがスバルの顎を手で掴《つか》み、顔を上げさせる。

その何気ない仕草が目に留まらず、スバルは息を呑《の》んだ。やはり、見た目と態度の悪さと裏腹に、ジャマルは相当腕が立つらしい。

「大した歌と踊りらしいが、お前は何が得意だ？　今夜、寝所に呼んでやろうか」

――もっとも、強いと怖いは話が別だが。

「お、お誘いはとても光栄ですわ。わたくしも、強い殿方は好きですし」

顔を近付け、舐《な》めるような目で見つめてくるジャマルにスバルが微笑《ほほえ》む。

これだけ至近距離でも、彼がスバルの正体に気付いた様子はない。それ自体は歓迎すべきことだが、逆の意味で彼の琴線を余計に刺激したらしい。

もちろん、この手の誘いは興行のたびにあったが、これまでは笑顔と話術でうまく躱《かわ》してきた。ただ、相手が帝国兵となるとそれも難しく――、

──強い風が吹いたのはそのときだった。

「──お」

風にスバルの黒髪が舞い上がり、頬《ほお》をくすぐられたジャマルが顔をしかめる。一瞬、煩わしげにしたジャマルは窓辺に目を向け、そこに佇《たたず》む人影を見た。

ウィッグを被《かぶ》り直し、悠然と肘を抱いて立つのはヴァラルを騒がす黒髪の舞姫だ。その姿を真正面に捉え、ジャマルは驚くべきことに「へえ」と笑った。

大部分の人間が見惚《みほ》れて動けなくなる中、大した胆力だ。

「ははぁ、こいつが噂《うわさ》の舞姫か。道理で、絶対に引っ張ってこいってわけだ」

「んなっ」

驚きと感心を含んだ吐息をこぼし、ジャマルがスバルを解放すると、その足でずんずんとアベルへ接近。あろうことか、その顔を掌《てのひら》で掴《つか》み、正面を向かせた。

知らずとはいえ、皇帝の尊顔を掴み、粗野な笑みを向けている状態だ。

まさに、知らぬが仏とはこのことと、スバルは思わず絶句してしまった。

「────」

「こっちの女は囀《さえず》りもしねえか。ま、それはそれでそそるがな」

顎を掴まれたまま、静かに相手を見据えているアベル。ハラハラするスバルを余所《よそ》に、ジャマルは帝国史上トップレベルの不敬を働きながら鼻を鳴らした。

そして、ジャマルはアベルの顎を掴んだまま振り向き、

「喜べ、旅芸人！　てめえら揃《そろ》って、都市庁舎の酒宴に呼んでやる。この街を仕切ってるズィクル・オスマン二将がそれをご所望だ」

「ズィクル二将が……！」

「ああ、光栄な話だろ？　一介の旅芸人が帝国二将に招かれるなんてのは、な」

もったいぶったジャマルの言葉は、その不敬な光景を忘れさせる衝撃をもたらした。

ズィクル・オスマン二将という、狙った魚を釣り上げた喜びを。

「まさか、断らねえよな、旅芸人」

「それはもちろん！　我々はぜひとも、帝国兵の方々に歌と踊りを届けたいと思っていたのだよ！　まさしく、本懐というやつさ！」

「いい返事だ！　気に入ったぜ」

喜びが上回ったスバルに代わり、フロップが満面の笑みでそう答えた。

そのフロップの明瞭な答えに、ジャマルも気を良くしたように頷《うなず》く。それから彼はパッと乱暴にアベルの顔から手を離すと、ずかずかと部屋の入口に陣取った。

そして――、

「とっとと準備しろ。都市庁舎に連れていく」

「え!?　お、お呼びいただけたのでしたら、わたくしたちから足を……」

「はっはっは、気にすんな。絶対に連れてこいって言われてるんでな。これもオレたちの仕事だ。なに、好きに着替えてくれ。荷物もオレの部下に運ばせる」

「――――」

「今夜は『将』だけの酒宴なんだ。オレたち下っ端の兵士たちは、明日以降のおこぼれに期待するしかないんだよ。だから……」

手放すつもりはない、とジャマルの下卑た眼差《まなざ》しが室内の面々を撫《な》でる。

幸い、スバルとアベル、それにフロップの三人は最低限の女装を完了した状態だ。一番危うかったタリッタとクーナはれっきとした女性なので、準備不足でも作戦を瓦解させる心配はない。とはいえ――、

「ゆっくりでいいぞー」

と、堂々と着替えや荷物をまとめるのを見られながら、部屋の片付けをしなくてはならない屈辱はそうそう拭えるものではない。しかし――、

「了解した！　さあさ、みんな準備をしよう！　兵士の皆さんをお待たせしてはいけない！　てきぱきと進めよう！」

「フローラ……」

「君らしくもないな、ナツミ嬢！　君には、血も涙も似合わないよ」

沸々とした怒りの感情が、そう微笑《ほほえ》むフロップの言葉に霧散する。

わざわざ最後に付け加えた彼の一言は、スバルにあえて『無血開城』を思い起こさせるために用いられた言葉と、そう受け止められた。

「――。ええ、そうですわね。ほら、ビアンカと二人もご準備を！　特に、ビアンカは踊

り以外は何にもできないポンコツなんですから！」

「――――」

アベルが声を出せないのをいいことに、スバルが散々なビアンカ評価を告げる。それを受け、アベルの視線がこちらへ突き刺さるが、スバルはそれを受け流す。

そして、てきぱきと部屋の荷物を片付け、都市庁舎へ上がるための着替えを行い、あえてジャマルの望み通りに振る舞ってやる。

せいぜい、口笛でも吹きながら、こちらの着替えを堪能するがいい。

作戦がうまくいったあかつきには、人生最大級の衝撃と後悔が待っているはずだ。

だからこそ――、

「いや！　あえてお尻は振らなくていいんじゃないかな、ナツミ嬢！」

6

素人目で見ても、都市庁舎には軍備らしい軍備は見当たらなかった。

平時は都市の運営のために使われる建物なのだから、ここに防衛設備が用意されていないのも当然だろう。それでも、現在は都市内に帝国兵が三百人以上、衛兵と合わせれば五百人近い戦力がいると考えられるため、防衛戦力は十分だ。

「ただ、すでにわたくしたちは相手の懐に潜り込みましたけれど」

都市庁舎の中、頭の中に地図を描きながら、スバルはそうほくそ笑む。

オペレーション『クマソタケル』は、思いの外順調に進行している。都市内で綺麗《きれい》どころばかりの旅芸人が話題になれば、『女好き』で知られた『将』が興味を持ってくれるという期待――究極的には酒宴に招かれ、指揮官の身柄を押さえる計画だ。

ただ、計画の実行を目前として、大きな問題も発生している。

「今夜、作戦を決行するのに……」

そのことを、別動隊であるミゼルダたちへ伝えるタイミングがなかった。

宿へスバルたちを迎えにきたジャマルは、警戒心ではなく、そのスケベ心によってこちらが外と連絡を取り合うチャンスを与えなかった。

都市庁舎の中でもスバルたちの自由は制限されていて、途中で抜け出す隙もなかったため、いまだに別動隊に今夜の決行を伝えられていない。

「何としても、都市庁舎の中から外に今夜のことを伝えないと……」

別動隊の存在は、スバルたちの計画が失敗した場合の保険でもある。だが、計画が成功した場合も、都市内の帝国兵を武装解除させるために彼女らの協力がいる。

『クマソタケル作戦』の成否に拘《かかわ》らず、外と連携できなくては話にならないのだ。

「なのに、ビアンカは何を考えているのかわかりませんものね……」

夜の酒宴に備えて集中しているといえば聞こえはいいが、都市庁舎に招かれ、控室という名の監禁部屋に隔離されてから、アベルは沈黙が続いている。

彼も別動隊の存在が計画に重要だとわかっているはずだが、取り付く島もない。

フロップは協力的だが、都市庁舎を落とす作戦の相談相手としては不適切が過ぎる。タリッタとクーナも、知恵より腕っ節を期待されて選ばれたメンバーだ。

「――つまり、わたくしが何とかしなくては」

ぐっと拳《こぶし》を固めて、スバルは案内されたトイレの中で気合いを入れる。

控室から出るなと命じられたスバルたちだが、さすがにトイレまで妨害される謂《いわ》れはない。とはいえ、トイレの窓は鉄格子の嵌《は》め込み式なので、ここからの脱出は困難だ。

焦って怪しい行動をすれば命取りになる。迂闊《うかつ》な真似《まね》はできないが、かといって悠長にもしていられない。――最悪、今夜の決行を見送る判断もあるが。

「今日は『将』だけの集いで、明日は一般兵も……」

宿でジャマルが口を滑らせていたが、今日明日の参加者はそういう枠組みらしい。

明日は一般兵――当然、そこにはスバルが一番会いたくない相手が含まれる。

「――――」

正直、宿にジャマルが乗り込んできたときは心臓が止まるかと思った。

ジャマルがいるということは、彼が一緒にいる可能性があるということだ。もちろん、先日の最後に矢を受けた彼が、そのまま死んだ可能性もなくはないが。

「それを高望みと、そう言いたくはありませんわね」

難しい、心境だった。

二度と会いたくはない。だが、死んでいてほしいとも思えない。複雑だ。

スバルだって、この世に生かしてはおけない邪悪があることを知っている。大罪司教が
そうであり、彼らは全員が許し難い悪徳を是《ぜ》とする輩《やから》だ。

だから、大罪司教であれば、スバルは躊躇《ためら》いなく死を望める。

しかし、彼はそうではない。スバルの恐怖の対象というだけで、邪悪ではない。

第一、それを言うなら、なし崩しに見逃し続けている大罪司教は、ルイはどうなる。

「――。ダメですわね。今は、目の前の計画に集中しなくては」

乱れる思考を窘《たしな》めて、スバルは怖気《おじけ》づく心臓に活を入れる。

トイレの中をくまなく調べたが、外と連絡を取り合う手助けは見つからなかった。これ
以上長居して、トイレの外で待つ見張り役の兵士に怪しまれても困る。

状況が差し迫れば、アベルも重い腰を上げるかもしれない。いったん、仕切り直しだ。

「ごめんなさい、お待たせしましたわ。少々、緊張してしまいまして」

「ん、ああ、心配はいらん。ちょうど話し相手がいたからな」

「話し相手？」

静々とトイレから出ると、待っていた見張り役の兵士がそう応じる。誰か、通りかかっ
た相手と話していたらしく、顎をしゃくった彼に従い、そちらを見て――、

「――へえ、お前さんが夜の余興に呼ばれた踊り子か」

――そこに、絶対に見たくない顔があって、スバルの心臓が凍り付いた。

「――ひぅ」

「うん？　どうした。そんな驚いた顔して。おいおい、取って喰《く》いやしないぞ」

とっさに喉が震えるスバルを見て、笑いながら冗談めかした相手。

それが口にした冗談は、ほんの少し前に宿でジャマルの口から聞いたものだ。だが、ただのスケベ心と聞き流せたジャマルと違い、今度のそれは聞き流せない。

本当に取って喰う気がないのかと、そう問い返したくなるから。

「なんだ、何かしたのか、トッド」

「俺が？　馬鹿言え、何もできるわけないだろ。傷が重くて、ずっと寝たきりだったってのに。ようやく歩き回れるようになったとこなんだぞ」

自分の脇腹を撫《な》でながら、見張りの兵士と和気藹々《わきあいあい》と話している男――トッド。

ナツキ・スバルを最も警戒させ、大罪司教以外でその死を望ませるところへ指をかけた恐怖の対象、それが目の前で談笑している悪夢。

「――ぁ」

何か、何か言わなくてはならないと、スバルの脳が高速で回転する。

沈黙はよくない。怪しまれる要素を一欠片《ひとかけら》でも出してはいけない。トッドはそれを目ざとく見つけ出し、それを理由に攻撃を仕掛けてくる。

証拠や確証なんて必要としない。彼は、疑惑があれば潰そうとするのだ。

だから――、

「お前さん、本気でどうした？　どこかで俺と……」

「も、申し訳ありません……ただ、その……」

「ただ？」

静かに、同じ言葉を繰り返されただけなのに心臓がひっくり返りそうだ。

ただ気分が悪くて、と続けて会話を終わらせたい。しかし、それを口にする直前で、本当にそれでいいのかと疑念が湧いた。

気分が悪くて、は言い訳として常道だが、嘘《うそ》だ。嘘を、見抜く気がする。

『死に戻り』したスバルが、その知識を利用しようとしただけで、トッドはその心中の動きを察してナイフを突き立ててきた。嘘は、バレる。バレる。

嘘は、避けなくてはならない。

気分が悪いわけではない。スバルが、今、息苦しいのは――、

「少し、その、怖くて……」

「怖い？　俺が？」

「あなたも、です。少し……そう、少し強引に連れてこられたものですから」

視線を逸《そ》らし、トッドに目を見られないようにする。

一個一個の動作が、スバルの中に常に成否を問うよう疑問を渦巻かせる。目を見られたら嘘がバレる気がする。嘘をついたら、見破られる気がする。嘘、ではない。

そのスバルの必死の答えを聞いて、トッドは片目をつむり、

「強引に連れてこられたって、この子ら連れてきたのって誰なんだ？」

「あー、オーレリー上等兵だったと思ったが」

「あ、ジャマルか。だったら納得だ。そりゃ、怖がらせて悪かったな、お前さん」

「え……」

見張りとのやり取りで納得したトッドが、そう言ってスバルに謝罪した。

その予想外の態度にスバルが目を剥《む》くと、トッドは指で頬《ほお》を掻《か》きながら、

「悪い奴《やつ》じゃない……とは言わないな。ジャマルは口も性格も悪いし、あまり頭もよくない。けど、悪気はない。あれ、素なだけなんだ」

「は、はぁ……」

「できれば、広い心で許してやってくれないか？　ああ見えて、あいつは俺の義理の兄貴になるんだ。全く似てない、天使みたいな妹が俺の婚約者でね」

苦笑しながらのトッドの言葉に、スバルはいちいち困惑してしまう。

見たところ、トッドがスバルの言動に不信感を抱いた様子はない。むしろ、ジャマルに絡まれたスバルに同情し、心配してくれている素振りさえあった。

まさかここまで、スバルの女装技術とジャマルのセクハラが役立ってくれるとは。

「――あ、いやがった！　おい、トッド、なんで出歩いてやがる！」

と、そんなスバルの心境を余所《よそ》に、怒声が通路に響き渡った。

声を上げ、のしのしと粗雑な足音を立ててやってくるのはジャマルだ。そのジャマルの

接近に気付いて、トッドが「あちゃ」と額に手をやる。

「見つかったか……」

「見つかったかじゃねえ！　腹に穴開いた奴は安静にしてろ！　てめえ、さては自分の目で見ないと信じられねえとか思ってやがるな」

「いやいや、信用してるって。意外とお前はマメだから、仕事はちゃんとする。けど、真面目に仕事しても、ヘマする奴はヘマするだろ？」

「それを信用してねえって言うんだよ……！」

両手を上げ、肩をすくめたトッドの返事にジャマルが舌打ちする。

だが、鼻息荒く近付いてきたジャマルは、トッドの傍《かたわ》らにスバルがいるのに気付くと、「お」とその表情を怒りから笑みへと変えて、

「余興する女じゃねえか。あの中じゃ、お前が一番オレの好みだったからな。おい、お前は今夜呼ばれなかったら……」

「あー、はいはい、よせよせ」

好色な目をしたジャマルが手を伸ばし、スバルの肩を掴《つか》もうとする。が、そのジャマルの手を止めてくれたのは、こともあろうにトッドだった。

トッドはジャマルの手首を掴み、頬を歪《ゆが》めた彼に「よせ」ともう一度重ねて、

「お前、そんな態度だから怖がらせてるじゃないか。女の子には優しくしろよ」

「ああ？　なんでお前が割って入る……まさか、お前！　その女と……！」

「冗談はやめろよ、ジャマル。俺はお前の妹一筋だよ。知ってるだろ?」

「妹に一筋って言われると、兄貴的に複雑だな……」

毒気が抜かれた顔で呟《つぶや》いて、ジャマルがトッドの手を振りほどく。

それから彼はちらとスバルの方を見たが、頬《ほお》を引きつらせるこちらの様子に、それ以上のちょっかいを諦めた様子だ。意外だが、ジャマルにも分別はあったらしい。あるいは、ちょっといいなと思った相手に怖がられて傷付く心があった、というべきか。

いずれにせよ——、

「どのみち、今日の酒宴に俺たちは参加できないんだろ? なら、もういこうや」

「だからって、抜け道潰しに腐心するのも飽きてきてんだよ」

「飽きるとかじゃないだろ。保険、保険。——絶対に、そこからくるから」

へらへらと笑いながら、トッドの鋭い一言がスバルの胸を掻《か》き毟《むし》った。

やはり、抜け道を使う案は周到に潰されていた。その案を採択しなかった自分を心から褒める。そうして、賛美の言葉を尽くしたところで、

「——ところで、お前さん、なんて名前だ?」

気を、抜いたのが見抜かれたのか。

フェイント気味の質問に、スバルは意識が飛ぶかと本気で思った。

名前を、聞かれた。何故《なぜ》、どうして、疑問が吹き荒れる。

名前ぐらい、聞くだろう。——否《いな》、トッドは聞かない。興味がないはずだ。レムは、そ

れが理由で最初からトッドを警戒していた。今回、彼との関係が悪かったから、スバルも名前を交換していない。名乗るべきか、否か、どうすべきか。

「頼むよ、教えてくれ」

重ねて言われ、スバルは息を呑《の》んだ。

答えを引っ張れないと覚悟し、可能な限り、平静を装って笑みを浮かべ、

「――ナツミ・シュバルツと、そう申しますわ」

そう、名乗った。

ここは、こうする以外の選択が浮かばなかった。あとは、これが正解であることを祈り願い奉り、とにかく相手の反応を待つ。

その答えを聞いて、トッドは「ほーん」と己の顎を撫《な》でながら頷《うなず》いて、

「だとさ、ジャマル。名前が聞けてよかったな」

「うるせえ！　とっととといくぞ！」

と、顔を赤くしたジャマルの怒声を聞いて、肩をすくめたトッドが続く。

それきり、二人は一度も振り返ることなく、スバルの前から姿を消した。廊下の角を曲がり、見えなくなる。見えなく、なった。なった。

「……ほ、んとうに？」

「だ、大丈夫か、お前、顔色がすごいぞ」

もう戻ってこないのかとそれを見送り、スバルは息を吐く。それがどれだけ必死だった

のか、唯一残った見張りの兵士がスバルの顔色を気遣った。

それに応える余裕は、もはやスバルには一欠片《ひとかけら》も残っていなかった。

ただ、見張りの兵士にどうにか取り繕い、何とかその場をやり過ごして控室へ戻る。

「ずいぶんと時間がかかったね、ナツミ嬢！　……大丈夫かい？　顔色が」

「そのくだりなら、もうやりましたから……ひとまず、嵐は、潜《くぐ》り抜けました」

出迎えてくれたフロップの顔を見て、ようやく心臓の鼓動と呼吸が落ち着いてくる。

そう、突如として遭遇した嵐からは逃れられた、はずだ。

しかし、当初の問題であった大きな壁は乗り越えられていない。

「外と、連絡を取る手段が見つかっていません。それがないと、計画が成功しても……」

「あア、それなら安心してくださイ、ナツミ。私とクーナの二人デ、姉上たちにわかるように合図は放っておきましタ」

「うえ？」

あっさりと、抱えていた問題の解決を告げられ、スバルが目を見張る。

その反応に申し訳なさそうにするタリッタと、我関せずな様子のクーナ。どういうことなのか、と二人に視線で問い詰めると、

「それがそノ……ナツミが見張りを連れ出したあト、残りの見張りを惹《ひ》きつけておくから仕事を済ませろト、そうビアンカに言われテ」

「な、な、な……」

目を見開いて、スバルが部屋の隅にいるアベルを見やる。

するとその視線に気付いたアベルが目を細め、ゆるゆると首を横に振り、

「貴様に伝えて不自然に動かれるより、天然の囮《おとり》として使ったまでだ。幸い、適度に仕事を果たしたと見える。褒めて遣わす」

「うるさいですわよ！　こっちが、こっちがどんな怖い目に……！」

「お、落ち着くんだ、ナツミ嬢！　ほら、可愛《かわい》い顔が台無しだよ！」

「うるせぇですわ！」

無体なアベルの態度に掴《つか》みかかろうとして、それを後ろからフロップに羽交い絞めにされて止められる。この尊大な魔貌《まぼう》をぶん殴ってやりたいと本気で思うが、この顔がなくては成立しない作戦なのもあり、スバルも冷静になるしかない。

自分の顔を人質にしてくるとは、信じられない凶悪さだ。

外と連絡がついたのならば、あとは計画を実行し、それを成功させるだけだが――、

「――計画が成功しなかったら、ひどいですわよ」

負け惜しみのように呟《つぶや》いて、しかし、それが本当に負け惜しみで終わることを、スバルはこれまでの数日で確信していた。

本当に悔しい話だが、この傲慢《ごうまん》な舞姫に見惚《みほ》れないものなど、それこそ大罪司教でもない限りは存在しないだろうと思えているから。

第六章　『傲岸不遜な紅』

1

「――宴席の準備ができた。お前たちの出番だぞ」

出番を知らせる見張りの呼びかけに、控室のスバルたちが立ち上がる。

刻々と近付く本番の気配と高まる緊張に、息苦しさがピークに達した頃だった。

ここまでうまくいったのだから、あとは何の問題もない。――そう割り切れるほど、人間は単純な造りではない。女装の出来栄えに自信があっても、それは同じだ。

それぞれの楽器を手にし、宴席の広間に通される前に軽い身体検査を受ける。元々、薄《うす》衣《ぎぬ》の類しか纏《まと》っていないのだ。好奇と好色の目に耐え、目的の部屋へ案内される。

「――っ」

「タリッタさん？」

広間へ向かう途中、足取りの重たいタリッタの様子にスバルは眉を顰《ひそ》めた。

青ざめた顔と滝のような汗、一目で極度の緊張状態にあるのがわかる。住み慣れた集落を離れ、族長たる姉も頼れない状況、ほとんど丸腰で敵陣の真っ只中《ただなか》に乗り込むという作戦も、彼女に強いストレスを強いたのかもしれない。

今にも倒れそうな顔色と呼吸に、スバルは何とかかける言葉を探すが――、

「――タリッタ。何も案ずることはない。俺を見ていろ」

それはひどく傲慢《ごうまん》で、尊大で、しかし絶対の自信に満ちた声音だった。

根拠のない、スバルが直前に考えたのと変わらない慰めの言葉だ。だが、その安易な慰めの言葉は、平静を失いかけたタリッタの心を現実へ引き止める。

たったの一言、それだけで強く他者の心に働きかける力、それが込められた声だった。

持つものは、持たざるものの懸命な努力を一瞬で抜き去る。

幾度も痛感されたそれを、こうしてまざまざと見せつけられた気分だ。

「もう、腹も立ちませんけれど」

自身を納得させるため、そう呟《つぶや》いてスバルは自分の慰めとする。が、すぐにタリッタだけでなく、自分の緊張も緩められていたことを自覚し、唇を曲げた。

言えば勝ち誇られるだろうから、絶対に言おうとは思わないが。

そして――、

「――よくぞきた。お前たち、大層素晴らしい舞と歌を披露するらしいな」

宴《うたげ》の準備がされた大広間、スバルたちを迎えたのは三十人近い屈強な帝国兵だ。

今日の宴席には一般兵は呼ばれないと聞いた。ならば、この場にいるのはいわゆる将校の地位にあるものたちか。――声をかけてきたのは、その最奥の椅子に座った男だ。

「……あれが、ズィクル・オスマン二将？」

口の中だけで呟《つぶや》くスバルに、隣に立つアベルがヴェールで顔を隠したまま微《かす》かに首肯、どうやら標的に間違いないとわかり、スバルは改めて相手を見やった。

城郭都市《じょうかくとし》グァラルに駐留する帝国兵、その指揮官たるズィクル・オスマン。

どんな大男が帝国の二将なんて地位を与《あずか》っているのかと思っていたが、その姿はスバルの想像を裏切り、小柄で膨らんだ頭髪が特徴的な外見をしていた。

スバルより頭半分ほども背が低く、それを補う高さのある髪型——アフロだ。

巧みな用兵家とは聞いていたが、確かに剣で武勲を立てるタイプには見えなかった。

「今、我々は厄介な問題を抱えている。都市の中にこもりきり、日に日に気分が滅入《めい》る一方だ。そこで、此度《こたび》の宴《うたげ》を設けた。お前たちの役割はわかるな？」

「——はい。お招きに与り、至極光栄に思っておりますわ」

肘掛けに頬杖《ほおづえ》をついて、大物ぶるズィクルの前にスバルが跪《ひざまず》く。

それにフロップやタリッタ、クーナが続いたが、最後尾のアベルは続かない。一瞬、ズィクルの目が細められ、『将』の中にも不穏な空気が広がる。

案の定、足下に酒杯を置いた兵の一人が立ち上がり、アベルを睨《にら》む。

「何故《なぜ》、跪かない？　二将の前だとわかっての……」

「待て。そういきり立つな。この場は酒宴のために開いたのだ。芸事で身を立てるものたちに求めるのは、礼儀作法ではなく、無聊《ぶりょう》の慰めだろう」

「む……『将』がそう仰《おつしや》るなら……」

しかし、アベルに食ってかかる兵を窘《たしな》めたのは、他ならぬズィクルだった。

寛大さを示した彼の態度に、兵も渋々と腰を下ろす。その間も、アベルはヴェールで顔を隠したまま、身じろぎもしない態度に、兵も渋々と腰を下ろす。

「武人の気迫をものともせず、か。さぞ、舞に自信があると見える。だが、最初の印象は悪いぞ。覆してくれることを期待するが」

「……寛大さに感謝を。ですが、ご安心くださいまし」

あくまでアベルの尊大さを好意的に捉えるズィクル。跪いたままそう答えたスバルに、彼は「ほう?」と興味深そうに眉を上げた。

このあとのことを思うと胸は痛むが、せっかくもらった好機なのだ。それを最大限に活《い》かし、彼には完敗を味わってもらうこととする。

そのために――、

「――これよりお目にかけますは、大瀑布《だいばくふ》の彼方《かなた》より参りました麗しの舞姫。日の光を呑《の》み込む艶《つや》めく黒髪に、精霊の祝福を受けた美しき白い肌、天上人もかくやと言わんばかりの至高の美貌、今宵《こよい》、盛大に舞わせていただきます」

大仰な前口上を合図に、進み出る舞姫が顔を覆ったヴェールを持ち上げる。

そうして露《あら》わになる舞姫の顔《かんばせ》を目の当たりにして、それまで噂《うわさ》の舞姫の高慢さに呆《あき》れていた一同が、一斉に息を呑むのがわかった。

中でも、そのアベルの瞳に真《ま》っ直《す》ぐ見つめられたズィクルの衝撃は大きかった。

それがどれほど大きかったのかといえば――、

「――」

「――貴様の負けだ、ズィクル・オスマン」


求められるがままに差し出した剣を突き付けられ、身動きを封じられるズィクル。

舞姫の口から疑いようのない男の声が聞こえても、『女好き』ズィクル・オスマンの瞳は至上の陶酔から抜け出せない色をしていたほどだった。

2

――やった、とスバルは内心で勝利の確信に声を上げていた。

アベルの手にした剣は、ズィクルの喉笛を容易《たやす》く貫ける位置にある。のけ反り、その首を晒《さら》したズィクルの身柄は完璧に押さえた。作戦の成功だ。それも、本来の計画よりも早く、的確なタイミングで。

元々、スバルたちの計画は旅の一座として市内で有名になり、ズィクル・オスマンの懐へ潜り込むことだった。理想はズィクルの寝所に呼ばれ、そこで彼の隙をついて身柄を確保し、グァラルに駐留する帝国兵を降伏させること。

その前提が、今回の酒席の開催によってひっくり返った。

『――宴席の場で、市内に居残った将兵を軒並み無力化する』

とは、酒席へ呼ばれたところで作戦の変更を宣言したアベルの言葉だ。

成功すれば見返りは大きいが、危険も大きいハイリスクハイリターンの作戦――スバルは状況次第で元の作戦へ切り替える、その条件で計画の変更に同意した。

したが、まさかここまでうまくやるとは思ってもみなかった。

「重ねて言うぞ、ズィクル・オスマン。貴様の負けだ。今すぐに降伏し、部下に武装を解除させよ。さもなくば、貴様の酒杯は酒ではなく、血が満ちるであろう」

動けないズィクルに、剣を突き付けたアベルが今一度降伏を勧告する。

だが、ズィクルの瞳に命を脅かされたものの怯《おび》えはない。軍人らしい覚悟の決まった目でもなかった。むしろ、瞳には迷いが、疑念が、渦巻いている。

「踊り子、お前……いや、あなたは……」

畏れ多いものを目にしたように、ズィクルの瞳に迷いが顕在化する。

ただの踊り子を前にした男の反応ではないと、そう思わせた直後だった。

「――っ！　おのれ、賊めらが！　勝手なことを……！」

呆《ほう》けた『将』の中、我に返ったものがとっさにアベルへ飛びかかろうとする。

だが、彼らがアベルの背に手を伸ばすよりも、その腕や足が投げられたナイフに貫通される方が早い。――刃《やいば》を投じたのは、身をひねったクーナだ。

「悪いんだガ、族長からアベルの顔は守れって言われてんダ」

兵たちの手を貫いたのは、舞の最中、クーナが回収した食事用のナイフだ。

正確な一撃に先手を打たれ、『将』たちが二の足を踏む。しかし――、

「笑止！　この程度で、帝国兵の足を止められると思うてか！」

そう吠《ほ》えたのは、投げナイフを腕で受けながら飛んだ巨漢だ。大男は自身の大剣を抜き放つと、負傷を顧みず、真《ま》っ直《す》ぐにアベルの背へ迫った。

「アベル――！」

ズィクルを足止めし、棒立ちの背中を見せているアベル。

スバルが悲鳴のようにその名を叫ぶが、舞姫は微動だにしない。

そのまま、大剣がアベルの背中へと振り下ろされ――、

「――クッ」

瞬間、歯を噛《か》んで男に狙いを付けたのは、兵の一人から弓を奪ったタリッタだった。

彼女はつがえた矢を引き絞り、アベルへと迫る兵に狙いを定める。そのタリッタの緑色の瞳に光が、殺意が宿った。凶行を止めるため、男の息の根を――、

「殺しちゃダメだ!!」

だが、矢が放たれる寸前、とっさにフロップがそう叫んだ。

それを聞いたタリッタの瞳に迷いが生じ、矢の狙いがわずかにブレる。それは男の背を外れて右肩に命中、衝撃に苦鳴を上げ、巨漢が派手にひっくり返った。

しかし、その手から離れた大剣は回転し、アベルの背中へと飛んでいく。

あわや、大剣がアベルの頭を割るかと思われたが、それはわずかに後頭部の手前を剣先で掠《かす》め、激しい音と共に床へ突き立った。

そして――、

「――ぁ」

はらりと、編み込まれたアベルの黒髪が解かれ、広がる。

大剣の剣先が髪留めを切り裂き、せっかくの結び目が解《ほど》けたのだ。――否《いな》、それだけでは留《とど》まらない。ほつれたウィッグは役目を失い、偽りの黒髪が床に落ちる。

舞姫の長い髪は一転、そこには本来の己の黒髪だけを頂いたアベルの姿がある。

――髪留めと共に、舞姫を演じた柔らかな印象を削《そ》ぎ落とした冷酷な皇帝が。

「二将！　此奴《こやつ》らを今すぐに……」

「――やめろ！　逆《うめ》らうな！」

負傷した兵が呻《うめ》く中、なおも抵抗をやめない『将』をズィクルが黙らせる。

スバルたちの最も恐れた戦法、犠牲を恐れない特攻の選択肢を消して、身柄を押さえられたズィクルは大勢は決したと、潔く己の敗北を認める構えだ。

「そちらの言う通りにすれば、部下の命は保証してもらえるのか？」

「それも貴様の態度次第だ、『臆病者』」

「ぐ……っ」

大人しく、降伏勧告を受け入れる姿勢を見せたズィクル。その彼が、容赦のないアベルからの罵倒を受け、顔を赤くして歯を噛《か》みしめた。

それは姦計《かんけい》にかかり、身柄を押さえられる以上の屈辱を味わった人間の顔だ。

「聞いているぞ、ズィクル・オスマン。貴様は『女好き』と呼ばれる以前は『臆病者』とそう呼ばれていたな」

「……帝国軍人に、あるまじき蔑称だ。だから、こんな策を？　『女好き』の上、『臆病者』と誹《そし》られる私であれば、女に剣を突き付けられ、我が身惜しさに降伏すると……」

だとしたら、それはなんたる屈辱だろうか。

あるいはそれが事実なら、ズィクルは憤死したかもしれないほどの恥辱。

だが、今回の計画の立案において、アベルが実行可能であると判断した理由、スバルたちが聞いた根拠はそうではなかった。

「巧みで堅実な用兵により、目立った戦果は少ないが、味方の被害も少ない策略家。指揮官として優秀だが、積極性に欠ける。故に『臆病者』」

「そうだ、そうだとも。私は、だが……」

「貴様、何を勘違いしている？」

目を細め、そう問いかけるアベルにズィクルが目を見張った。

そのまま、困惑を顔に貼りつけている彼へと、アベルは剣を手にしたまま続ける。

「他者が貴様を臆病と誹るのは、結果を見ての虚勢か、そうでなければ結果を見られない愚者の放言だ。俺は、貴様の性質を勝算とした」

「――――」

「貴様は無駄な被害を嫌う。故に、『臆病者』とされた用兵家の貴様なら、この状況で抗《あらが》うまいと判断したのだ。――俺を失望させるか？」

視線を鋭く、首筋に刃《やいば》を当てたまま、アベルがズィクルに問いかける。

それはアベルの素性を知らないものにとって、ただの世迷言《よまいごと》にしか聞こえまい。相手の臆病を信用し、それを勝つための策に盛り込むなど馬鹿げている。

しかし、そんなアベルを前にして、ズィクル・オスマンは息を呑《の》んだ。

その瞳に去来したのは、何とも形容し難い感情だ。あえて言語化するとしたら、感動に近い驚きだったのではないだろうか。それはまるで、乙女が意中の相手から何かをもらったような、そんな瑞々《みずみず》しくも初々しい反応であったように思われて――。

「――武装を、解除いたします。部下にも、厳命を」

「賢明な判断だ」

大人しく、頭《こうべ》を垂れたズィクルの答えに、アベルが静かに顎を引く。

その格好は踊り子のそれにも拘《かかわ》らず、威厳に溢《あふ》れた首肯に誰も逆らえない。指揮官であるズィクルの降伏に、帝国兵たちも次々と武器を取り落とした。

そして――、

「何を呆《ほう》けている。さっさと屋上の旗を燃やしてこい」

「うえ？　わ、わたくし？」

「貴様だ。貴様だけだぞ。事態が動いてから、何一つ役目を果たさなかったのは」

自分を指差し、目を瞬《まばた》かせるスバルへと、アベルの冷たい目が突き刺さる。

その彼の言いように、スバルは広間の中を見回した。

敵を投げナイフで牽制《けんせい》したクーナと、巨漢を射抜いたタリッタ。その巨漢を殺させず、『無血開城』の成立を死守したフロップと、武装解除をさせたアベル。

確かに、巨漢が跳ねたときに尻餅をついたスバルだけ、何もしていなかった。

「さっさといけ。ミゼルダたち抜きでは、武装解除させるのも手に余る」

「わ、わかりましたわよ！　ええ、ええ、ごめんあそばせ！」

言いながら、スバルはバルコニーへ向かい、そこから身軽に屋上へ這《は》い上がる。都市庁舎の屋上、夜のグァラルを見渡すことができて、何とも壮観だ。

そして、冷たい風を浴びながら、スバルは壁の松明《たいまつ》を回収し、都市庁舎の屋上に掲げられていた帝国の旗――剣狼《けんろう》の旗に火を付け、燃え上がらせる。

――ここに、城郭都市《じょうかくとし》グァラルの陥落は成ったのだと示すために。

3

ちらちらと都市庁舎を気にするジャマルを連れながら、トッドは市内を見回っていた。

それなりに歴史のある都市だけに、強大な防壁である壁を抜ける手段には事欠かない。

ただの民家が地下道を作っていたり、子どもを使った壁抜けの密輸手口もあった。それらを的確に摘発しながら、トッドは来たる襲撃に警戒を高めていた。

「手を引く、ってことはありえない。となると、必ず都市を落としにくる。抜け道を使って、一気に都市庁舎を占拠するか、街に火を放つ……ん～、他の手段もあるか？」

単に都市を落とすだけなら、兵も市民も区別なく虐殺する方法は思いつく。

それこそ火や水、土に埋めるだけでも人は死ぬ。手段を選ばなければ、人間を殺すなど容易《たやす》いこと。――あの黒髪の少年は、どんな手段を用いてくることだろうか。

それを思うと不安で不安で、腹に穴が開いていてもおちおち宿舎で寝ていられない。

「どいつもこいつも、粗忽《そこつ》で大雑把《おおざっぱ》な奴《やつ》ばっかりだからなぁ」

全員がジャマル級とは言わないまでも、細かなところに目がゆかないものが多い。

トッドも、自分が優秀だとか気が利くなんて思っていないが、自分が愚かで足りないところだらけと自覚していれば、穴の埋めようなんていくらでもあるものだ。

どうしてみんな、自分が馬鹿であることを疑わずに生きられるのかがわからない。

人間なんて、一人残らず全員馬鹿なのだから、馬鹿なりの最善を尽くすべきなのに。

「……おいおい、何の冗談だ、ありゃ」

次の民家に乗り込もうとしていたトッドは、不意の間抜けな声に足を止めた。

見れば、ジャマルが遠く、都市庁舎の方を眺めて間抜け面を晒《さら》している。

「どうしたよ、ジャマル。都市庁舎の方で何が……」

あった、と言おうとして、ジャマルに並んだトッドも同じ方を見る。

都市庁舎では今頃、招いた踊り子たちに余興をさせて、『将』の慰労を兼ねた酒宴が開かれているはずだ。だから、多少は浮かれて馬鹿をやるものが出ても不思議はない。

不思議はないが、いくら何でも都市庁舎に掲げた帝国旗が焼かれるのは笑えない。

「──嘘《うそ》だろ」

無礼講の域を超えた蛮行に、さしものトッドも絶句する。炎に焼かれる帝国旗は熱い風にはためき、舞い散る火花が夜の空に赤々と線を引いていた。

そして、その燃える旗のすぐ傍《かたわ》らには、都市庁舎内で見かけた女の姿がある。

豊かな黒髪に、鋭い目つきが特徴的な楽士。確か名前は──、

「──ナツミ・シュバルツ」

そう、問いかけたときに答えられたことが思い出される。

ジャマルに詰め寄られ、小さくなって怯《おび》えていたか弱い女。しかし、その女が手にした松明《たいまつ》で、堂々と帝国旗を燃やしているのがありありと見える。

まさか、酔っ払った上での凶行なんて可愛《かわい》げのあるものではあるまい。

あれは紛《まぎ》れもなく、帝国に対する攻撃の意思だ。そして、拠点の旗が燃やされるということは、その場所が敵の手に落ちたということを意味する。

と、そこまで考えたところで、トッドの脳裏に電撃的にとある可能性が浮上した。

「……まさか、お前か？」

目を見開いて、トッドは松明を手にした黒髪の女、ナツミ・シュバルツをつぶさに観察し、己の中に芽生えた極小の可能性に絶句する。

いったい、誰がこんな真似《まね》を考える。

まさかあんな方法で、正面から敵の警戒網を突破し、本丸を落とそうなどと。

「ありえないと、思ってた。正面から、潜《くぐ》り抜けようとするなんて」

そんな命知らずな手法、いったい誰に取れようか。

もちろん、積み荷や竜車に隠れる可能性は十分に警戒し、検問もそれらへの確認は強化していたはずだ。だが、徒歩で、それも注目を集める形での侵入は想定外。

ただでさえ、一度目の潜入でこちらの警戒を強めていたのだ。なおさら、人目を忍ぶ方向に判断を切り替えるのが正常な思考で――。

「まさか、あれも布石ってことか？　わざと俺たちに見つかって、正面突破なんてありえないって先入観を、植え付けた？」

そしてまんまと市内に入り込み、踊り子として拠点へ招かれ、都市庁舎を陥落させて帝国旗を燃やした。――ナツミ・シュバルツの、その思惑通りに。

「……ヤバい」

なんて、周到な計画を立てるのかと、心底背筋が凍り付いた。

自分では惜しまず、最善手を得るために力を尽くしてきたと思っていたが、相手はそれを軽々と上回り、こちらを嘲笑《あざわら》っている。戦争の申し子、その存在に身震いした。

「クソったれ！　何が起こってやがる！　とにかく、都市庁舎に戻って……」

「馬鹿、やめろ。お前まで死ぬつもりかよ」

トッドと違い、帝国旗を燃やした相手の正体に気付いていないジャマル。

距離的に、彼の目では都市庁舎の屋上の詳細なんて見えまい。トッドの特別な目だから見えただけだ。そして、見えているからこそ、ジャマルを引き止める。

拠点の帝国旗が焼かれた以上、都市の陥落は明白だ。

おそらく、今頃はズィクルを含め、宴《うたげ》に参加した『将』は全員殺されているだろう。のこのこと飛び出していっても、返り討ちに遭うのが関の山だ。

「てめえ、怖気《おじけ》づいたか？　それでも帝国軍人か、あぁ⁉」

「矜持《きょうじ》じゃ勝ちも命も拾えんよ。大体、お前にもわかるだろ。都市庁舎はもうダメだ。二将たちも死んだ。遠からず、シュドラクが街に入ってくる」

「――――」

「その前に逃げなきゃ、勇敢に討ち死にする以外の選択肢はなくなるぞ」

ジャマルは、大人しく武装解除なんて屈辱を受け入れられる性格ではない。

代わりの選択肢は武器を持ったまま、敵陣へ飛び込んで蛮勇を振るい、十人ぐらい道連れにしたあと討ち死にするぐらいだろう。

まさしく剣狼《けんろう》の死に様と言いたいところだが、トッドから見れば犬死もいいところだ。

命も、有限な手札だ。

勝利のために使うならともかく、負け惜しみのために使うのはもったいない。

それなりに付き合いも長い。そう忠告してやるぐらいの関係性だとは思う。たぶん。

「ちょうど、塞ぎたての壁の穴があるだろ。俺はそこから逃げる。お前は？」

「ぐ、ぐ……また、また生き恥を晒《さら》せってのかよ」

「生きてれば恥をすすぐ機会もあるさ。けど、死んだらそれまでだよ。ってわけだから、俺はいく。勝算のない戦いは乗れない」

勝算の有無どころか、勝算の低い戦いにも乗らないのが本音だが、細かなことを並べてジャマルと押し問答をする暇も惜しい。

さくっと背中を向けて走り出すと、ジャマルはしばしの逡巡《しゅんじゅん》のあとで「クソったれ！」と罵声を上げ、仕方なしにトッドの後ろに続いた。

誰も彼も、このぐらい単純だと助かるのだが、世の中そううまくいかない。

ともあれ――、

「ひとまず、ナツミって名前で覚えとくことにするか。――戦争の申し子さんよ」

4

帝国旗が焼かれ、都市庁舎が陥落したとわかると、帝国兵たちは思いの外、素直にこちらの投降の呼びかけに従った。

それは都市を守る衛兵たちも同じであり、無血開城を目的としたスバル的には大助かりではあったが、驚きの展開でもあった。

「それにしてモ、大したものだったナ、スバル……いヤ、ナツミ」

「ミゼルダさん」

戦果と、作戦の成功に偽物の胸を撫《な》で下ろすスバル。そこに声をかけたのは、酒瓶から直接豪快に酒を呷《あお》るミゼルダだった。

別動隊として市外に潜んでいた彼女たちも、帝国旗が燃えたことを合図に、都市庁舎の陥落を悟って都市へ入った。衛兵たちも帝国兵の敗北を知り、堂々とやってくる彼女たちを引き止めることをしなかったそうだ。

おかげでシュドラクの協力もあり、帝国兵の大半を捕縛することに成功した。

宴席の開かれた大広間も、並んでいた酒や食事が片付けられ、代わりに拘束された帝国兵たちがずらりと整列させられている状況だ。

「でも、これだけの人数……やはり、正面対決は厳しかったですわね」

「たとえ敵が多かろうト、シュドラクの誇りは挫《くじ》けないイ。……とはいエ、単純な数は覆し得ないものダ。だガ、お前とアベルはそれを覆してみせタ」

「――――」

「誇レ、ナツミ。お前は智《ち》によって勇を示しタ。我らではできなかったことダ」

力強くスバルの肩を叩《たた》いて、ミゼルダが男前な笑みを残していく。

そのままの足で、彼女は都市庁舎の陥落に最大の貢献をしたタリッタとクーナをねぎらうために二人の下へ向かった。

遠目にも、姉に褒められて目を輝かせるタリッタの姿が微笑《ほほえ》ましい。なお、クーナは無事を確認するホーリィに抱きしめられ、鯖折《さばお》りみたいになっていた。

「あのまま、功労者のクーナが息絶えなければよろしいですけれど……と」

安堵《あんど》感も手伝い、小さな笑みのこぼれるスバル。それから振り向いたところで、すぐ背後に立っていた相手とぶつかりそうになった。

その相手は――、

「れ、レム……」

「――――」

じっと、すぐ間近から見上げられ、スバルは思わず後ろに下がった。

木製の杖《つえ》をついているレムは、その薄青の瞳でスバルのことを上から下まで眺める。その視線に居心地の悪さを味わいつつ、スバルは小さく咳払《せきばら》いして、

「ど、どうしましたの？　わたくし、何ともなくってですわよ？」

「そう、聞いてはいます。ただ、あなたはどこかにケガをしていても、それを隠して同じことを言いそうな気がしたものですから」

「信用がないですわね……でも、わたくしも痛みに強い方ではありませんから、ちょっとしたケガでもすぐに申告しますわよ。ホントホント」

お嬢言葉で誤魔化《ごまか》そうとして、すぐに「あれ？」と首をひねる。

「い、今のって、わたくしの身を案じてくださったんですの？」

「は？」

「あ！　ごめんなさい！　調子に乗りましたわ！　そうですわよね！　別に、レムがわたくしのことを心配だなんて……」

「しましたよ」

「へ？」

バタバタと手を振り、スバルは自分の勘違いを慌てて訂正しようとした。が、それは他ならぬ、レムの言葉によって遮られる。

見れば、レムは表情を変えないまま、微《かす》かにその瞳の色を揺らして、

「だから、心配しました。当然でしょう。どれだけふざけた作戦だったとしても、あなたにそれをさせたのは私です。なのに、私が心配しない？　いったい、私のことをどれだけ薄情な人間だと思っているんですか」

「い、いえいえいえ、そうではないんですのよ。レムが薄情だなんて思っていません！

レムは愛情深くて、ちょっと思い込みが激しくて、親しくなる前は余所余所《よそよそ》しいところもありますけれど、そのギャップもたまらない魅力で……」

「――――」

「レム、もしかして感動してますの……？」

「いえ、単純に気持ち悪いと思っていました」

「うぐぅ！」と、単純な言葉だけにスバルの偽物の胸が貫かれた。

痛みに偽乳を押さえながら後ずさるスバルに、レムがアンニュイな吐息をこぼす。それから彼女は一歩、スバルの方へと歩み寄り、

「ただ、言動はどうあれ、あなたはどうにかしてみせました。本当に、この都市を落としてみせた。それも、死人を出さないでです」

「……無血開城の字面を守るなら、ケガ人も出したくなかったたですのに。それは、いくら何でも高望みだったですかしら」

「どうでしょうか。案外、あなたとアベルさんなら、それもできてしまうのかもしれませんね。……なんで、そんな顔をするんですか」

「……別に、何でも、ありません、わよ？」

渋い顔をしたスバルに、レムが胡乱《うろん》げに眉を寄せる。

実際、彼女の言い分は頷《うなず》ける。今回、アベルの協力がなければこの計画は成立しなかっただろうし、彼が恐ろしく知恵の巡る男なのは事実だ。

それでも、レムの口から他の男を褒める言葉を聞いて、胸がもやっとした。

「この偽物の胸でも、感じ入るものはあるんですのね……」

「なんだか、くだらないことを言っているような気がしますけど……」

レムのじと目に見つめられ、スバルは「いえいえいえ」と両手を振って誤魔化《ごまか》した。

今の嫉妬《しっと》心をレムに伝えても、彼女には気持ち悪がられるだけだろう。それも仕方ないことだが、傷付くことは傷付くのである。愛情の一方通行は辛《つら》い。

「いえ、この場合は反射だから……？　エミリアたんには素通りしてるけど、それでも受け取ってくれてる実感はありますものね……」

「おー！　ナツミちゃん、いたいた！　すごかったって聞いたよ、おめでとう！」

「わ、ミディアムさん」

大きな声を上げて、どたどたと足音を立てながら駆け込んでくるミディアム。

ミディアムは満面の笑みを浮かべ、その肩に二人の少女――ウタカタとルイを乗っけたまま、楽しげに広間の兵たちを眺めていた。

「これ、みーんなナツミちゃんとかが捕まえたんでしょ？　ビックリしたー！　で、で、で、姉ちゃんは？　姉ちゃんは頑張ってた？」

「姉ちゃんって、ですからミディアムさん、フローラは……」

「――僕はここだぞ、妹よ！」

大きな靴音を一発鳴らして、そう声高に己の存在を主張した美男子、大広間に現れたフロップの姿を見て、ミディアムが「おお！」と丸い目を大きく見開いた。

そこには彼女が連れ添い、長いこと見慣れたフロップその人が映っていたのだ。

「あんちゃん！　あんちゃんじゃないか！　やっぱり、あんちゃんは姉ちゃんじゃなくて、姉ちゃんだと思ってた姉ちゃんはあんちゃんだったってこと⁉」

「はっはっは、何を言ってるのかさっぱりだな、妹よ！　でも、どうだろうと僕はここにいる。だったら、僕が兄だろうと姉だろうと些細《ささい》なことじゃないか！」

「それもそっか！　じゃあ、あたしも妹じゃなく弟かもしんない！　でっかいし！」

「妹でも弟でも、兄でも姉でも家族であることに変わりはないさ！」

オコーネル兄妹《きょうだい》の会話は独特だが、その独特なテンポ感のまま決着までいった。

笑うフロップがミディアムの腰に抱き着くと、両肩に少女たちを乗せたミディアムがそのままぐるぐると回り始める。結果、フロップの両足が浮かび上がって大回転が始まり、大広間に兄妹と子どもたちの楽しそうな笑い声が響き渡った。

「シュール、ですわね……」

「ミディアムさんも、フロップさんのことを心配していましたから。……それで、あなたはいつまでその格好でいるつもりなんですか？　一生？」

「一生は言いすぎですわよ⁉　いくらわたくしが可愛《かわい》くても、これは仮初《かりそめ》の姿……いずれは元に戻らなくてはならない運命《さだめ》ですもの」

「いずれということは、まだまだその格好でいるんですか？」

「今はたまたま、着替える暇がなかっただけですのよ！」

疑わしいもの、有体に言えば害虫を見る目でレムに見られ、スバルも延々と耐えられるほど精神的にタフなわけではない。

実際、今も女装したままでいるのは、帝国旗を燃やしたり、その後、都市に入った『シュドラクの民』を迎えたりと、細々とした作業に追われたからだ。

あくまで、状況がスバルに着替えることを許さなかっただけ。決して、意図的にナツミ・シュバルツのままで居続けたわけではないのだ。

「ないんですのよ？」

「そうですか。アベルさんでしたら、指揮官の方と奥の部屋ですよ」

「信じてくれてなさそうな態度！」

白い目を向けてくるレムに指差され、スバルはすごすごとそちらに足を向ける。

このまま、レムや他のみんなと無血開城に成功したことを祝していたいが、ここで無防備に諸手《もろて》を上げて大喜びばかりしているわけにはいかない。

結局、ヴァラルの陥落も通過点でしかないのだ。今後の、帝国を揺るがす内乱と、スバルがどういう立ち位置を保つのかも含め、考えなくてはならない。

そのために――、

「失礼しますわよ」

そう声をかけ、スバルは大広間の奥にあった別室の扉を押し開ける。

そこは本来、都市庁舎の主《あるじ》である都市長の個室、オフィス的な部屋だったはずだが、現在は主は追い払われ、代わりの支配者が椅子に座っている。

元々はズィクル二将が、しかし今は、それよりも尊大な男が、だ。

「——貴様か。まだ、その格好をしているのか」

そう言って、頬杖《ほおづえ》をつきながら鼻を鳴らしたのは、すでに踊り子の衣装を脱ぎ捨て、男物の装いに袖を通したアベルだった。

彼の前には跪《ひざまず》いたズィクルのもじゃもじゃ頭があり、それ以外に室内に人はいない。

「わたくしの格好には触れないでくださいまし。それよりも、護衛もつけずに二将と二人きりになっているんですの？　命知らずにも限度がありません？」

「無論、此奴《こやつ》に抵抗の意思があれば剣を突き付けもしよう。だが、そのような意思は此奴にはない。そうだな、ズィクル・オスマン」

「——は。その通りにございます、閣下」

顎をしゃくり、アベルがズィクルに返答を促すと、彼はアベルをそう呼んだ。

閣下と、明らかな目上に対して向ける敬意に満ち溢《あふ》れたそれは、彼がアベルを単なる女装趣味の賊ではないと判断している証《あかし》だ。

「話したんですの？」

「話すまでもなかった。どうやら、此奴は舞の最中に気付いていたようだな。いや、正確には舞のあと、頭で理解したというべきか」

「――？」

言い換えの意味がわからず、首を傾《かし》げるスバル。

そのアベルの見立てに、ズィクルはさらなる敬服を示すかの如《ごと》く頭を深く沈めた。

正味、ここまであまり感じられなかった、アベルが皇帝であるという事実、それをしっかりと認識し、敬意を表明する貴重な人材だ。

「だが、それならそれで好都合よ。ズィクル・オスマン、俺に従え。悪いようにはせぬ」

「は！　閣下の御為《おんため》でしたら、このズィクル・オスマン、身命を賭させていただきます！」

「ま、待った待った、本気ですの⁉　まだ、何にも事情聞いてないんですのよね⁉」

椅子に腰掛けたまま、自分への臣従を求めたアベルにズィクルが即決する。

好都合ではあるのだが、あまりにも話がうますぎる。だが、ズィクルはスバルの問いかけに対して、首を大きく横に振り、

「眼前に閣下がおられ、我が身を求めておられる。なれば、これに応じるのが帝国の『将』としての務め。何より、前以上の忠節を、閣下にお誓いしたい」

「ほう、何故《なぜ》だ？　そんなにも、俺の舞に魅せられたか？」

「大層、素晴らしきものでございました。ですが、それだけではございません」

微笑《ほほえ》みすらせず、冷たい冗談を口にしたアベルにズィクルの熱は強い。彼は床に両の拳《こぶし》を押し付け、その表情に強い強い歓喜を宿しながら、

「よもや、閣下が私の二つ名を……それも、不名誉でしかないと呪ったものを覚えていて

くださり、挙句、それを信じてくださったとは……」

「当然だ。帝国の支配者たらんとすれば、遍《あまね》く国土を解さねばならん。仕える臣下のことも同様だ。『将』ともなれば、いつ俺が自らの手足とするかわからぬ。己の手足もわからずして、皇帝の歩みが乱れぬと思うか？」

「断じて否《いな》！　それ故に、本心から光栄なのでございます！」

拭い難い歓喜に身を震わせ、ズィクルが熱き忠誠をアベルに誓う。

正直、出来事だけ見れば出来過ぎの展開なのだが、ズィクルの横顔が鬼気迫りすぎていて、スバルにも彼の内心を疑う余地を見出《みいだ》せない。

それと同時に、スバルはアベルの持つ求心力というべきカリスマと、それを支える皇帝としての強烈な自負と信念に圧倒されていた。

皇帝なんて雲の上の相手が自分を知っていて、自分の強みも弱みも把握した上で作戦を組み立て、見事にその思惑に搦《から》め取られ、敗北した。

それはひょっとすると、憧れのプロ野球選手にホームランを打たれた、高校野球のピッチャーのような心境なのかもしれない。

そう例えるには、実際に行われたのが戦争という物騒すぎるものなのだが。

いずれにせよ――、

「ズィクル・オスマンが従うのであれば、その下の『将』もこちらにつこう。城郭都市《じようかくとし》と合わせて、ようやくマシな戦力を集めたと言えるな」

「とはいえ、余所《よそ》と構えるのであれば戦力不足は必至。まずは、帝都より送られるはずの増援、これを市内へ招き入れ、投降を呼びかけるべきかと」

帝国の事情に通じ、戦略を練られる人材が加わると、あれよあれよと軍議も本格的なものへと早変わりだ。

それを抵抗なく受け入れるアベルと違い、スバルの方は本格的な戦争の準備の始まりに大きな抵抗感がある。故に、その話が進む前にアベルと話し合いたい。

城郭都市を落としたあとの、スバルとレムとの処遇について。

しかし、スバルが持ちかけようとしたその話は、残念ながら取り合ってもらえなかった。

何故《なぜ》なら――、

「――帝都の増援」

と、ズィクルの一言に反応したアベルの呟《つぶや》きに、部屋の空気が震えたからだ。

そのアベルの様子に目を見張ったスバルたちの前で、彼は勢いよく椅子から立ち上がると、大股で大広間へ戻る。

そして――、

「――今すぐに街の正門を閉じよ！　使者であろうと取り合うな！」

そう怒鳴るように吠《ほ》えたアベルに、大広間の全員が驚かされる。

当然ながら、直前まで話をしていたスバルたちにもわからない以上、ミゼルダたちにもアベルの真意は伝わらない。

ただ、アベルの切迫した様子から、只事《ただごと》ではないと察するには十分だった。

「タリッタ、ゆケ、正門を閉ざすよう言ってこイ」

「あ、姉上、いったい何ガ……」

「──ゆケ！　シュドラクの名を汚すナ!!」

逡巡《しゅんじゅん》したタリッタを、語気を荒くしたミゼルダの声が強烈に打った。

殺意すら感じさせる一声にタリッタが目を見張り、慌てて大広間から外へと飛び出していく。そのまま、タリッタは正門を閉じるよう衛兵たちに命じるだろう。

それで、アベルの指示は果たされるだろうが──、

「村長くん、何があったんだい？　君が血相を変えるなんて珍しいじゃないか」

「商人、貴様の戯言《たわごと》に付き合っている暇はない。すぐにでも態勢を整える必要がある。ズィクル・オスマン、『将』たちを説得せよ。ミゼルダ、貴様らは……」

「ううう－っ!!」

心配するフロップを無下に扱い、アベルがてきぱきと周りに指示を飛ばす。

ズィクルとミゼルダ、それぞれの集団の長《おさ》に配下をまとめるよう命じるアベルだが、その指示は中途で、甲高い子どもの癇癪《かんしゃく》によって遮られた。

「わ、わ、わ、どったのどったの!?　ルイちゃん、なんかあった!?」

「う－！　う－！　あ－う－！」

「ル－！　落ち着ク！　ウ－がいル！」

髪飾りの多い髪を引っ張られ、ミディアムが驚いて目を回す。その肩の上、担がれているルイが必死に声を上げ、それをウタカタが宥《なだ》めようとしていた。

だが、暴れるルイは一向に大人しくならない。それどころか、ルイはボロボロと大粒の涙を流し、何かを恐れるように表情を強張《こわば》らせていた。

「ルイちゃん、落ち着いてください！　どうしたんですか？　何かあったなら、私がちゃんと聞きますから、泣かないで……」

「うー！」

「え？　あっちに、何かあるんですか？」

泣きじゃくるルイを見ていられず、レムが彼女の下へ向かう。そのレムの接近に気付くと、ルイは涙を流しながら、大広間の片隅を指差した。

それにつられ、レムもそちらに目をやる。つられて、スバルやアベルもそちらに視線をやった。しかし、何もない。──何もない、はずだが。

「──ミゼルダ！」

その虚空を睨《にら》みながら、アベルがいち早くミゼルダの名を呼んだ。

それに応じるように、ミゼルダが背中の弓を素早く構え、右手に四本の矢を掴《つか》むと、それをいっぺんに弓につがえ、引き絞った。

ミゼルダの強靭《きょうじん》な肉体から放たれる、シュドラクの族長が繰り出す凄《すさ》まじい一撃。

四本の矢が乱れ飛び、それがルイの指差した何もない空間へと押し寄せる。その矢の一発は、あるいはスバルを森で殺した『狩人《かりうど》』の一撃を思わせるものだった。

それこそ、受けたのがスバルなら胴が千切れ飛ぶような凄《すさ》まじい威力。

矢よりも強度があるはずの床と壁が砕かれ、破砕が広間へと噴煙を撒《ま》かせる。

巻き込まれまいと飛びのいた兵たちが息を呑《の》む中、スバルたちもその煙幕の中にルイが騒ぎ出した原因がいるのではないかと目を凝らし――、

「――それだと、わたし、殺せない」

どこか、のんびりとした声が、噴煙の上がった広間の中に柔らかく落ちる。

女性の、声だったと認識する。のんびりと、呑気《のんき》な、感情の起伏に乏しい、声量もささやかな声だったと、そうスバルの鼓膜は判断した。

一瞬の緊迫感が張り詰めた状況で、それはひどく場違いに感じられた。

しかし、その声がもたらした結果は強烈だった。

5

――瞬く間に、ミゼルダの全身が凄まじい炎に呑まれ、燃え上がったのだ。

「――ッッ!!」

一瞬で全身を炎に包まれ、ミゼルダが声にならない声を上げる。

人型の炎の塊《かたまり》と化したミゼルダの姿に、全員がとっさの行動を封じられた。

「――ッ、ホーリィ!!」

「わ、わかったノー!!」

直後、クーナに呼ばれたホーリィが一抱えもある水瓶《みずがめ》に飛びつく。彼女はそれを自慢の怪力で持ち上げ、燃えるミゼルダの足下に力一杯投げつけた。

割れた水瓶から溢《あふ》れる水がミゼルダを呑み込み、燃えた彼女が床に倒れ込む。

「――ぁ」

炎に焼かれたのは一瞬のこと、それでも全身が炙《あぶ》られた苦痛は想像もできない。

いったい、何が起こったのかと、スバルは状況の変化の速さについていけていなかった。ただ、混乱の渦巻く広間の中心、見知らぬ人影が増えていたのには気付く。

スバルだけでなく、他の面々も徐々にその人影に気付《あら》いた。

――そこに立っていたのは、褐色の肌の大部分を露わにした美しい少女だった。

ひと房だけ赤い短い銀髪、左目を覆った眼帯、臀部《でんぶ》からは豊かな毛並みが特徴的な尻尾を生やし、手にはその辺で拾ったような枝を握っている人物。感情の乏しく見える顔つきは幼く、女性的な起伏に富んだ肢体と比べると、ひどくアンバランスな印象を受ける。

だが、この可憐《かれん》な少女こそが、直前の出来事の引き金なのは疑いようがない。

何をしたのかも、何が目的なのかも、何者なのかも、全部が不明で――、

「――貴様か、アラキア」

しかし、誰もが凍り付く中で、その少女の名前を知り、呼ぶものが一人いた。

アラキアと呼んだ少女を、神聖ヴォラキア帝国の玉座を追われた皇帝が見据える。

ズィクルが即座に臣従を誓った威圧感、それを真っ向から浴びて、しかしアラキアは手にした枝を緊張感なく左右に振ると、

「閣下、ひさしぶり」

「貴様も、息災のようだな。——チシャも、容赦のない真似《まね》をする」

「容赦？　しないよ？　危ない、から」

緊張感のない会話だが、それはあくまでアラキアの側から見た話だ。

たとえ話が通じていようと、それで状況の改善が望める相手でないことは、アベルの張り詰めた表情からも窺《うかが》える。

そもそも、アベルを皇帝と認識した上で、こうも気安く接する彼女は何者なのか。

「アラキア、一将……」

「……今、なんて言いました？」

流れで並んだ二人、ズィクルの絞り出した言葉にスバルが頬《ほお》を引きつらせる。

聞き間違いであってほしかったが、その顔に脂汗を浮かせたズィクルの目は真剣で、スバルは自分の聞き間違いの可能性の消滅を感じ取った。

そして、それが錯覚でないことを証明するように、ズィクルが重ねる。

「アラキア一将……帝国最強の、『九神将』の一人！」

「それも、九神将の『弐《に》』だ。――つまり、帝国で上から二番目ということになる」

「帝国、二位……!?」

ズィクルの叫びを、アベルの言葉が補足し、スバルも取り繕えずに絶叫する。

その広間の驚愕《きょうがく》の中心で、注目を集めたアラキアは枝を掲げ、

「えらい」と、自慢げに胸を張った。

そのアラキアを中心に、じりじりと大広間にいるシュドラクが包囲網を作り始める。

初手でミゼルダが倒れ、残ったシュドラクは十七名。その中にはまだ幼いウタカタも含まれており、十分な戦力かはわからない。ただ――、

「やっと、この手に掴《つか》んだ勝利を邪魔されてたまるか――!」

そう呪うように吐き出して、スバルも押収した剣の一本を拾い上げた。

追い返す、追い払う、叩《たた》きのめして捕まえる。どれをやるにせよ、どれかしらをして、このヴァラル陥落の勝利を確かなものに――。

「頑張っても、無駄」

次の瞬間、大広間の全体が捻《ね》じ曲がるような凄《すさ》まじい風が吹いて、スバルも、シュドラクも、拘束された帝国兵も、全員が一緒くたに掻《か》き混ぜられた。

「――――」

天地がひっくり返り、上下左右も正面背後もわからなくなり、スバルは全身を床に、壁に、天井に打ち付け、強烈な痛みに意識を飛ばされかけた。

「か……っ」

何が起こったのか、全身を地面の上に投げ出され、壊れた天井を眺めながらゆっくりと脳が分析と理解を進める。――たぶん、竜巻だ。

室内に、一瞬で凄まじい規模の竜巻が発生し、それがスバルを――否《いな》、スバルたちを呑《の》み込んで、ただ乱暴に吐き出した。

人も物も、敵も味方も区別なく、アラキアの竜巻が室内を蹂躙《じゅうりん》した。

それでも、スバルがかろうじて意識を失わずに済んだのは――、

「じょ、せいを……これ以上、傷付け、させは……」

そう呻《うめ》きながら、だらりと腕を投げ出したのはスバルを抱えたズィクルだった。

竜巻が発生した瞬間、ズィクルはとっさにスバルの体を引き寄せ、破壊に蹂躙される衝撃から守ろうと試みた。ごくささやかだが、彼の体がクッションとなったことで、スバルは意識を失わずに済んだ。

しかし――、

「嘘《うそ》、だろ……」

荒れ果てた広間を見渡して、スバルは絶望的な気持ちで吐き出した。

人も物ももみくちゃにされた広間の中、先ほどまで戦意を高めていたシュドラクたちもことごとく地に伏し、戦闘不能に追い込まれている。

「――れ、むは」

全身の痛みを堪《こら》えながら、スバルは広間の中にレムの姿を探す。

彼女もまた、シュドラクたち同様に攻撃を受けて昏倒《こんとう》しているかもしれない。当たり所が悪ければ、最悪の事態だって考えられる。

そうして、スバルは室内に視界を巡らせ、それを見つけた。

レムではない。レムではないが、それはスバルの目を引いた。

何故《なぜ》なら彼は、竜巻に蹂躙《じゅうりん》されたあとでもその足で立ち上がり、半壊したバルコニーへと逃れ、手すりに背を預けながらアラキアを睨《にら》んでいたからだ。

「あべ、る……」

あの竜巻の中、いったいどうやって身を守ったのか、アベルの被害は最小限――それでも額から血を流し、片腕をだらりと下げた姿は痛々しい。

しかし、アベルは覇気の衰えない目で、真《ま》っ直《す》ぐにアラキアを見据えていた。

「言いなりの人形が、大仰な真似《まね》をする。貴様、自分が何のために俺の配下に加わっていたか、それを忘れたか？」

「……閣下、嘘《うそ》ついた。わたし、騙《だま》されてた。だから、許さない」

「――それも、チシャの入れ知恵か」

微《かす》かに目を伏せ、アベルが重たく血の色をした息を吐く。

アラキアは感情の起伏に乏しい顔の中、それでも瞳にそれとわかる怒りを宿し、ゆっくりと荒れた床を踏みしめ、バルコニーのアベルへと歩を進めた。

一歩、二歩と、そのままアラキアがアベルへ近付き、そして——、

「う、あああ——っ!!」

高い声が上がり、直後、アラキアが通り過ぎようとした位置に柱が倒れ込んでくる。

石材が砕け、へし折れる轟音《ごうおん》が鳴り響いて、数百キロを下らないだろう原始的な質量兵器がアラキアへ襲いかかった。

それを実行したのは、柱の陰に隠れ、タイミングを見計らっていたレムだ。

竜巻に呑《の》まれながらも意識を保ち、柱の陰に隠れたレムは、おそらくアベルの位置からは見えていただろう。気配を隠し、アラキアの前進に合わせ、アベルの視線でタイミングを合わせて柱を押し倒した。

レムの剛力を活《い》かした、この状況で打てる最後の攻撃。

それは狙い違《たが》わず、アラキアの華奢《きやしや》な体を押し潰さんと圧《の》し掛かり——、

「うん？」

「——うそ」

視線すら向けなかったアラキアの足下、床がまるで飴細工《あめざいく》のように変形し、伸び上がったそれが倒れる柱を支え、再び硬質化する。奇襲、失敗だ。

レムの渾身《こんしん》も、アラキアに届かないどころか、意識すら逸《そ》らせなかった。

そして、へし折れた柱の根本で膝をつくレムに、アラキアが振り返る。それからレムを見た彼女は、ふとその目を丸く見開いて、

「あ、鬼だ。珍しい」

「あなたは……っ」

「……邪魔、しないで。仲間は傷付けたくないから」

「仲間……？」

何を言っているのかと、レムの顔が怒りで赤くなる。

だが悲しいかな、相手との隔絶した力の差がある以上、怒りはただの感情、そして抵抗する意思は空《むな》しいものでしかない。

レムが瓦礫《がれき》に手を伸ばし、今度は投擲《とうてき》で攻撃の意思を示そうとする。

しかし、アラキアは手にした枝を振るい、風を起こしてレムの周囲にあった瓦礫を、文字通り根こそぎ吹き飛ばしてしまった。吹き飛ばされたのは床の瓦礫だけではなく、レムの背後の壁と天井、建物の上層を構成する部分が次々と吹っ飛ぶ。

「力加減、苦手だから。あなたも、飛ばしちゃう」

「だったら、だったら、やったらいいじゃないですか。これだけのことをして、今さら何を躊躇《ためら》うことがあるんです。そんなの……」

「……残念」

歯を食いしばったレムの答えに、アラキアがしょんぼりと肩を落とす。

だが、その可愛《かわい》げのある仕草と裏腹に、アラキアの行動は苛烈でシンプルだ。ゆっくりと枝が持ち上げられ、次元の異なる現象がレムの存在を打ち砕く。

——そんなこと、ナツキ・スバルに許容できるはずがなかった。

「あ、あああああ——っ!!」

雄叫《おたけ》びと共に全身の痛みを追い払い、スバルの肉体が躍動する。

この瞬間だけは、竦《すく》む恐怖も先の見えない不安も、何もかもが邪魔だった。

思考を放棄し、本能の訴えるままに前進し、レムとアラキアの間に割り込む。

死んでも、よかった。レムを守れるなら、死んでもよかった。

死にたくないのが本音だし、死んだら全てを台無しにするのがナツキ・スバルの呪われた運命でも、ここで死んでも構わなかった。

女の格好をして、偽物の胸まで作って、顔には化粧、頭はウィッグ、肌が白く見えるように工夫まで凝らして、そんな美しさを求めた滑稽な姿で、ナツキ・スバルは守らなくてはならない少女のために、血を吐く思いで立ち向かった。

「——っ」

レムを背に庇《かば》い、両手を広げる。

目の前にスバルが割って入ったことに気付いて、レムが息を呑《の》むのがわかった。

しかし、彼女がそのスバルの行動に何を思ったのか、何を感じたのか、その答えがわかることはない。その機会は、訪れない。

それはアラキアという破壊の前に、あっという間に奪い去られて——、

「——何とも滑稽な挺身《ていしん》よな。だが、悪くはない」

それは、全てが奪い去られ、何も残らなくなる覚悟を決めたスバルの耳に届いた声。

ぎゅっと目をつぶり、訪れる終焉《しゅうえん》を受け入れようとしていたスバルは、熱や喪失感、およそ『死』に至る要因のいずれも、自分に届かなかったことに気付き、息を呑《の》んだ。

そしてゆっくりと目を開け、それを見る。

レムを背に庇《かば》い、両手を広げたスバル。――そのスバルの前に、誰かの背中がある。

アラキアでは、ない。アラキアは、その背中の向こうに立っている。その顔に驚愕《きょうがく》を張り付けて、呆然《ぼうぜん》と立ち尽くしているのが見えた。

その驚きをアラキアにもたらした存在は、右手に赤々と輝く剣をかざしながら、押し寄せるはずだった破壊の全てを斬り伏せ、仁王立ちする。

尊大で、傲慢《ごうまん》で、この世の全てが自らの足下に跪《ひざまず》くと確信している紅の瞳。

その豊満な胸を弾ませるように腕を抱き、残酷な美しさを体現した顔貌《かおかたち》で嘲笑《ちょうしょう》を浮かべたのは、この場で顔を合わせるはずがなかった相手。

いるはずのない存在の出現に、スバルはただただ息を呑む。

そんなスバルを背に置いて、『紅』という文字の顕現たる美貌の主は鼻を鳴らした。

そして――、

「名乗る必要はないぞ、愚物。妾《わらわ》の名をこそ呼ぶがいい」

そう言いながら、彼女――プリシラ・バーリエルは血の色をした笑みを浮かべていた。

《了》

あとがき

どうも皆さん、長月達平です。鼠色猫でもあります。

前巻より突入しております第七章、これまでとまた毛色の変わった展開の続く章となっておりますが、楽しんでいただけたでしょうか？

砂の塔より南の帝国へ飛ばされ、これまでの見知ったキャラクターたちがいない新天地で、塩対応が厳しいレムと一緒に右へ左へ大わらわとなっているスバル。今巻を最後まで読んでくださった方は、最後に見知った顔が登場し、さあどうなる！と胸を弾ませてくれていることと思います。さあどうなる！は作者も同じ！

前回もお話しした通り、Web発の小説であった『Re：ゼロから始める異世界生活』のWebと書籍の差は限りなくゼロ！　つまり、先を知るのは作者と神だけ。場合によっては神しか知らない事態もありえる、そんな状況です。

でも、やりたかった展開をようやくやれたり、充実した執筆生活だったのも事実。今回も、筆が乗っていたと感じていただければありがたく！

とはいえ、スバルのことを笑ってられない窮地の連続、どうぞ今後も当作品と作者、そして大変な目に遭うナツキ・スバルを何卒よろしくお願いいたします。


では、相変わらずの紙幅ですので、恒例の謝辞へと移らせていただきます！

担当のI様、前回の決意はなんだったのか、今回もハラハラ進行で申し訳ありませんでした！　次は真面目に、頑張らせていただく所存……！

イラストの大塚先生、今回も多数の新キャラをありがとうございました！　ぽっと出のつもりが、大塚先生のイラストのおかげでレギュラーに昇格……あると思います！　バラエティに富んだ帝国の面々、次もよろしくお願いいたします！

デザインの草野先生、旅のひと時を切り取った一枚、美しく仕上げてくださり、ありがとうございます！　七章、ここからも旅感続くかと！

コミカライズ関係、月刊コミックアライブで花鶏先生&相川先生の四章コミカライズが連載中！　野崎つばた先生の『剣鬼恋歌』と、マンガUP！でのツカハラミノリ先生の『氷結の絆』がクライマックスを迎えました！　皆様、いつもありがとうございます！

そして、MF文庫J編集部の皆様、校閲様や各書店の担当者様、営業様とたくさんの方々にお世話になっております。今後とも、引き続き本作をよろしくお願いします！

そして最後に、いつも応援してくださっている読者の皆様に最大の感謝を！

新たな出会いと新たな苦難、それらが織り成す新章、今後もお付き合いよろしくお願いいたします！

それでは、また次の巻にてお会いできましたら幸いです。

2021年6月《忙しい年月が終わっても、忙しさは終わらず》

CHARACTER DESIGN
ジャマル
Jamal
初期案
170cm
155cm
ズィクル
Zikr

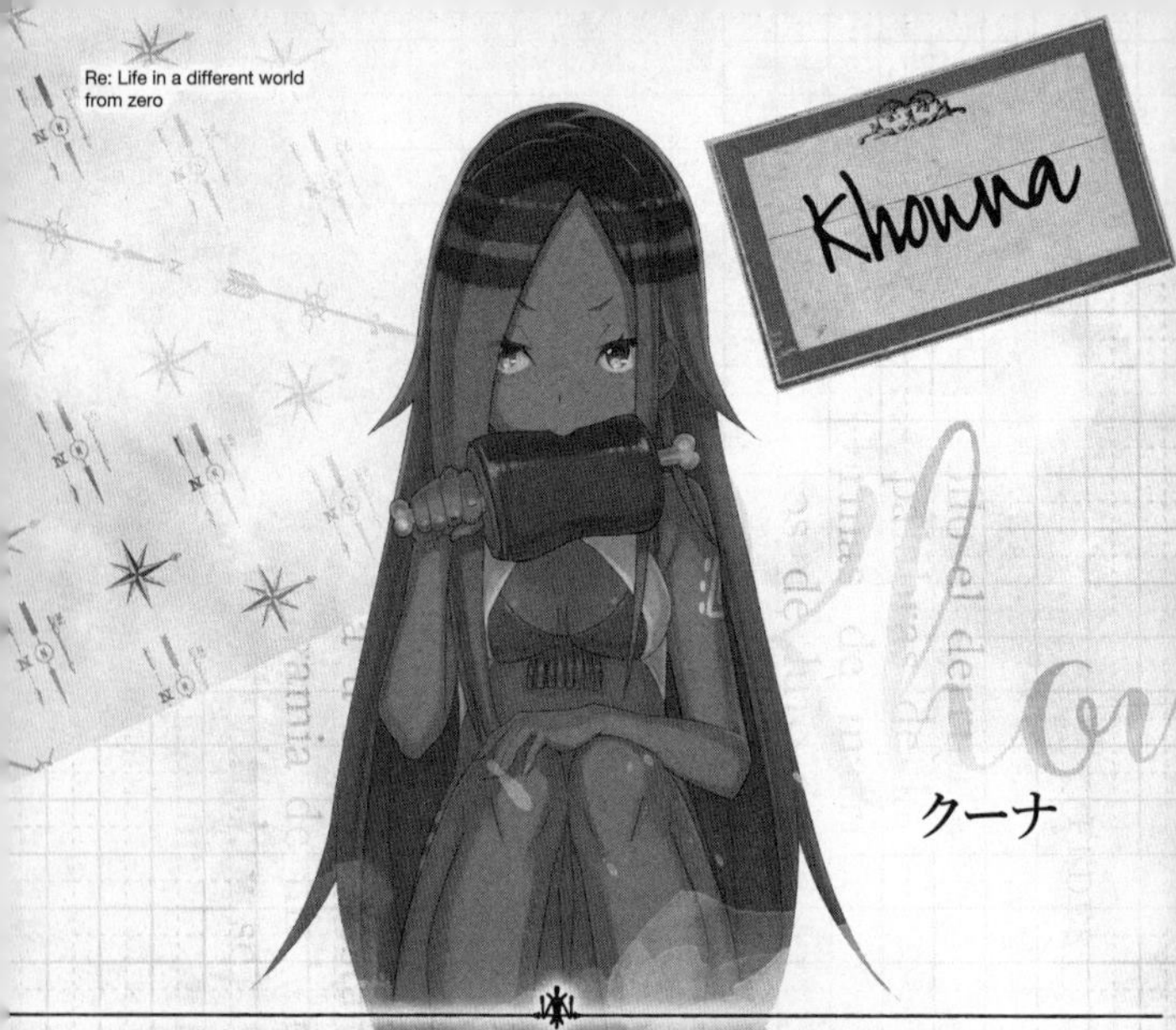

「つーわけデ、一応、今回の表紙コンビってことデ、アタイと……」

「私の出番なノー！　頑張ったらご褒美にお肉がたくさんもらえるらしいノー！」

「そんなわかりやすい餌付けされてんじゃねーヨ……つってモ、やれって言われリャ、宣伝だろーと潜入だろート、一通りはこなしてやっけどサ」

「クーナ、大活躍だったノー！　タリッタも、上がらず頑張ったノー」

「上がってたは上がってたんだガ……あー、いいカ。宣伝するゾ！」

「はいなノー！　この巻の次、九月に発売予定なのはリゼロＥｘの５巻らしいノー」

「何でモ、帝国周りの話の掘り下げを進めとくつもりなんだト。今回ノ、あの最後に出てきた女とカ、いきなりすぎて全員ビビったからナ」

「でもでも、あの子がいなかったらきっと、スバルもレムもぐしゃぐしゃのお肉になっちゃってたはずなノー」

「デ、あの二人がひき肉にならずに済んだ理由を掘り下げるってわけだナ」

「なるほどなるほどなノー。あ！　それで、他にもお知らせがあるノー。リゼロのイラストを描いてくれてる、大塚真一郎先生のリゼロ画集第二弾が発売されるノー！」

「第一弾には入れられなかったイラストも多いからナ。この巻もそうだガ、リゼロは大塚先生ってのを働かせすぎじゃねーノ？」

「予約も六月二十五日から始まるから、予約して、大塚先生の綺麗な絵を見ながら、その頑張りをねぎらってあげてほしいノー」

「たぶん、今回も全部は入りきらねーだろーから、第三弾があるよーに応援してくれよナ。アタイたちの絵モ、入るならそっちの方だロ」

「あとあと、エミリアの誕生日イベント……も開催されるらしいノー！　エミリアって子が誰なのか、私たちは知らないけどなノー」

「聞いた話だト、スバルの関係者ってことらしーゼ。レムとルイがいるってのニ、男ってのはそういうとこがあるよナ……」

「あ！　クーナの愚痴が始まったノー。ホント、クーナは変わらないノー」

「うっせーナ！　詳しい内容は後日発表だト！　とにかク、やるってことだけ覚えといたらいいからナ！」

「はいなノー！　これで、お知らせは全部話せたノー」

「ったク、疲れたっつーノ……なんでどいつもこいつモ、アタイにあれこれやらせよーとしやがるんダ」

「きっと、クーナが頼りになるってみんな知ってるノー。でも、クーナを一番頼りにしてるのは私だから、それは誤解しちゃダメなノー」

「余計なこと言ってんナ！　そラ、とっとといくゾ！」

「クーナったら、照れ屋さんで可愛いノー」

MF文庫J

Re:ゼロから始める異世界生活27

2021年 6月 25日　初版発行

著者　長月達平

発行者　青柳昌行

発行　株式会社 KADOKAWA
〒102-8177 東京都千代田区富士見2-13-3
0570-002-301（ナビダイヤル）

印刷　株式会社廣済堂

製本　株式会社廣済堂

©Tappei Nagatsuki 2021
Printed in Japan　ISBN 978-4-04-680510-2 C0193

◎本書の無断複製（コピー、スキャン、デジタル化等）並びに無断複製物の譲渡および配信は、著作権法上での例外を除き禁じられています。また、本書を代行業者等の第三者に依頼して複製する行為は、たとえ個人や家庭内での利用であっても一切認められておりません。
◎定価はカバーに表示してあります。

●お問い合わせ（メディアファクトリー ブランド）
https://www.kadokawa.co.jp/（「お問い合わせ」へお進みください）
※内容によっては、お答えできない場合があります。
※サポートは日本国内のみとさせていただきます。
※Japanese text only

◇◇◇

【ファンレター、作品のご感想をお待ちしています】
〒102-0071 東京都千代田区富士見2-13-12
株式会社KADOKAWA　MF文庫J編集部気付「長月達平先生」係　「大塚真一郎先生」係

読者アンケートにご協力ください!

アンケートにご回答いただいた方から毎月抽選で10名様に「オリジナルQUOカード1000円分」をプレゼント!! さらにご回答者全員に、QUOカードに使用している画像の無料壁紙をプレゼントいたします!

■ 二次元コードまたはURLよりアクセスし、本書専用のパスワードを入力してご回答ください。

http://kdq.jp/mfj/　パスワード　4vur4

●当選者の発表は商品の発送をもって代えさせていただきます。●アンケートプレゼントにご応募いただける期間は、対象商品の初版発行日より12ヶ月間です。●アンケートプレゼントは、都合により予告なく中止または内容が変更されることがあります。●サイトにアクセスする際や、登録・メール送信時にかかる通信費はお客様のご負担になります。●一部対応していない機種があります。●中学生以下の方は、保護者の方の了承を得てから回答してください。